国家社会科学基金项目"中西文学文本理论范畴比较研究"（10CZW002）

河北省社会科学基金项目"中西文学文本理论范畴比较研究"（HB09BWX010）

中西文学文本理论范畴比较研究

李卫华 ◎ 著

中国社会科学出版社

图书在版编目（CIP）数据

中西文学文本理论范畴比较研究/李卫华著 . —北京：
中国社会科学出版社，2018.11
ISBN 978 - 7 - 5203 - 2797 - 8

Ⅰ.①中… Ⅱ.①李… Ⅲ.①比较文学—文学研究
—中国、西方国家 Ⅳ.①I0 - 03

中国版本图书馆 CIP 数据核字（2018）第 154216 号

出 版 人	赵剑英
责任编辑	郭晓鸿
特约编辑	席建海
责任校对	王佳玉
责任印制	戴 宽

出 版	中国社会科学出版社
社 址	北京鼓楼西大街甲 158 号
邮 编	100720
网 址	http://www.csspw.cn
发 行 部	010 - 84083685
门 市 部	010 - 84029450
经 销	新华书店及其他书店

印 刷	北京明恒达印务有限公司
装 订	廊坊市广阳区广增装订厂
版 次	2018 年 11 月第 1 版
印 次	2018 年 11 月第 1 次印刷

开 本	710 × 1000 1/16
印 张	16.75
插 页	2
字 数	217 千字
定 价	69.00 元

目　录

引　言

　　"中西文学文本理论范畴比较研究"，属于比较文学中的"理论比较"，文学理论中的"比较研究"。就比较文学来说，"理论比较"是比较文学的一个重要组成部分，而且，由单个文学作品的比较，上升到文学史的比较，乃至文学基本观念的比较，是比较文学发展的必然趋势。就文学理论来说，中国的文学理论作为一个学科，本是西学东渐的产物；而这一学科要在中国生存发展，又必须吸收中国传统的文论资源。无论文学理论研究者是否有意识地运用比较的方法，"比较"本是中国文学理论的题中应有之义。因此，"比较诗学"（comparative poetics）的出现，是比较文学与文学理论这两个学科发展的必然。具体地说，本课题又属于"比较诗学"研究中的"范畴比较"，关注的是中西诗学中有关文学文本的理论范畴，试图通过对中西诗学中具有可比性的文学文本理论范畴的比较研究，实现二者的相互阐释、相互发明，从而为建立"一般文学理论"（general literary theory）提供参考资料。

一　从比较文学到比较诗学

　　20 世纪中叶以来，比较文学的发展出现了两大潮流：一是"比较诗学"的潮流；二是"中西比较"的潮流。

（一）比较诗学

所谓"比较诗学"的潮流，指的是文学理论开始大规模地进入比较文学研究领域。法国著名比较文学学者雷内·艾金伯勒（René Etiemble，1909—2002）于 1963 年在《比较不是理由——比较文学的危机》（*Comparison Is Not Reason：The Crisis of Comparative Literature*）中说："把这样两种互相对立而实际上应该相辅相成的方法——历史的考评和批评的或审美的思考——结合起来，比较文学就会像命中注定似地成为一种比较诗学。"① 1985 年，美籍西班牙学者克劳多·纪廉（Claudio Guillén，1924—2007）在《比较文学的挑战》（*The Challenge of Comparative Literature*）中提出：以理论问题作为基础的比较，将会成为比较文学未来发展也许是最重要的方面。② 1990 年，美国学者厄尔·迈纳（Earl Miner，孟尔康，1927—2004）在《比较诗学——文学理论的跨文化研究札记》（*Comparative Poetics：An Intercultural Essay on Theories of Literature*）中，充分肯定与西方诗学异质的东方诗学存在的合理性及其对全面反思并建构普遍有效的文学理论所可能具有的积极意义。③

"比较诗学"成为潮流，是由比较文学自身的学科定位和学科特点决定的，是比较文学自身发展的必然。比较文学作为一门学科的提出，原本就是为了打破国别文学研究的局限和束缚，试图将不同国家、民族、语言的

---

① ［法］艾金伯勒：《比较不是理由——比较文学的危机》，罗芃译，《国外文学》1984 年第 2 期。其中的第三章"对象、方法、计划"曾以《比较文学的目的，方法，规划》为名由戴耘译出，收入干永昌等主编《比较文学研究译文集》，上海译文出版社 1985 年版，第 93—121 页。其中上引文字被译为："历史的探寻和批判的或美学的沉思，这两种方法以为它们是势不两立的对头，而事实上，它们必须相互补充：如果能将两者结合起来，比较文学便会不可违拗地导向比较诗学。"（第116 页）

② 参见 Claudio Guillén，*The Challenge of Comparative Literature*，trans，Cola Franzen. Harvard University Press，1993，pp. 69 - 70。中译参见张隆溪《道与逻各斯：东西方文学阐释学》序言，冯川译，四川人民出版社 1998 年版，第 5 页。

③ 参见［美］厄尔·迈纳《比较诗学——文学理论的跨文化研究札记》，王宇根、宋伟杰等译，中央编译出版社 1998 年版。

文学作品，运用比较的方法进行研究。近代以来，随着西方资本主义的发展，世界市场的形成，国际政治经济文化交流日益频繁，文学的发展也打破了民族的界限，逐步向着世界文学的方向前进。伟大的德国诗人歌德（Johann Wolfgang von Goethe，1749—1832）在读了《好逑传》等中国作品之后，感叹中国文学的成就，并提出了"世界文学"这一重要的范畴，他说："我愈来愈深信，诗是人类共同的财产。……每个人都应该对自己说，诗的才能并不那样稀罕，任何人都不应该因为自己写过一首好诗就觉得自己了不起。不过说句实在话，我们德国人如果不跳开周围环境的小圈子朝外面看一看，我们就会陷入上面说的那种学究气的昏头昏脑。所以我喜欢环视四周的外国民族的情况，我也劝每个人都这么办。民族文学在现代算不了很大的一回事，世界文学时代已快来临了。现在每个人都应该出力促使它早日来临。"① 马克思、恩格斯对此做了更为精辟的论述："资产阶级，由于开拓了世界市场，使一切国家的生产和消费都成为世界性的了。……过去那种地方的和民族的自给自足和闭关自守状态，被各民族的各方面的互相往来和各方面的互相依赖所代替了。物质的生产是如此，精神的生产也是如此。各民族的精神产品成了公共的财产。民族的片面性和局限性日益成为不可能，于是由许多种民族的和地方的文学形成了一种世界的文学。"②

正是在这样的历史背景下，到了 19 世纪中后期，作为一门学科的比较文学诞生了。从产生之初，比较文学就强调自己是不同于国别文学的另一种文学研究，是"超出一国范围之外的文学研究"③，"在这里，比较是以跨

---

① ［德］爱克曼辑录：《歌德谈话录》，朱光潜译，人民文学出版社 1978 年版，第 113 页。

② 马克思、恩格斯：《共产党宣言》，《马克思恩格斯选集》第 1 卷，人民出版社 1995 年版，第 276 页。

③ ［美］雷马克：《比较文学的定义和功用》，北京师范大学中文系比较文学研究组编《比较文学研究资料》，北京师范大学出版社 1986 年版，第 1 页。

越为前提，以开放为特性的。"① 遗憾的是，直到 20 世纪中叶，在比较文学界占主导地位的都是法国学派，而这一学派是在进化论和实证主义思想指导下发展起来并形成自己的理论体系的。法国学派把"比较文学"的范围划定为两国之间的相互关系，认为任何超出两国之间二元关系的多国文学共有的事实，都应属于"总体文学"而在"比较文学"的研究范围之外。同时，他们主张严格的实证方法，强调以具体可靠的材料、精细准确的考据来论证两国文学实际上的联系，"局部地用一个作品解释另一个作品"②，而排斥对于文学的美学研究，即"文学性"的研究。而且，他们是以欧洲为中心来讨论比较文学的性质和任务的，对欧洲以外的文学完全视而不见，其末流甚至沦为"法国中心"的文化扩张主义。总之，比较文学作为一个学科，其创立的目的是打破各民族闭关自守的状态，将文学视为人类的共同财产，推动世界文学的交流与融合；而法国学派的学科理论，则将比较文学仅仅视作文学的"外贸"，甚至使比较文学沦为文化沙文主义的工具，并极力反对比较文学走向世界文学。显然，这已经违背了比较文学的初衷。

正是由于法国学派的"影响研究"具有明显的狭隘性，1958 年，在国际比较文学学会第二次大会上，耶鲁大学的教授雷纳·韦勒克（René Wellek，1903—1995）宣读了一篇题为《比较文学的危机》（*The Crisis of Comparative Literature*）的论文，对法国学派进行了言辞激烈的批评。他认为，法国学派把"早已陈腐的十九世纪唯事实主义、唯科学主义和历史相对论"③ 强加于比较文学，限定比较文学只研究来源和影响、原因和结果，这种方法除了说明某个作家知道和阅读了另一个作家的作品之外，不可能为作品研究提供什么有价值的东西。更重要的是，"比较文学"和"总体文

---

① 陈惇等主编：《比较文学》，高等教育出版社 1997 年版，第 6 页。
② ［法］梵第根：《比较文学论》，戴望舒译，商务印书馆 1937 年版，第 18 页。
③ ［美］韦勒克：《比较文学的危机》，北京师范大学中文系比较文学研究组编《比较文学研究资料》，北京师范大学出版社 1986 年版，第 51 页。

学"是不能分开的，更不能将美学评价排除在比较文学之外。比较文学的研究对象既然是文学作品，那就"必须面对'文学性'这个问题，即文学艺术的本质这个美学中心问题"①。

韦勒克的精彩发言震惊了西方比较文学界，引起了法美两国学者之间围绕着比较文学的学科定位及相关理论问题的激烈争论。经过论争，美国学派的"平行研究"取代法国学派的"影响研究"，成为比较文学的主流。在突破法国学派的藩篱之后，比较文学不可避免地要走向对于文学共同规律的探讨，从而导致比较文学的理论化。加上 20 世纪 60 年代以来，西方各国出现了令人瞩目的"诗学复兴"现象，各种新的理论如现象学、阐释学、接受美学、符号学、结构主义、后结构主义、后殖民主义、女性主义、新历史主义等接踵而至，使人目不暇接。这股理论大潮，必然冲击和影响着比较文学界。与法国学派强调不同国别文学之间事实上的影响不同，苏联学者日尔蒙斯基（Витор Максимович Жирмунский，英译为 Viktor Maksimovich Zhirmunsky，1891—1971）在 1967 年指出：在不同民族文学中，独立地、完全没有文学接触的情况下表现出来的类似的文学思潮、体裁和个别的作品，"作为文学发展的共同过程的规律性的一种说明，是最有说服力的"。② 20 世纪 60 年代以来，越来越多的学者开始把文学理论方面的课题当作比较研究的重点，认为比较文学应当探索文学的共同规律。比较文学的研究对象逐渐由传统的来源、影响、接受等课题转向理论性的课题，对文学发展具有普遍意义的文学基本规律受到更多的关注。人们越来越认识到，比较文学不应排斥理论，文学理论可以强化与推进比较文学的研究。比较诗学日益成为比较文学的重要组成部分，甚至成为比较文学的发展趋势。

---

① ［美］韦勒克：《比较文学的危机》，北京师范大学中文系比较文学研究组编《比较文学研究资料》，北京师范大学出版社 1986 年版，第 60 页。

② ［苏］日尔蒙斯基：《文学流派是国际性现象》，干永昌等主编《比较文学研究译文集》，上海译文出版社 1985 年版，第 317 页。

（二）中西比较

所谓"中西比较"的潮流，是指在比较文学的研究中，中国文学与文论日益受到重视。比较文学诞生于西方国家，最早兴盛于以法国为主的欧洲各国，这使得"欧洲中心论"在比较文学界一直占有统治地位。后来比较文学的研究中心转移到美国，其研究对象和研究课题，仍局限于西方文学的范围之内。西方学者出于视野和学识的限制，往往看不到这种状况有何不妥。其实，它不符合比较文学这一学科的宗旨，而且限制了这一学科成为真正的国际性学科。比较文学的目标是探寻人类文学的共同规律，那么，它所涵盖的研究对象应该越多越好，应该把全世界各个地区各个民族的文学都放在研究视野之内。只有这样，它所研究的课题和所得出的结论，才更有普遍意义，也更有科学价值。

在这方面，中国学者以不懈的努力为世界比较文学的研究作出了自己的贡献。与欧美文化体系中比较文学"先作品，后理论"的研究路径不同，中国比较文学研究最初最大的成果，恰恰是中西比较诗学。中国国内的比较文学的产生至迟可追溯到清末民初的王国维先生（1877—1927），而他的比较文学研究也是比较诗学。无论《红楼梦评论》（1904）还是《人间词话》（1908），王国维先生都以其深厚的学术造诣超越了新旧中西之争，形成了以会通中西文化为基础的文学批评新视野，为后世比较诗学的研究树立起了一座丰碑。梁宗岱先生（1903—1983）在《诗与真》（1935）、《诗与真二集》（1936）中，从作品的具体比较分析出发，通过文学作品的比较进入宇宙意识的思考。朱光潜先生（1897—1986）的《诗论》（1942）显示了比较文学的中国学派独到的"阐发研究"的实绩，书中处处寻求中西美学与诗学的共同规律，其诗学比较不仅是自觉的，而且是有明确目的和追求的。钱锺书先生（1910—1998）在《谈艺录》（1948）中，以其学贯中西的文化素养，"即异而见同，因同而见异"的独特研究方法，实现了中西文学理论的互相照亮。此时，中国的比较文学虽还处于初创阶段，但在"西学东渐"的学术背景下，从一开始即超越了法国学派的藩篱，具有自觉的比较诗学意识，努力探索中西诗学的共同特色与规律。这批学者凭借着扎实的国学功底和对西学的广泛接触，以智慧的灵光实现了中西文学理论的相互发明。

由于特定的历史原因，中国大陆内部的比较文学研究曾一度陷入沉寂。20世纪70年代，台港地区的比较文学研究迅速崛起，学者均以中西比较为着眼点，大多关注理论层面、诗学层面的比较。叶维廉先生（1937— ）努力从中国和西方不同文化传统和美学思想中，分辨出不同的美学观念和假设，从而找出其间的差异和可能汇通的路线①。他在《东西方文学中"模子"的应用》（1975）一文中提出了"文化模子"的理论，认为仅仅用西方文论来硬套中国文论，必然导致割裂和扭曲中国文化传统；因此，不能随意轻率信赖西方的理论权威。在寻找跨文化、跨国度的共同文学规律的过程中，必须避免垄断的原则，"我们必须放弃死守一个'模子'的固执。我们必须要从两个'模子'同时进行，而且必须寻根探固，必须从其本身的文化立场去看，然后加以比较加以对比，始可得到两者的面貌"②。这种跨越东西方异质文化的比较诗学研究，将全世界比较文学引向一个更广阔的领域，为比较文学拓展了更宽广的视野，将比较文学导向了一个新的历史阶段。黄维樑先生（1947— ）引入西方批评理论，从中西比较的角度对《文心雕龙》和《人间词话》进行了深入阐释和解读，既有横向的比较，又有纵向的挖掘；既在比较研究中努力发现中国传统诗学的价值，确立其在世界诗学史上的重要地位，又不断尝试中西诗学的互释、互识、互证、互

---

① 参见叶维廉《比较诗学》，台湾东大图书有限公司1983年版。
② 叶维廉：《东西方文学中"模子"的应用》，温儒敏、李细尧编《寻求跨中西文化的共同文学规律——叶维廉比较文学论文选》，北京大学出版社1987年版，第11页。

补，为世界诗学体系灌注中国独有的诗学精神①。

20世纪70年代以后，西方一些具有远见卓识的学者，敏锐地意识到比较文学"西方中心主义"的局限，意识到把视野局限在欧美文化体系内部的弊病，认为只有开展东西方文学的比较研究，才能全面地研究文学的各类问题，恰当地解决文学中的各种争论。中国是一个拥有世界五分之一人口的大国，又是一个具有悠久文化传统、对世界文学的发展产生过巨大影响的文明古国。离开了中国的参与，不把中国文学放在比较文学的重要位置，很难设想比较文学能真正成为一门具有广泛国际性的学科。因此，国际比较文学界极为关注中国，期待中西比较文学研究的积极开展。然而，由于文化传统的隔阂和文字学习的困难，西方学者对中国文学了解较少，由西方学者直接参与的中西文学比较研究并不多见。在这方面，旅居海外的华裔学者做出了重要贡献。

在率先开展中西比较文学研究的海外华裔学者中，最有影响的是刘若愚先生等从事比较诗学研究的专家。刘若愚先生（James Liu，1926—1986）于1975年出版的《中国文学理论》（*Chinese Theories of Literature*），借用西方理论模式阐释中国文学理论，试图为中国古代诗学发展整理出一个清晰而有系统的线索。他把艾布拉姆斯（Meyer Howard Abrams，1912—2015）在《镜与灯：浪漫主义文论及批评传统》（*The Mirror and the Lamp：Romantic Theory and the Critical Tradition*）当中提出的"作品、世界、艺术家、欣赏者"（work，universe，artist，audience）四要素的理论加以改造，用以分析中国传统的文学批评，把中国古代文论分成形而上的、决定的、表现的、技巧的、审美的、实用的六种理论，从纵向和横向上考察了这六种理论的出现、发展、相互关系与作用，并将其与西方相似的理论做了比较。作者

---

① 参见黄维樑《从〈文心雕龙〉到〈人间词话〉》，北京大学出版社2013年版。本书是黄维樑先生的论文集，其中多篇论文写于20世纪70年代。

大胆抨击了西方中心主义，并指出，他撰写本书的"第一个也是终极的目的在于通过描述各式各样的源远流长、而基本上是独自发展的中国传统的文学思想中派生出的文学理论，并进一步使它们与源于其他传统的理论的比较成为可能，从而对一个最后可能的普遍的世界性的文学理论的形成有所贡献"。① 遗憾的是，刘若愚先生虽然意识到了以西方理论切割中国传统可能引起的危机，但在具体的论证过程中，仍是以西方理论为基本框架，并未能完全贯彻自己提出的理论，这也可以看出他仍受"西方中心主义"思想的影响。

二 从宏观比较到范畴比较

从 1949 年到 1977 年，比较文学及比较诗学在中国大陆一度销声匿迹。当新时期到来之时，钱锺书先生《管锥编》的出版是比较文学界复苏的第一缕春风。全书旁征博引，探幽索微，力求从比较中探索出"隐于针锋粟颗，放而成山河大地"② 的文艺规律。在同年出版的《旧文四篇》中，钱锺书先生提出应当加强对古代诗、词、笔记中蕴含的艺术理论的研究③。在与张隆溪先生的对谈中，钱锺书先生还曾明确指出："文艺理论的比较研究即所谓比较诗学（comparative poetics）是一个重要而且大有可为的研究领域。如何把中国传统文论中的术语和西方的术语加以比较和互相阐发，是比较诗学的重要任务之一。"④ 宗白华先生（1897—1986）的《美学散步》（上海人民出版社 1981 年版）在西方文化参照下对中国诗、画、乐进行的现代诠释，彰显了中国文化的精神与灵魂。作者从具体作品的欣赏与分析入手，杂糅中西而又以中国诗学精神剖析为主，在中西比较中阐发出深刻的艺术

---

① ［美］刘若愚：《中国文学理论》，杜国清译，江苏教育出版社 2006 年版，第 2—3 页。
② 钱锺书：《管锥编》第二册，中华书局 1979 年版，第 496 页。
③ 参见钱锺书《旧文四篇》，上海古籍出版社 1979 年版，第 26 页。
④ 张隆溪：《钱锺书谈比较文学与"文学比较"》，《读书》1981 年第 10 期。

哲理。周来祥先生（1929—2011）的《东方与西方古典美学理论的比较》①一文，从宏观上对中西古典美学理论做了比较。蒋孔阳先生（1923—1999）在《中国古代美学思想与西方美学思想的一些比较研究》② 一文中提出，应从社会历史背景、思想的传统和渊源、文学艺术的实践、语言文字的结构四个方面来比较中西美学的差异。叶朗先生（1938—　）的《中国美学史大纲》（上海人民出版社 1985 年版）运用西方哲学和学术的运作方法对中国古代美学范畴和命题进行了系统的挖掘、整理和阐释。

曹顺庆先生（1954—　）的《中西比较诗学》（北京出版社 1988 年版）是我国第一部中西比较诗学专著，本书标志着中西比较诗学由粗略的宏观比较，发展和推进到了以范畴为中心的具体深入的比较研究。张法先生（1954—　）的《中西美学与文化精神》（北京大学出版社 1994 年版）将中西美学置于各自的哲学思想的大语境以及各自的时代背景之下，以基本范畴为单位，研究了中西美学各自的特色。饶芃子（1935—　）、余虹（1957—2007）、钱超英（1958—　）、蒋述卓（1955—　）、苏桂宁（1957—　）等先生合著的《中西比较文艺学》（中国社会科学出版社 1999 年版）从范畴入手，揭示了西方"诗学"与中国"文论"作为两种不能相互涵盖的知识范式的差异。余虹先生的《中国文论与西方诗学》（生活·读书·新知三联书店 1999 年版）更突出强调了中国文论与西方诗学的不可通约，但又指出，语言论基础是两者的交合点和比较研究的基础。黄药眠（1903—1987）、童庆炳（1936—2015）两位先生主编的《中西比较诗学体系》（人民文学出版社 1991 年版）以范畴为框架，使中西比较诗学在内容上构成了一个相对完整的体系，是我国中西比较诗学的集大成的成果。杨乃乔先生（1955—　）的《悖立与整合——东方儒道诗学与西方诗学的本体论、语言论

---

① 周来祥：《东方与西方古典美学理论的比较》，《江汉论坛》1981 年第 2 期。
② 蒋孔阳：《中国古代美学思想与西方美学思想的一些比较研究》，《学术月刊》1982 年第 3 期。

比较》（文化艺术出版社 1998 年版）侧重于本体论范畴的比较，摆脱了一对一式两极比较的简单化模式，是中西诗学本体论研究的突出成果，取得了比较诗学研究的一个制高点。

总的来说，80 年代以来中国比较诗学最主要的特点在于完成了由"宏观比较"向"范畴比较"的转变。相对于粗疏的宏观比较，范畴比较显然更为具体深入，也更强调中西范畴之"异"，因而更有助于打破"西方中心主义"，彰显中国文艺学自身的特色。

在范畴比较中，除个别学者（如杨乃乔）以外，大多数学者仍然采用"一对一"的两极比较模式。这种模式的长处在于简单明了，但短处也非常明显：一是中西诗学属于不同的理论体系，很难找到精准相对的两个范畴，这就导致研究者在找不到明显具有可比性的范畴的情况下，在有意无意中将并不特别具有可比性的范畴强拉硬扯在一起的情况；二是为了证明两个范畴的可比性，研究者在比较中，常常偏重于二者的相同点，而对二者的区别则相对忽视，这样反而违背了"比较"的原初目的；三是容易出现"两张皮"的现象，即对两个范畴各自阐述，但缺乏问题意识，通过研究并未达到对文艺理论某一基本问题的思考。其实，在中西理论范畴的比较研究中，既可以"一对一"，也可以"一对多"或"多对多"，三种方法各有长短，可以结合使用，关键在于研究中的问题意识。本课题就试图强化研究中的问题意识，围绕文学文本理论中的某一基本问题，对相关的中西理论范畴采取"一对一"和"一对多""多对多"（后二者也可称"集束式"）相结合的方式进行比较研究。

本课题试图填补国内比较诗学领域相关研究的空白。目前国内中西文学理论范畴比较研究已经取得了相当大的成就，但在范畴的选择上，大多数学者关注的是文学本质论、起源论、创作论、接受论等方面的范畴，而对文学文本方面的理论重视不够。一些学者认为，中国传统文论只重直觉感悟，强调文学作品意蕴的"只可意会，不可言传"，没有对文学文本层次的细致入微的分解式批评。这种看法是不全面的。中国古代既有感悟式的批评，也有分解式的批评，历代诗文评点中都不乏对文学文本的细致分析。本课题就试图在跨文化的视野中对中西文学文本理论范畴进行重新阐发，纠正学界长期流行的一些误解，为更好地理解中西文学文本理论，乃至更好地理解文学文本，提供有价值的参考资料。

从这一研究目标出发，本课题的研究方法如下。

1. 中西文论的双向阐发。本课题采用比较文学中国学派所提倡的"阐发研究"的方法，重视中西文论的双向阐发，以期达到二者深层次的交流与对话。

比较文学自 19 世纪 70 年代作为一门学科创立以来，已经经历了三个发展阶段。第一阶段以法国为中心，基本研究方法是"影响研究"，即以实证主义的方法研究一国文学对另一国文学的影响。这种方法的长处在于材料的精确可靠，论述的严谨细致；短处则在于狭隘的民族主义和保守倾向。第二阶段以美国为中心，基本方法是"平行研究"，即以"文学性"为中心，突破实证主义和民族主义的局限，以探求文学的普遍规律为研究目标。在他们看来，越是关系疏远、没有实证性影响的不同民族文学，越应该进行比较研究；因为若是在这样的二者之间能找到共同之处，才更说明研究者发现了文学的普遍规律。这种方法超越了民族主义的局限，以其更加宽容的态度和开阔的胸怀，为比较文学的发展带来了生机和活力。但在平行研究中，"西方中心主义"的影响依然存在，将西方文学的规律当成文学的普遍规律，甚至将东西方文学平行比较排斥在比较文学之外的倾向仍然存在。

自 20 世纪 70 年代开始，中国大陆及台湾比较文学研究的迅速崛起，为开拓比较文学的领域，尤其是东西方文学的比较做出了实绩。由台港学者所提出并倡导的比较文学的"中国学派"，在大陆地区得到了广泛响应和蓬勃发展，标志着比较文学的发展进入了第三阶段。比较文学"中国学派"的核心观点，就是打破西方中心主义的束缚，倡导东西方文学的平等对话和跨文化的比较文学研究。在研究方法上，比较文学的"中国学派"提出了"阐发研究"的方法，即东西方文学"互为批判，互为阐发"。在"阐发研究"的最初阶段，台港学者的主要做法是"把中国文学的精神、特质，透过西方文学的理念和范畴来加以表扬出来"①。这实际上是单向阐发，即模仿和套用西方文论来阐释中国文学与文论。尽管一些学者也提到对西方文论的考验、调整与修正，但从整体来看，西方中心主义的影响仍十分明显，移中就西的倾向十分强烈。中国学者对这一倾向进行了批评和纠正。陈惇（1934— ）、刘象愚（1942— ）等在《比较文学概论》（北京师范大学出版社 2000 年版）中，提出了"双向阐发"的理论，认为"阐发研究"应当是"中西互释"。与"美国学派"的"平行研究"更注重"求同"（即通过"综合"寻求文学的共通性）相反，"中国学派"的"阐发研究"更注重"求异"，即关注中西文学的民族特色、中西诗学的独特价值；其效果不仅仅是沟通和融会，而且能够相互补充、取长补短。

"阐发研究"使中国文学真正介入了国际比较文学的交流与对话，也使中国文论真正介入了世界比较诗学的交流与对话。通过"阐发研究"，中国学者终于找到了中西融会的最佳突破口。本课题以此为研究的基本方法。无论是简单地"以西释中"，还是单纯地"以中释西"，都仍然是一种"独白"，只不过为这种"独白"补充了一些异质文化的材料。要实现中西诗学的真正对话，就不能单纯从某一方的理论话语出发，而应当从文学理论的基本问题出发。以基本问题的讨论为中介，才能使不同话语的双方平等地展开对话。一方面，针对任何一个基本问题，对话双方都是从历史出发，从自己的文化传统出发，并不以某一方的概念、范畴系统来截取对方；另一方面，双方又都是以对方为参照，来重新认识和整理自己的观点，在这

---

① 古添洪：《中国学派与台湾比较文学界的当前走向》，黄维樑、曹顺庆编《中国比较文学学科理论的垦拓》，北京大学出版社 1998 年版，第 167 页。

一重整过程中既能发现共同规律，又能发现各自文化的差异，并使这种差异为对方所利用，以至促成其新的发展。

2. 理论与文本的双向互动。本课题关注的是文学文本分析理论，因此，将尽力避免抽象地谈论理论，而是要将理论与其所分析的对象结合起来，不但考察理论自身的运思过程，也要考察其在文本分析中的效果，实现理论与文本的双向互动。

按照"比较诗学"这一概念的最早提倡者艾金伯勒的本意，"比较诗学"指的是由具体的作家、作品的比较而得出的某些规律性的理论思想[①]。但长期以来，我国的比较诗学常常只重视对理论的比较，而对作家作品的研究则相对忽视。在这方面，南开大学刘俐俐先生（1953— ）的文学文本分析值得重视。

刘俐俐先生编著的《外国经典短篇小说文本分析》（北京大学出版社2004年版）与《中国现代经典短篇小说文本分析》（北京大学出版社2006年版），运用形式主义、结构主义、经典叙事学等西方现代以及中国古典文学阐释方法，分析了中外共40篇经典短篇小说，引导读者感性地欣赏和理性地思考这些经典名篇恒久的艺术魅力及其成因。在《经典文学作品文本分析的性质、地位、路径和意义》中，刘俐俐先生指出：文本分析作为一种文学研究活动和方式，区别于一般的文学欣赏，区别于文学史研究、文学思潮史研究、以作品为核心的作家论、与时代同步的文学评论等其他研究方式，具有不可替代的地位[②]。在《关于文学"如何"的文学理论》中，她又阐发了介于本体论和方法论之间的文本分析怎样实现文学理论的知识创新，进而考察文学"如何"理论存在的形态等问题，并由此揭示出文学

---

① 参见［法］艾金伯勒《比较文学的目的，方法，规划》，干永昌等主编《比较文学研究译文集》，上海译文出版社1985年版。
② 参见刘俐俐《经典文学作品文本分析的性质、地位、路径和意义》，《甘肃社会科学》2008年第3期。

理论学科的独立性。①

　　刘俐俐先生虽从未将自己的研究称作"比较诗学"的研究，但她的文本分析不但涉及了中外文学经典作品，而且运用了中外多种文本分析理论，更重要的是，这种介于本体论和方法论之间的文本分析，可以成为联系文学理论与作家作品分析的有效桥梁，对于解决当前比较诗学领域内的问题有积极的借鉴意义。但在文学文本分析理论的使用上，刘俐俐教授采取的是从文本出发、为我所用的做法，并没有从理论上对中西相关的理论范畴进行比较。而这，正是本课题的努力方向。与刘俐俐先生从文本出发，让理论为文本分析服务的做法相反，本课题的做法是从理论出发。但在理论范畴的选取上，特别关注与文本分析关系密切的理论范畴；在对理论范畴的分析上，始终不脱离其所产生的原初语境，始终强调其在文本分析中的意义，始终将其放在文本分析的具体实践中来评价其成败得失。笔者相信，理论研究绝不是空洞的概念推演，只有将文学理论放到文本分析的实践中，才能真正认识其意义和价值。

三　文学文本理论范畴比较

　　美国学者威尔弗雷德·L.古尔灵（Wilfred L. Guerin）在《文学批评方法手册》（*A Handbook of Critical Approaches to Literature*）一书中认为，以"细读"为特点的文本分析包括语词分析、结构分析、语境分析三大步②。这确实是对文本分析简要而明晰的概括。"细读"是文本分析的基本方法，而要做到"细读"，通常都要从作品的语词出发，进而达到对作品整体结构的把握，并联系作品所处的社会文化语境，理解作品更深层次的内涵。依此为据，本课题研究的主要内容是：从中西文学文本理论中提炼出涉及这

---

　　① 参见刘俐俐《关于文学"如何"的文学理论》，《文学评论》2008 年第 4 期。
　　② 参见［美］威尔弗雷德·L.古尔灵等《文学批评方法手册》，姚锦清等译，春风文艺出版社 1988 年版，第 106 页。

三个方面的八组具有可比性的相关范畴，并对之进行比较研究。

1. "细读" 与 "熟读"

宋代诗学理论中的 "熟读" 与英美 "新批评" 的 "细读" （close reading） 是分别代表了中西文学文本分析特征的基本范畴，对其进行的比较研究可以从话语形式、话语内涵、话语功能三个方面展开。

2. 语词分析

主要有以下范畴。

（1） "朦胧" "张力" "悖论" "反讽" "本真的语言" 与 "至言" "不落言筌"。与目前学界流行的 "一对一" 式的范畴比较（如将 "朦胧" 与 "蕴藉" 相比较，将 "张力" 与 "内外意" 相比较） 不同，本课题此处采取 "集束式" 的比较方式。因为 "新批评" 所谓 "朦胧" （ambiguity）、 "张力" （tension）、 "悖论" （paradox）、 "反讽" （irony），虽然语词形式不同，但其理论旨趣却是完全相同的，它们都是在为西方工业文明发展所带来的田园牧歌的消逝而叹息。这些术语在其修辞学的表面之下，其深层的实质在于对那种抽象概括、简化删削、只有骨架没有血肉的 "直接陈述" "科学语言" 的突破和超越。这种源于西方的极具现实关切的呼唤，恰与中国古代庄子的 "至言"、严羽的 "不落言筌" 遥相呼应，它们都是海德格尔（Martin Heidegger，1889—1976） 所说的 "本真的语言" （authentic language）。由此出发，可以达至对于文学语言乃至人生的更为深切的成全。

（2） "隐喻" 与 "比兴"。作为分别形成于东西方并颇具代表性的范畴，二者的可比性在于，它们都是从修辞策略入手并试图触及文学的本质；但在内部的具体分类上，西方基于语法形式和理性逻辑，中国则基于感性经验。作为本体论范畴，二者同样关注某种审美意象的达成，但在人与自然的关系上，却体现出一认识一融合的不同。

3. 结构分析

主要有以下范畴。

（1）"形迹—神理"与"构架—肌质"。明末清初的小说戏曲评点家金圣叹（1608—1661）在评点《水浒传》和《西厢记》时多次强调"略其形迹"而"究其神理"，其中"形迹"指的是作品表面的故事情节，"神理"则是作品内在的肌理，这一思路与美国"新批评家"兰色姆（John Crowe Ransom，1888—1974）的"构架—肌质"（structure – texture）论不谋而合。

（2）"犯中求避"与"叙述频率"。"犯中求避"是金圣叹在评点《水浒传》时提出的表现手法。当代学者对这一重要范畴的理论阐释，无论是"共性个性说""民间文学说"，还是"启蒙思潮说"，都不免方枘圆凿，对其理论内涵多有遮蔽。因此，笔者试图另辟蹊径，以作为人类体验的时间的三维为切入点，将"犯中求避"与当代西方叙述学中的叙述频率（narrative frequency）理论相互阐发，既重新挖掘"犯中求避"的理论内涵，又以中国传统文论之精华丰富和发展西方的叙述频率理论。

4. 语境分析

主要有以下范畴。

（1）"文文相生"与"互文性"。"文文相生"是金圣叹在评点《西厢记》时提出的理论范畴，是对我国传统戏曲和小说之文本组织形式的一种精辟概括。将"文文相生"与法国理论家克里斯蒂娃（Julia Kristeva，1941—　）提出的"互文性"（intertextuality）理论相互发明，既可借"邻壁之光"对"文文相生"的理论内涵重新照亮，又可以"文文相生"所彰显的内、外两种互文性，对西方的"互文性"理论进行全新的审视和发现。

（2）"意图谬见"与"以意逆志"。"作者"作为文学活动的因素之一，也属于文本生成的现实语境。维姆萨特（William Kurtz Wimsatt Jr.，1907—1975）和比尔兹利（Monroe Curtis Beardsley，1915—1985）提出的"意图谬见"（intentional fallacy）与孟子（约公元前372—约公元前289 年）的"以意逆志"都涉及作者，而且是理论旨趣截然相反的两个范畴。通过对二者的比较，可以对作者与作品的关系做出更为全面辩证的理解。

5. 中西风格理论比较

风格是文学作品的整体风貌，而西方的"风格"（style）这一范畴究竟与中国古代文论的哪个范畴相对应，一直是学界争论不休的问题。有人说是"风"，有人说是"格"，有人说是"风格"，有人说是"气"，有人说是"体"，有人说是"风骨"等，不一而足。本课题从风格理论的三个基本问题，即共性与个性、主观性与客观性、描述性与评价性入手，对中西方相关的理论范畴进行"集束式"的比较，以期对风格理论进行更为深入的研究。

总之，本课题研究的基本思路是：以中西文学理论共同关注的问题为纽结点，以范畴为切入点，以解决我国文学理论界当下的实际问题为着眼点，以每组范畴之间的相通性作为比较的前提和基础，关注中西文学理论对于共同的理论问题的不同表述，在同中辨异，在异中求同，在异同互见中加深对两者的理解和认识。本课题研究的重点在于实现中西文学文本理论范畴的互证互释，以达到对中西文学文本理论范畴以及文学文本更为深刻的认识；难点在于如何避免简单化的比附，从而实现真正的比较。为解决这一难题，笔者将细读文献资料置于绝对重要的位置，并将文献资料还原至其所由产生的文化语境中，避免先入为主的偏见和"西方中心主义"惯性带来的话语独白。同时，坚持中西诗学互为主体的动态对话，在自性与他性的不断的视域融合中，实现二者的相互理解与沟通。

"比较诗学的一个未来发展方向，就是中西比较诗学的兴起与繁盛。"① 本课题只是围绕中西文学文本理论的一些范畴，在这一研究领域所做的初步尝试。相信通过更多学者的不懈努力，中国文论的巨大价值将会日渐被人们所认识，中国文论和西方诗学也将更具有可通约性，二者既能更好地融会贯通，又将更好地相互补充，相互辉映。

---

① 陈惇等主编：《比较文学》，高等教育出版社 1997 年版，第 232 页。

第一章　细读与熟读

在文学文本分析的理论范畴中，20世纪由英美"新批评"提出的"细读"理论在中国学界产生了重大影响。有学者认为："在中国的语境中，文本分析的实际含义可表述为：细读文本。"① 经过了30多年的吸收和借鉴（如果算上20世纪初对"新批评"的引进，"新批评"在中国已经走过了近一个世纪的历程），"细读"作为文本分析的基本方法，已经得到学界普遍的认可。然而，与"细读"的巨大影响形成明显反差的是，从80年代至今，真正运用"细读"法进行深入细致的文本分析的研究成果仍然十分匮乏；在为数不多的研究成果中，还存在大量的误解误用。这既令人感到遗憾和困惑，也不能不令人沉思：究竟是什么原因造成了理论资源的巨大浪费？

原因是多方面的，但其中最重要的一点是，学界对"新批评"之"细读"法的借鉴，大多局限于一种挪借式的操作，而没有在中国自身的文化传统中找到与其呼应的理论，这样，在长达一个世纪的理论旅行中，"新批评"虽然数度造访中国，有时还产生了巨大影响，甚至受到"众星捧月"般的追捧，却始终未能在中国落地生根②。作为中国的学者，在借鉴西方文

---

① 陈思和：《文本细读在当代的意义及其方法》，《河北学刊》2004年第2期。
② 参见李卫华《"新批评"在中国的百年传播与变异》，《文艺美学研究》2016年春季卷。

论时必须有比较的视野，在比较中将中西文论互证互释，互相发明，才能在跨越时空的对话中，将西方舶来品内化于中国文论自身的传统中，成为当代中国文学理论的有机组成部分。

就英美"新批评"的"细读"理论而言，宋代诗学理论家严羽在《沧浪诗话》中提出的"熟读"是与之最具互证互释性的理论范畴，可以说，二者分别代表了中西文学文本分析特征的基本范畴，对其进行比较研究，有助于中西文论在文本分析层面的相互对话和相互成全。这种比较研究可以从话语形式、话语内涵和话语功能三个方面展开。

一　话语形式

语词是概念的物质外壳，任何概念都必须通过语词才能得到表达。但语词与概念并不一定是一一对应的：有时不同的语词可以表达相同的概念，这种语词就是同义词；有时同一语词可以表达不同的概念，这种语词就是多义词。这在自然语言中都是十分常见的现象，并由此导致了自然语言的歧义性。但在理论研究中，这种情况是应当避免的：如果不同的理论家在使用同一概念时有歧义，就会造成理论探讨的自说自话，并最终导致理论探讨的无效。因此，追求语词与概念的一一对应是理论家们的普遍选择。

然而，"细读"和"熟读"作为分别代表中西方文学文本分析特征的基本范畴，在语词形式上都具有明显的多样性。换言之，二者的概念和语词形式都不是一一对应的，而是运用多个语词形式表达同一个概念。"细读"在"新批评"的先驱艾伏尔·阿姆斯特朗·瑞恰慈（Ivor Armstrong Richards，1893—1979）那里被称作"close reading"（汉译"仔细阅读"），而在"新批评"的另一位主将克林思·布鲁克斯（Cleanth Brooks，1906—1994）那里却被称作"adequate reading"（汉译"充分阅读"）；而"熟读"在《沧浪诗话》中有时也被称作"熟参"。为什么会出现这种违背理论研究常规的现象呢？通过对这两种理论的产生和发展过程的梳理，或许可以找到这一问题的答案。

（一）细读："close reading" or "adequate reading"？

"细读"（"close reading"）一词最早出现在"新批评"早期的代表人物瑞恰慈的《实用批评——文学评论研究》（*Practical Criticism：A Study of Literary Judgment*，1929）一书中。本书是瑞恰慈在剑桥大学进行英语文学教学实验的成果。20世纪20年代，瑞恰慈在剑桥大学讲授诗歌的几年里，一直在尝试一个有趣的实验：

> For some years I have made the experiment of issuing printed sheets of poems—ranging in character from a poem by Shakespeare to a poem by Ella Wheeler Wilcox—to the audiences who were requested to comment freely in writing upon them. The authorship of the poems was not revealed, and with rare exceptions it was not recognized. ①

他给学生（包括文学专业的本科生和其他专业的听课者）分发一些单篇的诗作，这些诗的作者既有16世纪的莎士比亚（William Shakespeare，1564—1616）、约翰·邓恩（John Donne，1572—1631），也有亨利·朗费罗（Henry Wadsworth Longfellow，1807—1882）、菲利普·杰姆斯·贝利（Philip James Bailey，1818—1895）、克里斯蒂娜·罗塞蒂（Christina Georgina Rossetti，1830—1894）、托马斯·哈代（Thomas Hardy，1840—1928）、杰拉德·曼雷·霍普金斯（Gerard Manley Hopkins，1844—1889）、埃拉·惠勒·威尔科克斯（Ella Wheeler Wilcox，1850—1919）、大卫·赫伯特·劳伦斯（David Herbert Lawrence，1885—1930）、埃德娜·文森特·默蕾（Edna St. Vincent Millay，1892—1950）等艺术水平和地位不同的诗人。在分发

---

① I. A. Richards, *Practical Criticism：A Study of Literary Judgment.* London and Henley：Routledge & Kegan Paul, 1964, p. 3.

前，瑞恰慈去掉了作者的署名，而且除了极特殊的情况，绝大多数作者并没有被学生辨认出来。瑞恰慈要求学生认真读诗，一周以后写出评论交回。其结果令人吃惊：对每一篇诗作的评论，从主题到写作技巧都存在截然不同甚至针锋相对的意见。平庸之作受到赞美，名家名作却遭到贬低。鉴于这些学生大多数是在剑桥大学受过良好的文学教育的本科高年级学生，并且是在对诗歌进行了多次反复的阅读（有的人阅读多达十次以上）之后才动笔写作，他们在诗歌评价上显示出来的能力之低实在令人惊讶。瑞恰慈认为，这一方面充分说明了评诗之难，另一方面也说明，即使是在剑桥这种以传统的人文教育著称的世界名校中，文学教学也是不够成功的。学生们在课堂上学到的，只是一些文学史的死知识和一些评论文章中的套话，而对于诗的艺术价值，学生们缺乏基本的辨别能力，甚至完全不能理解一首诗写的是什么。瑞恰慈由此提出，文学教学必须改革，应该采取新的提高理解能力和分辨能力的教学方法和批评方法，他把这种方法称为"细读"：

> We can sum up this discussion of some instances of figurative language as follows: All respectable poetry invites *close reading*. It encourages attention to its literal sense up to the point, to be detected by the reader's discretion, at which liberty can serve the aim of the poem better than fidelity to fact or strict coherence among fictions. It asks the reader to remember that its aims are varied and not always what he unreflectingly expects. [①]

按照瑞恰慈的描述，"细读"具有如下特征：它鼓励对诗逐字逐句的关注，肯定读者阐释的自由，强调诗是多义的，反对读者用某种既定的成见

---

① I. A. Richards, *Practical Criticism: A Study of Literary Judgment*. London and Henley: Routledge & Kegan Paul, 1964, p. 203.

来限制诗的意义。显然，这里，对诗"逐字逐句"（literal）的关注是核心，因此，"close reading"应当译为"细读"而非"封闭阅读"，它强调的不是将阅读封闭在文本中，更不是要割裂文本与社会、作者、读者之间的联系，而是强调一定要逐字逐句地仔细阅读，不能单凭先入之见，未经深思熟虑（unreflectingly）就浮皮潦草地得出结论。

由于瑞恰慈在《实用批评》中提出了有效的、极富操作性的文学批评和文学教学方法，这本书在文学批评和文学教学领域产生了相当大的影响。而"细读"一词也就迅速流行起来，并最终成为整个"新批评"批评方法的代称。

"细读法"的提出者是瑞恰慈，但其真正产生影响并被广泛接受，还应归功于布鲁克斯。20世纪30年代，布鲁克斯与罗伯特·潘·沃伦（Robert Penn Warren，1905—1989）在路易斯安那州立大学教授"文学种类和样式"这门课。在教学中布鲁克斯和沃伦发现，"虽然学生中许多人智力颇佳，有相当的想象力，生活经历也很丰富，但是他们不懂得怎样去读短篇小说和戏剧，尤其不懂读诗。有的学生在这方面根本没有得到过指导，而许多人得到的又完全是瞎指导"①。当时大学里流行的文学教科书的写作模式是：先介绍诗人生平，再介绍诗人在创作这首诗时的一些情况，然后复述诗作大意，最后写上几句含含糊糊的印象式评语。布鲁克斯意识到，"这种老生常谈并不使人对这首诗本身有什么深入的了解，一般说来对学习任何诗歌也没有帮助"②。面对这个实际问题，布鲁克斯和沃伦决定自己动手编写教材。1936年，布鲁克斯与他的同事约翰·蒂伯·珀泽（John Thibaut Purser）、罗伯特·潘·沃伦一起，编写了第一本文本细读教材《文学入门》（*An Approach to Literature*）。该教材将"文学"划分为"诗歌""小说"和

---

① ［美］克林思·布鲁克斯：《新批评》，周敦仁译，赵毅衡编选《"新批评"文集》，中国社会科学出版社1988年版，第539页。
② 同上。

"戏剧"三个部分，分别举例进行文本细读。这本教材出版后，受到热烈的欢迎。于是，在这本教材的基础上，经过进一步丰富和扩充，布鲁克斯和他的同事们将"诗歌""小说""戏剧"的细读分别编成了三本教材：《理解诗歌》（*Understanding Poetry*，与罗伯特·潘·沃伦合著，1938）、《理解小说》（*Understanding Fiction*，与罗伯特·潘·沃伦合著，1943，中译本名为《小说鉴赏》）、《理解戏剧》［*Understanding Drama*，与罗伯特·海尔曼（Robert Heilman，1906—2004）合著，1945］。1947 年，布鲁克斯的另一部细读名作《精制的瓮》（*The Well Wrought Urn*）出版，由于这部著作的巨大影响，布鲁克斯的文学理论一度被称作"精致的瓮主义"（The Well - Wrought - Urnism）。这些著作的出版和发行，不仅使得"细读"成为一种令人信服的文学批评方法，而且使得"新批评"在美国大学中占据了正统地位。"靠布鲁克斯和沃伦成长起来的人永远不会忘记他们是怎样随着编者细致地分析一首首诗；用他们的范例作基础进一步读别的诗时，他们更为激动。布鲁克斯和沃伦教两代学生更专注于诗的文本，更注意细微与含混之处，为文学研究做了一件大好事。"①

应当说，用"细读"来概括整个"新批评"的批评方法，是比较切合"新批评"的批评实际的。除了瑞恰慈、布鲁克斯和沃伦以外，瑞恰慈的学生威廉·燕卜荪（William Empson，1906—1984），"南方批评派"的约翰·克娄·兰色姆和他的学生艾伦·退特（Allen Tate，1899—1979）等几乎所有"新批评家"的文学批评都建立在逐字逐句仔细阅读的基础上，并且都强调诗的多义性，肯定读者阐释的自由。但是，这个本来非常恰切的术语，一旦成为流行语，反而造成对"新批评"的许多误解。一种误解是把"close reading"理解为"封闭阅读"，认为"新批评"提出"close reading"就是要将文学批评封闭于文本之中，排斥对作家、世界和读者的研究。另

① ［美］沃尔顿·利茨：《"新批评派"的衰落》，董衡巽译，《外国文艺》1981 年第 5 期。

一种误解是将细读理解为把文学作品放在显微镜下进行认真细致的检查，或者戴上珠宝商专用的放大镜进行反复推敲，或者像榨柠檬汁那样对文本语词的意义进行挤榨，尽可能把语词的每一点滴意义都挤压出来。其实，"细读"既不排斥对世界、作者、读者的研究，也不是牵强附会地挤榨出意义。但误解一旦形成，就很难更正。于是，"新批评"的另一位主将克林思·布鲁克斯试图寻找新的、更合适的、不容易引起误解的术语来取代"close reading"。

　　1979 年，在经过半个多世纪的跋涉以后，克林思·布鲁克斯应邀回顾"新批评"的发展历程，写出了《新批评》一文。在文中，他明确主张用"adequate reading"（汉译"充分阅读"）来代替"close reading"，因为这一术语有助于消除人们对"新批评"的误解。"Adequate"不像"close"有"封闭"之意，而且，"使用'充分'这个词可能会对新批评派有利，使他们得以取下套在眼睛上的珠宝商专用的放大镜，一般人心目中总以为新批评派细致推敲作品文字时就是戴着这家伙的"①。应当承认，"adequate reading"确实比"close reading"更为准确地反映了"新批评"的批评原则。但是，一方面，由于"close reading"作为一个在文学批评界耳熟能详的词语已经为人们所普遍接受，人们已经习惯于用它来概括"新批评"的批评原则；另一方面，作为一个理论术语，"adequate reading"也和"close reading"一样具有模糊不清的缺点（读得多"充分"才算"充分阅读"，和读得多"细"才算"细读"一样，都是相对的、无法完全说清的问题）。"新批评"的批评实践先于批评理论，因而有许多理论范畴作为批评经验的总结，都具有生动但不严密的特点，"adequate reading"和"close reading"都是如此。也许正是由于以上两个方面的原因，"adequate reading"最

---

　　① ［美］克林思·布鲁克斯：《新批评》，周敦仁译，赵毅衡编选《"新批评"文集》，中国社会科学出版社 1988 年版，第 549 页。

终并没有能取代"close reading"而为人们广泛接受。但是，布鲁克斯的这个提法启示我们，应当把"细读"之"细"理解为"充分"，而不是"封闭"或"挤榨"。

（二）"熟读"与"熟参"

与西方的文学理论相比，中国古代文学批评感悟性较强而理论性较弱，在概念的运用上具有相当的随意性，并不严格遵守形式逻辑的同一律，导致概念与语词之间常常并非一一对等。正如刘若愚先生所说："在中文的批评著作中，同一个词，即使由同一作者所用，也经常表示不同的概念；而不同的词，可能事实上表示同一概念。"① 作为宋代诗学的关键词之一，"熟读"有时也被称作"熟参"，就是中国诗学这一特征的表现。

作为一个文学批评范畴，"熟读"始见于《沧浪诗话》的首篇《诗辨》中。对于这篇文字，严羽颇为自得，曾在《答出继叔临安吴景仙书》中说："仆之诗辨，乃断千百年公案，诚惊世绝俗之谈，至当归一之论。其间说江西诗病，真取心肝刽子手。"② 这里所谓的"说江西诗病"，就是对当朝盛行一时的以黄庭坚（1045—1105）为首的"江西诗派"的诗风进行痛快淋漓的批判。

作为形成于北宋后期的诗文派别，"江西诗派"反对北宋早期"西昆派"的奢靡浮艳的诗风，上承欧阳修（1007—1072）、苏轼（1037—1101）等人提倡的诗文革新运动，以复古为号召，希望通过对盛唐以前的古人诗文的学习，摆脱西昆体那种辞藻华丽、内容空洞的粉饰太平的诗风的影响，开创一代新风。作为江西诗派的领袖，黄庭坚是反对模仿前人的，他曾说"随人作计终后人，自成一家始逼真"（《以右军书数种赠丘十四》），可见他开辟道路的雄心。然而在如何开辟新路这个问题上，黄庭坚又走上了拟

---

① ［美］刘若愚：《中国文学理论》，杜国清译，江苏教育出版社 2005 年版，第 7 页。
② （宋）严羽：《沧浪诗话校释》，郭绍虞校释，人民文学出版社 1961 年版，第 251 页。

古的道路。他说："自作语最难，老杜作诗，退之作文，无一字无来处；盖后人读书少，故谓韩、杜自作此语耳。古之能为文章者，真能陶冶万物，虽取古人之陈言入于翰墨，如灵丹一粒，点铁成金也。"① 换言之，创新不易，也不能从零开始，必须在继承借鉴古人的基础上进行化用，从而实现"以故为新"。这种"点铁成金""夺胎换骨"的做法常被后人斥为拘泥古人，但实际上，它与一般低能文人的模拟、剽窃是完全不同的。二者的区别体现在材料的选择和运用两个方面。在材料的选择上，黄庭坚的诗作虽常取材于古人诗文，但力避熟滥，不使用习见的典故，而喜欢在佛经、语录、小说等杂书中寻找冷僻的典故加以引用，从而令人感到新奇。在材料的运用上，则力求变化出奇，避免生吞活剥，如李延年《佳人歌》中以"倾城"形容女子美貌，被人反复引用，而黄庭坚《次韵刘景文登邺王台见思》中的"公诗如美色，未嫁已倾城"，就翻新出奇，平添雅趣。为了同西昆诗人立异，他还有意造拗句，押险韵，作硬语，有意造成一种不平衡不和谐的效果，犹如书法中生硬的线条，给人一种矫健奇峭的感觉。作为一个开创诗歌流派的艺术巨匠，黄庭坚以其鲜明独特的艺术个性，贯彻了求新求变的艺术精神，创造了生新瘦硬的艺术风貌。

作为"苏门四学士"之一，黄庭坚可以说是苏轼周围作家群中诗歌成就最为突出的一个，与苏轼并称"苏黄"。北宋后期，黄庭坚在诗坛上影响很大。虽然他的创作成就比不上苏轼，但是他的诗歌更加突出地体现了宋诗的艺术特征。苏轼才情出众，随意挥洒，别人很难效法；而黄庭坚总结了一套完整而具体的诗歌创作方法，字斟句酌，法度井然，循序渐进，可教可学，当然追随和效法者甚多，受到众人的拥戴。在黄庭坚的影响下，陈师道、陈与义、韩驹等多人的创作均呈现出相似的题材走向和风格倾向，

① （宋）黄庭坚：《答洪驹父书》，郭绍虞主编《中国历代文论选》第二册，上海古籍出版社2001年版，第316页。

他们虽然没有形成实际上的团体或组织，但一个以黄、陈为核心的诗歌流派已逐渐形成。到了宋徽宗初年，吕本中做《江西诗社宗派图》，就把以黄、陈为首的这一诗歌流派正式命名为"江西诗派"。

需要说明的是，"江西诗派"虽然有着共同的创作倾向，但其中的杰出诗人均以"自成一家"为目标，努力求新求变。陈师道（1053—1102）的朴拙，吕本中（1084—1145）的明畅，曾几（1085—1166）的活泼，陈与义（1090—1138）的雄浑，各具特色，并无"千人一面"的缺点。到了南宋，由于最高统治者的提倡，出现"学者率宗江西"的局面，其末流由于缺乏创新精神，片面强调"无一字无来处"，拾人牙慧，典故连篇，形象枯竭，开始受到讥评。南宋的姜夔（1154—1221）、金朝的王若虚（1174—1243）、金元年间的元好问（1190—1257），都曾对其提出过批评。而严羽对江西诗派的批评则最为有力，且影响巨大。

从表面上看，严羽与"江西诗派"的出发点是类似甚至是相同的，二者都标榜"师古"。在《沧浪诗话》的首篇《诗辨》的第一节，严羽就指出："夫学诗以识为主。"[1] 而要想获得"识"，"先须熟读楚辞，朝夕讽咏以为之本；及读古诗十九首，乐府四篇，李陵苏武汉魏五言皆须熟读，即以李杜二集枕藉观之，如今人之治经，然后博取盛唐名家，酝酿胸中，久之自然悟入"[2]。这是"熟读"一词在《沧浪诗话》中的第一次出现。沧浪此说，似为时人习见之论。宋初文坛从唐朝继承了两大传统，并因此呈现两种截然相反的潮流：一是晚唐五代以来的浮靡文风，由此形成了以杨亿为核心的"西昆派"，其诗大多辞藻华丽，声律和谐，对仗工稳，但内容空洞，感情虚假，多为粉饰太平、点缀升平之作。二是与之对立的复古主义思潮。韩柳之后，古文运动的高潮虽已低落，但影响并未中绝。到了宋初，

---

① （宋）严羽：《沧浪诗话校释》，郭绍虞校释，人民文学出版社1961年版，第1页。
② 同上。

柳开、王禹偁均批评五代以来"秉笔多艳冶"的颓靡文风，抱有"革弊复古"的愿望。至北宋中后期，时人为了纠正宋初西昆派浮靡婉丽诗风，以古为师已成风气。不只是宋朝，放大到整个中国文学史，"师古"可谓贯穿其中的一条红线，虽时隐时现，但仍为中国诗论不言而喻之传统。清代叶燮（1627—1703）在《原诗》就曾指出，沧浪教人以汉魏盛唐为诗，此乃常识，五尺童子、三家村塾师亦"熟于听闻、得于授受久矣"，"如康庄之路，众所群趋，即瞽者亦能相随而行，何待有识而方知乎？"①

　　然而，沧浪"熟读"之论，与历来师古之说，根本旨趣并不相同。历来师古之说，都将《诗经》视为诗之正统，而沧浪只言熟读楚辞，不及300篇，可见即使同主师古，所师之对象也不尽相同。江西诗派师古，以老杜为祖，以儒家诗教为旨归，黄庭坚在《大雅堂记》就曾说，学诗必须"广之以《国风》《雅》《颂》，深之以《离骚》《九歌》"②，方能登上大雅之堂。儒家"温柔敦厚"之诗教，原本是一种极富创造性的诗论，在先秦诸子中独树一帜，颇有创见。但一经后世统治者推崇，便沦为钳制人思想的工具；特别是到了宋朝，随着理学的日益发展壮大，儒家诗教已经完全变成束缚诗歌创作的枷锁。江西诗派以儒家诗教为旨归，猛烈抨击西昆体奢靡浮艳的诗风，试图开辟诗歌创作的新路，结果是摆脱一套枷锁，又戴上另一套枷锁。而严羽作为"隐居不仕""粹温中有奇气"的"沧浪逋客"③，对于这种束缚人思想的枷锁有着足够的警觉。为了摆脱这种枷锁，严羽转而从禅宗中寻找思想资源。在《诗辨》的第四节，严羽以禅喻诗，提出了"妙悟说"。他认为："大抵禅道惟在妙悟，诗道亦在妙悟。"④ 并认为，读

---

　　① （清）叶燮：《原诗》，霍松林校注，人民文学出版社1979年版，第55页。
　　② （宋）黄庭坚：《大雅堂记》，郭绍虞主编《中国历代文论选》第二册，上海古籍出版社2001年版，第325页。
　　③ （清）朱霞：《严羽传》，（宋）严羽《沧浪诗话校释·附辑》，郭绍虞校释，人民文学出版社1961年版，第263页。
　　④ （宋）严羽：《沧浪诗话校释》，郭绍虞校释，人民文学出版社1961年版，第12页。

者只要"熟参"自汉魏至本朝的诗歌，就一定会同意他的观点，因为：

> 诗道如是也。若以为不然，则是见诗之不广，参诗之不熟耳。试取汉、魏之诗而熟参之，次取晋、宋之诗而熟参之，次取南北朝之诗而熟参之，次取沈、宋、王、杨、卢、骆、陈拾遗之诗而熟参之，次取开元、天宝诸家之诗而熟参之，次独取李、杜二公之诗而熟参之，又取大历十才子之诗而熟参之，又取元和之诗而熟参之，又尽取晚唐诸家之诗而熟参之，又取本朝苏、黄以下诸家之诗而熟参之，其真是非自有不能隐者。①

在这段话中，"熟读"变成了"熟参"，"参"即"参禅"之"参"，本为佛家用语，指的是聚精会神，排除杂念，对"禅道"进行非理性的心理体验和感受。严羽从审美的角度对这一术语加以化用，所谓"熟参"，指的是通过对文本仔细而反复的阅读，获得对文本深入的体验和感受。需要说明的是，严羽所提倡的对前人作品的"熟参"，与江西诗派末流一味泥古的倾向有着根本的不同。严羽所谓的"熟参"，不是对前人的顶礼膜拜，而是对前人的批判性借鉴。他所"熟参"的对象，既包括他所提倡的汉魏晋盛唐之诗，也包括他所批判的大历以还之诗。通过"熟参"，严羽所要达到的目的是辨别好坏，从而悟出写诗之道；而不是一味崇拜，将前人诗作当成创作的源泉和准则。

综上，"细读"作为英美"新批评"的基本范畴，有"close reading"和"adequate reading"两种话语形式；严羽《沧浪诗话》中文本分析的基本范畴，也有"熟读"与"熟参"两种话语形式。这似乎显示出二者在理论范畴的运用上不够严谨。不过，如果将其还原到其所由产生的历史语境中，这种多元的话语形式也应得到理解。与众多发源于哲学理论的文学理

---

① （宋）严羽：《沧浪诗话校释》，郭绍虞校释，人民文学出版社 1961 年版，第 12 页。

论不同，"新批评"是一种源于文学创作和文学批评实践的文学批评理论；与理论体系的完备性或理论表述的严密性相比，"新批评"更加关注的是文本分析的有效性。在这种研究目标的指引下，话语形式的多样性也就在所难免。而《沧浪诗话》作为诗人读诗、写诗的感悟式体会，其真正的价值在于对后人读诗写诗带来启发，能够引导人更好地感悟诗的审美特质，而不在于建立完备的理论体系。因此，要正确理解这样的理论，关键就在于不拘泥于个别的字眼，而要关注其理论实质。

二　话语内涵

与话语形式的多样性相应，无论是英美"新批评"的"细读"，还是《沧浪诗话》中的"熟读"，都具有非常丰富的话语内涵。

（一）细读：原则、角度、步骤

就英美"新批评"的"细读"而言，其话语内涵包括三个不同层次。第一个层次是文学批评的基本原则，即仔细深入的反复阅读。这一原则具有普遍适用性。任何文学批评都必须建立在对文本的仔细深入的阅读上，否则就根本不可能得出任何有价值的结论。第二个层次是文学批评的角度和切入点，如"新批评"提出的"语义分析法""词义分析法""双重情节分析法"等。第三个层次是文学批评的具体操作步骤。第一层次最具普遍性，第三层次则最具个性。但具有普遍性的第一层次必须落实到第二层次、第三层次，才能真正进入文学批评。

1. 原则

作为一种文学批评原则，"细读"指的是细致深入反复的阅读。如前所述，对于这一原则，瑞恰慈在《实用批评》中做出了比较好的阐释，并被"新批评"的后继者进一步发挥。其基本原则大致可以归纳为以下几点。

（1）排除先入之见的干扰，把注意力集中在文本上。在传统的文学教学和文学批评中，了解并介绍时代背景、作者生平是进行作品分析的前提。但瑞恰慈以及"新批评"的后继者如布鲁克斯等人发现，对时代背景、作者生平的了解并不一定有助于作品分析，有时，这种"外部研究"反而会分散研究者的注意力，甚至对作品分析形成误导。因此，瑞恰慈在剑桥大学做教学实验时，就特意略去作品的署名，不告诉学生诗的作者是谁，这样就避免了先入之见的干扰。（2）逐字逐句地仔细阅读。与传统的文学教学倾向于综述大意相反，"新批评"诸家都强调逐字逐句地仔细阅读，这是"细读"的基本含义。"新批评"并不一般地反对释义，布鲁克斯就曾指出，释义"可能非常有助于对诗的理解"①。"只要我们知道自己在做什么，就能恰当地将释义用作指示和速记法的参考。"② 但"新批评"反对把释义当作文学批评的目的，因为通过释义所得的"散文意思"不仅不是作品的全部，不是文学作品的精华所在，不是文学之为文学的根本，甚至根本就不是文学作品的一部分。这些从文学作品中概括出来的"大意"只是位于作品外部的"脚手架"，"不应该错误地把它们当作建筑物本身内部的和基本的结构。"③ 文学之为文学，关键在于其以对立统一的整体将"经验自身的统一"归还给我们。因此，文学批评的目的不是对诗进行释义，而是去发现一切好诗所共有的精华：作为一个有机整体的结构。这一目的只有通过细读才能达到。（3）多次重复地进行细致研读。"细读"除了细致、深入之外，还有一个重要的题中应有之义，那就是反复阅读。瑞恰慈在剑桥大学做教学实验时，要求他的学生对案稿"不是读了一遍就动笔"，而是请他们花相当多的时间和精力阅读数次。"假如他一次读了几遍，但只是引起并维持了对这首诗的一种反应或是没有引起任何反应，所得的印象只是面前纸上的一

---

① ［美］克林思·布鲁克斯：《释义误说》，杜定宇译，赵毅衡编选《"新批评"文集》，中国社会科学出版社1988年版，第199页。

② 同上书，第192页。

③ 同上书，第194页。

堆字，那么这一次几遍就只算作是'读了一次'。"① 在瑞恰慈的课堂上，"几乎没有人对任一首诗的研究少于四次"②。可见，细读在瑞恰慈那里，就已经具有了对文本进行多次回溯性阅读的意义，这一做法也被"新批评"的后继者们所继承。优秀的文学作品，总是值得并经得起反复阅读的，并且必须经过反复阅读才能真正理解。"新批评"的细读在这一点上也符合文学欣赏和文学批评的实际。

2. 角度

确立了细读的基本原则，从什么角度切入文本进行细读就成了下一个应该考虑的问题。针对这个问题，"新批评"提出了语义分析法、词义分析法和双重情节分析法。"语义分析法"（semantics criticism）和"词义分析法"（verbal analysis criticism）都是从作品语言入手进行文学分析的方法。其中"语义分析法"出自"新批评"的先驱瑞恰慈于1922年在剑桥与他的同事奥格登（Charles Kay Ogden，1889—1957）合著的《意义之意义》（*The Meaning of Meaning*）一书，"词义分析批评"出自燕卜荪于1951年出版的《复杂词的结构》（*The Structure of Complex Words*）一书。作为一个语言学家，瑞恰慈对语义学（semantics）十分重视，并将语义学的理论运用到文学批评中，提出了"语义分析法"。在剑桥任教期间，瑞恰慈将这一批评方法运用于文学批评并贯穿于课堂教学，而这段时间正是燕卜荪在剑桥就读的阶段。燕卜荪从瑞恰慈那里接受了语义分析法，并经过自己的批评实践和理论阐释，使之得到了完善和发扬。《朦胧的七种类型》就是运用这种分析方法的典范。在此基础上，燕卜荪经过进一步深入研究，又提出了"词义分析法"。此后，"新批评"的其他理论家都或多或少地受到了语义分析法和词义分析法的影响，特别是在对诗歌的分析中，十分注重从语言入手对

① ［英］I. A. 瑞恰慈：《〈实用批评〉序言》，罗少丹译，赵毅衡编选《"新批评"文集》，中国社会科学出版社1988年版，第364页。
② 同上。

文学作品进行深入细致的探讨。与"语义分析法"和"词义分析法"不同，"双重情节分析法"（double – plot analysis）是从情节入手对作品进行细读的方法。这种方法由燕卜荪在《牧歌的几种变体》（*Some Versions of Pastoral*）中提出，并被后来的"新批评"理论家所继承和丰富。

3. 步骤

找到了文本细读的角度，还要落实到具体的步骤上，才能真正地展开文本细读。例如，燕卜荪提出的"双重情节分析法"，就包括两个主要步骤：一是找出作品中的双重情节；二是对双重情节在作品中的体现进行具体分析，并通过分析达到对作品整体的深入理解。

（1）找出双重情节

如何寻找并发现作品中的双重情节呢？燕卜荪指出，双重情节具有三个特点：第一是并列性（juxtapositions），即两个情节相对独立而又并行发展；第二是一致性（correspondence），即两个情节相互吻合；第三是内在联系（interrelationships），即两个情节互为象征。根据这三个特点，就能找出作品中的双重情节。

例如，莎士比亚的名作《脱爱勒斯与克莱西达》（*Troilus and Cressida*）中，就包含着两个平行的故事。其一是：特洛伊王子脱爱勒斯（Troilus）① 爱上了先知喀尔克斯（Calchas）的女儿克莱西达（Cressida），并在克莱西达的叔父潘达洛斯（Pandarus）的帮助下，与克莱西达发生了关系。但喀尔克斯预料此战特洛伊必败，叛逃至希腊联军中为敌服务。考虑到女儿的安全，喀尔克斯请求希腊联军在交换俘虏时将克莱西达换回。克莱西达与脱爱勒斯洒泪而别，并互相发誓永不变心。但克莱西达到达希腊后便与希腊联军的大将戴奥密地斯（Diomedes）相好，并将脱爱勒斯赠给她的信物——一只衣袖转赠戴奥密地斯，结果被尾随而至的脱爱勒斯亲眼

---

① 本剧中人名翻译均采用梁实秋译《脱爱勒斯与克莱西达》，中国广播电视出版社 2001 年版。

看到。为了报复，脱爱勒斯第二天在战场上向戴奥密地斯挑战并与之厮杀，结果反被戴奥密地斯将其战马偷走并送给克莱西达。其二是：特洛伊王子赫克特（Hector）反对巴黎斯（Paris）为了满足个人的淫欲而使国家陷入战争，但赫克特仍愿意为荣誉而战。他向希腊联军的将领们发出挑战，而希腊联军的主帅亚加曼农（Agamemnon）为了压制主将阿奇利斯（Achilles）的傲气故意不让阿奇利斯出战，而派哀杰克斯（Ajax）与赫克特进行了一场不流血的打斗。此事激起了阿奇利斯的嫉妒心。但阿奇利斯由于爱上了特洛伊的公主玻利珊娜（Ployxena），曾发誓不再与特洛伊为敌，并尽力结束战争，所以仍不肯为希腊出战。直到第二天赫克特在战场上杀死了阿奇利斯的好友帕楚克勒斯（Patroclus），阿奇利斯才披挂上阵，趁赫克特卸甲休息的时候将其杀死，并将其尸体拖在马后炫耀。赫克特之死使脱爱勒斯从对克莱西达的迷恋中猛醒过来，意识到自己作为特洛伊王子的责任。他发誓要为赫克特报仇，纵马驰骤于希腊军营之中。

燕卜荪认为，首先，在这一剧本中两个情节相对独立，平行发展，这种情节设置完全符合双重情节"并列性"的特征。其次，爱情与战争两条线索结合得十分紧密。希腊王后、美女海伦对爱情誓言的背叛是战争的起因，而战争又造成了克莱西达对爱情誓言的背叛，并进一步引起了脱爱勒斯与戴奥密地斯的打斗。爱情与战争互为因果，这符合双重情节"一致性"的特征。最后，这两个故事互为象征。剧中爱情与战争相互指涉之处颇多，如全剧一开场，脱爱勒斯上场时的第一段台词就将爱情比作战争。而赫克特与表弟哀杰克斯的打斗作为战争的主要情节则暗示战争是一场亲人之间的内战，这又与爱情中的挣扎有了相似之处。这也符合双重情节"相互联系"的特征。因此，这部作品具有典型的双重情节，特别适合用"双重情节分析法"分析。

（2）具体分析

发现双重情节只是"双重情节分析法"的第一步，在此基础上更重要的是通过具体分析双重情节在作品中的表现，达到对作品的深入理解。这是"双重情节分析法"的第二步。仍以燕卜荪对《脱爱勒斯与克莱西达》一剧的分析为例。燕卜荪认为，本剧的双重情节体现在人物、环境、语言等各方面。

首先，本剧的人物设置具有明显的对应效果。燕卜荪分析了三对人物：克莱西达与阿奇利斯，脱爱勒斯与赫克特，脱爱勒斯与巴黎斯。仅以其中一例——克莱西达与阿奇利斯来看：克莱西达是特洛伊先知的女儿，阿奇利斯是希腊的大将。两个人性别不同（一男一女），国别不同（一个是特洛伊人，一个是希腊人），身份不同（一个是百姓，一个是将军），从表面上看，这两个人物没有任何相似之处。但如果仔细观察就会发现，这两个人物的共同点在于其行为和结果。从行为看，两个人都是背叛者，克莱西达背叛了她与脱爱勒斯的爱情（到希腊后另寻新欢，爱上了戴奥密地斯），阿奇利斯则背叛了自己的祖国（在战争的关键时刻不肯出战）。从结果看，两人的背叛行为都得逞而没有得到惩罚。因此，"得逞的背叛者"是二者的共同之处，这也恰恰是这两个人物的根本特征。从根本上说，二者是一致的。克莱西达是爱情领域的阿奇利斯，阿奇利斯则是政治领域的克莱西达。而且，从其背叛行为的原因来看，这两个人物也具有奇妙的对应性：致使克莱西达背叛爱情的原因之一（外因）是希腊和特洛伊的战争（因为交换俘虏而被迫离开脱爱勒斯），而致使阿奇利斯背叛祖国的原因则是爱情（因为爱上了玻利珊娜而不肯为国出战）。这两个人物的对应性使得战争与爱情的双重情节紧密相关，互相映衬，使全剧成为一个有机的整体。

其次，本剧的环境描写也体现了双重情节的特点。燕卜荪从两个方面进行了分析：一是人物与环境的象征关系，二是特洛伊城与希腊军营的比较。

在人物与环境的象征关系方面，燕卜荪指出，脱爱勒斯是特洛伊城的象征。脱爱勒斯（Troilus，又译"特洛伊罗斯"）的名字来自"特洛伊"

(Troy) 这个城市的名字,这使得这个人物与这个城市之间产生了某种密切的关系。从剧情来看,脱爱勒斯和特洛伊城都是女人的牺牲品。脱爱勒斯是克莱西达的牺牲品,特洛伊城则是海伦的牺牲品。脱爱勒斯忠于克莱西达,特洛伊城也为了保卫海伦而不惜一切,但他们都失败了。因为他们的忠诚都是以不忠为基础的,特洛伊接纳了不忠的海伦,脱爱勒斯则选择了不忠的克莱西达,所以他们的忠诚只能导致悲剧。

在特洛伊城与希腊军营的比较中,燕卜荪发现,希腊军营中尔虞我诈,许多将领如阿奇利斯、哀杰克斯都出于种种原因不忠于祖国,在关键时刻拒绝出战;元帅与将领钩心斗角,争权夺势;相比之下,特洛伊城内部很团结,将领们都忠于国家,没有像希腊军营那样被不忠所分裂。但特洛伊城的忠诚建立在不忠的基础上,因为它接纳了不忠的海伦,因而建立在爱情背叛基础上的政治忠诚最终还是遭到了失败。

最后,本剧的语言充满了双关语,这些双关语将双重情节结合成一个不可分割的整体。其中,燕卜荪对 general 一词的分析很有代表性。General 一词的本义是包含或适用于整体的普遍观念、原则或陈述,由此产生了两个相反的引申义。从它作为整体的规范(ruler)出发,可以引申为管理整体的统治者,如将军、领袖等;从它包含整体出发,又可以引申为普通公众、民众。这个词在本剧中出现了 7 次,既有其本义、两个引申义,还有词性(名词、形容词、副词)的变化,由此形成的双关义恰好将双重情节的两个核心——公共领域的核心(英雄、政治家)与私人领域的核心(陷入爱情的普通人)联系在一起。因此,燕卜荪认为,双关语并不仅仅是玩弄语言技巧,而是莎士比亚将作品结合成一个有机整体的有效手段。

总之,人物的对应,人物与环境之间的象征,环境之间的对照,语言的双关,把两个看似孤立的情节有机地结合成了一个整体。

本剧的主题是什么?有人认为是战争,有人认为是爱情。本剧中原本就包含着战争和爱情的双重情节,因此这两种说法都不难找到根据。但是,从"双重情节"出发，要确定本剧的主题就不应当偏重一方，而应该找出联结这双重情节的东西。在战争故事中，作品关注的是将领对国家是否忠诚；在爱情故事中，作品关注的则是相爱的双方对爱情是否忠诚。因而燕卜荪认为，本剧的主题是忠诚。一方面，忠诚者常遭不幸（如赫克特、脱爱勒斯），不忠者却常常得逞（如阿奇利斯、克莱西达），但这恰恰说明忠诚的价值不在于它所获得的酬报，而在于忠诚自身。另一方面，忠诚者的失败其实恰恰植根于更深层次的不忠（特洛伊接纳海伦、脱爱勒斯选择克莱西达），这也从另一个角度批判了不忠。① 当然，燕卜荪的观点也只是一家之言，但它能自圆其说，而且显然比传统的观点更有说服力。

（二）熟读：有识、讽咏、妙悟

与"新批评"条理清晰、层次清楚的"细读"相比，中国古典诗论中的"熟读"（熟参）则呈现出明显的感悟性，其中并无"新批评"这样条分缕析的层次和步骤。但如仔细分析，仍可提炼出以下三个要点。

1. "有识"

这是"熟读"的准备。严羽在《沧浪诗话》中把"识"放在一个非常重要的位置。《沧浪诗话》的开篇第一句就是："夫学诗者以识为主：入门须正，立志须高；以汉魏晋盛唐为师，不作开元天宝以下人物。"② 严羽之所以如此强调"识"，是因为在他看来，具备"识"，才能确立正确的学诗目标和方向。学诗必须"熟读"，但从古至今的诗歌作品多得不可胜数，根本也不可能读完，那么，选择哪些诗来"熟读"，就成了一个至关重要的问题。要做出正确的选择，就必须"有识"。一旦取法失当，"即有下劣诗魔

---

① 限于篇幅，"新批评"其他批评方法的具体步骤不能详述，参见李卫华《价值评判与文本细读——"新批评"之文学批评理论研究》，中国社会科学出版社 2006 年版。

② （宋）严羽：《沧浪诗话校释》，郭绍虞校释，人民文学出版社 1961 年版，第 1 页。

入其肺腑之间"，"路头一差，愈骛愈远"①，学诗难免落入"野狐外道"②。因此，识得好诗是一种非常重要的能力，因为"学其上，仅得其中；学其中，斯为下矣"，"工夫须从上做下，不可从下做上"③。那么，什么样的诗才是好诗呢？严羽提出了"兴趣"说。

《沧浪诗话》首次提到"兴趣"是在《诗辨》的第二条："诗之法有五：曰体制，曰格力，曰气象，曰兴趣，曰音节。"④ 陶明濬在《诗说杂记》卷七中对此解释说："此盖以诗章与人身体相为比拟，一有所阙，则倚魁不全。体制如人之体干，必须佼壮；格力如人之筋骨，必须劲健；气象如人之仪容，必须庄重；兴趣如人之精神，必须活泼；音节如人之言语，必须清朗。五者既备，然后可以为人。亦惟备五者之长，而后可以为诗。近取诸身，远取诸物，而诗道成焉。"⑤ 以人体为喻来说诗，是中国古代文论中常用的手法。严羽在《沧浪诗话》中继承了这一传统。在这里，"兴趣"是与"体制""格力""气象""音节"并列的诗的五要素之一，其特征要求是"必须活泼"。在此基础上，在《诗辨》的第五条中，严羽从正反两个方面进一步阐发了"兴趣"说：

> 夫诗有别材，非关书也；诗有别趣，非关理也。然非多读书，多穷理，则不能极其至。所谓不涉理路，不落言筌者，上也。⑥

这是从反的方面，通过驳斥错误的观点来立论。正如严羽自己所说，《诗辨》所批判的对象是"江西诗病"。以黄、陈为代表的"江西诗派"强调"无一字无来处"，原为纠正晚唐绮靡文风，有其合理之处；其优者以其天

---

① （宋）严羽：《沧浪诗话校释》，郭绍虞校释，人民文学出版社1961年版，第1页。
② 同上书，第12页。
③ 同上书，第1页。
④ 同上书，第7页。
⑤ 同上。
⑥ 同上书，第26页。

资博学，也能对文字故实驱使无碍，游刃有余；但其末流则"未得其所长，而先得其所短"①，专务使事用典、险韵奇语，遂堕入魔道。特别是由于后来最高统治者的提倡，使其流弊遍及天下，学诗者无不牢笼其中。严羽针对这一弊端，进行了尖锐的批评：

> 近代诸公乃作奇特解会，遂以文字为诗，以才学为诗，以议论为诗。夫岂不工，终非古人之诗也。盖于一唱三叹之音，有所歉焉。且其作多务使事，不问兴致；用字必有来历，押韵必有出处，读之反复终篇，不知着到何在。其末流甚者，叫噪怒张，殊乖忠厚之风，殆以骂詈为诗。诗而至此，可谓一厄也。②

正是为了纠正江西诗派末流所导致的以文字、才学、议论为诗的错误倾向，严羽提出了"别材别趣"说。严羽强调诗有别材别趣，非关书关理，并不是反对读书穷理，而是要把诗从僵死狭隘的书本和义理中解放出来，从而为诗歌创作打开一片新的天地。

在驳斥了江西诗病的基础上，严羽对"兴趣说"做了正面的立论：

> 诗者，吟咏情性也。盛唐诸人惟在兴趣，羚羊挂角，无迹可求。故其妙处透彻玲珑，不可凑泊，如空中之音，相中之色，水中之月，镜中之象，言有尽而意无穷。③

这里的"吟咏情性"，当然不是《毛诗序》中所说的"吟咏情性，以风其上，达于事变而怀其旧俗者也。故变风发乎情，止乎礼义"④ 的老调重弹。

---

① （宋）张戒：《岁寒堂诗话》，丁福保：《历代诗话续编》，中华书局1983年版，第455页。
② （宋）严羽：《沧浪诗话校释》，郭绍虞校释，人民文学出版社1961年版，第26页。
③ 同上。
④ 《毛诗序》，郭绍虞主编《中国历代文论选》（一卷本），上海古籍出版社1979年版，第30页。

严羽的着眼点并不在于合乎道德伦理规范的"温柔敦厚",而是追求"羚羊挂角、无迹可求"的"一唱三叹之音",推崇一种迷离惝恍、不可言传的玄妙境界。依此为标准,严羽以禅喻诗,将从古至今的诗歌分为三个不同的等级:"汉魏晋与盛唐之诗,则第一义也。大历以还之诗,则小乘禅也,已落第二义矣。晚唐之诗,则声闻辟支果也。"① 而"学者须从最上乘,具正法眼,悟第一义。若小乘禅,声闻辟支果,皆非正也"②。但严羽又并非一味泥古,他之所以强调师古,主要是想借古风纠正当朝诗坛的不良风气,因此,在师古的同时,严羽对古诗其实也是有选择的,比如:"楚词,惟屈宋诸篇当读之。外惟贾谊《怀长沙》、淮南王《招隐》、严夫子《哀时命》,宜熟读。此外亦不必也。"③ 总之,学诗须"熟参",但"须参活句,勿参死句"④,"看诗须着金刚眼睛,庶不眩于旁门小法"⑤。

需要指出的是,严羽关于"有识"的论述存在一个内在的矛盾,即究竟是先"有识"再去"熟读"("熟参"),还是先"熟读"("熟参")才能"有识"?严羽有时强调前者,认为先要"有识",才能选择正确的阅读对象。只要阅读的对象是值得学习的,"虽学之不至,亦不失正路。"⑥ 若选择了错误的学习对象,就会南辕北辙,愈骛愈远,愈学愈俗,愈参愈死。但"识"从何来?它不会从天而降,也不会先天地存在于人的头脑中,只能从学中来。所以,严羽又希望读者不仅熟参他所提倡的汉魏晋盛唐之诗,也要熟参他所批判的大历以还之诗,晚唐诸家之诗,乃至本朝的江西诗派之诗,认为只要读者"熟参"了这些诗,就自然能明辨好坏,"其真是非自有

① (宋)严羽:《沧浪诗话校释》,郭绍虞校释,人民文学出版社 1961 年版,第 11—12 页。
② 同上书,第 11 页。
③ 同上书,第 182 页。
④ 同上书,第 124 页。
⑤ 同上书,第 134 页。
⑥ 同上书,第 1 页。

不能隐者"。① 从解释学的角度来看，"熟读"与"有识"其实是一个不断循环的过程。读者只能通过"熟读"才能"有识"，然后在已经获得的"识"的指导下进行新一轮的"熟读"，又可以获得更多更深的见识，这些见识又可以指导读者更深层次的阅读。这是一个无限循环、不断深入的过程。严羽只不过是在《沧浪诗话》的不同章节，强调了这一过程的不同阶段而已。

2. "讽咏"

这是"熟读"的基本方法。选择了正确的学习对象，如何学习就成为必须关注的问题。与"新批评"的"细读"相同的是，宋代诗学中的"熟读"也具有多次重复性仔细阅读的含义，这就是"讽咏"。严羽在《沧浪诗话》中多次指出，读诗如治经，即读诗不应浮皮潦草地只看大意，而应当像"今人之治经"一样仔细认真地字斟句酌，而且必须"朝夕讽咏""枕藉观之""酝酿胸中"②，这些指的都是多次重复性的仔细阅读。之所以要多次重复性地仔细阅读，是因为好诗的内涵往往是深刻的，只读一次或仅做表面上的阅读很难把握。严羽说："孟浩然之诗，讽咏之久，有金石宫商之声。"③ 从要求接受者认真仔细、反复持久地阅读文本这一点上来看，"熟读"确实与"细读"有明显的一致性。

但"熟读"依托于"讽咏"，而"细读"依托于"分析"（analysis），二者又有着本质的区别。"分析"受制于西方传统文化中主客二元对立的思维模式，"讽咏"则浸染于中国传统文化中天人合一、物我两忘的思维模式。在"分析"中读者与文本是二元对立的关系，在"讽咏"中读者与文本是浑然一体的关系。无论是"语义分析法""词义分析法"还是"双重情节分析法"，读者都是作为主体，站在文本的对立面来解剖作为客体的文

---

① （宋）严羽：《沧浪诗话校释》，郭绍虞校释，人民文学出版社 1961 年版，第 12 页。
② 同上书，第 1 页。
③ 同上书，第 195 页。

本，以求得出科学的结论。而在"讽咏"中，读者不是站在文本的对立面，而是将个体生命完全融入文本之中，以获得关于文本的审美价值的感悟和体验。"分析"得出的结论具有客观性，任何一个读者，只要是以同样的理论做指导，运用同样的研究方法，都应该得出大致相同的结论。与之相比，"讽咏"则具有比较明显的主观性，由于"讽咏"是读者将自己的个体生命投注到文本中以获得对于文本的生命体验，这种体验具有很强的内在性和独创性，既不可重复，也难以言传。"分析"必须具备清晰的步骤，甚至不避琐碎；"讽咏"则以体验和感悟为基本方式。燕卜荪为了分析《李尔王》，专门查阅了《牛津词典》，考证出"傻"（fool）这个词从 13 世纪至今的所有词义；① 布鲁克斯为了分析《辛白林》，专门考证出形状类似结籽的蒲公英的扫烟囱专用的长柄扫帚，最早是 1805 年才出现的，因而与莎士比亚（1564—1616）在该剧中使用的比喻无关。② 与之相比，"讽咏"并不重视逐字逐句的分析，而强调对诗歌整体的感悟。严羽认为，好诗是不可拆开来分析的："汉魏古诗，气象混沌，难以句摘。晋以还方有佳句"③，"建安之作，全在气象，不可寻枝摘叶。灵运之诗，已是彻首尾成对句矣，是以不及建安也。"④ 真正的好诗，妙在"无迹可求"，无法逐字逐句地加以分析，只能用内心去体悟，所谓"诗之是非不必争"⑤ 是也。因此，《沧浪诗话》中没有细致入微的字词分析，却不乏见解独到的精妙体悟，例如："李杜二公，正不当优劣。太白有一二妙处，子美不能道；子美有一二妙处，太白不能作。"⑥ "子美不能为太白之飘逸，太白不能为子美之沉郁。太白《梦游

① 参见 William Empson, *The Structure of Complex Words*. Totowa, New Jersey：Rowman and Little-field, 1951。

② 参见［美］克林思·布鲁克斯《新批评》，周敦仁译，赵毅衡编选《"新批评"文集》，中国社会科学出版社 1988 年版，第 544—545 页。

③ （宋）严羽：《沧浪诗话校释》，郭绍虞校释，人民文学出版社 1961 年版，第 151 页。

④ 同上书，第 158 页。

⑤ 同上书，第 138 页。

⑥ 同上书，第 166 页。

天姥吟》《远别离》等，子美不能道；子美《北征》《兵车行》《垂老别》等，太白不能作。论诗以李杜为准，挟天子以令诸侯也。"① 虽无充分的论证作为依托，细思却极为在理。这正是东方文化的神韵所在。

3. "妙悟"

这是"熟读"的最终目的。在严羽看来，"熟读"不仅是评诗之法，而且是学诗之法。经过"熟读"，读者不但要品评诗的好坏，而且自己也要写出好诗，这里的关键就在于"妙悟"，即悟出诗的韵味、诗的境界、诗的本质。严羽认为，"有识"的读者选择"吟咏情性"的佳作，经过"朝夕讽咏"，"酝酿胸中，久之自然悟入"②。"悟入"，就是由"悟"而进入诗的境界，进入写诗的正路。

关于"妙悟"，历来学界争论的有两个问题。一是如何达到"妙悟"。众所周知，"妙悟"是严羽以禅喻诗提出的观点。禅宗不立文字，强调摒除理性，破除执念，在瞬间悟得深刻的佛理。据此，一些学者认为，"妙悟"就是无须知识依傍，无须逻辑推理，以神秘的直觉领悟诗的玄妙境界。其实，这是对严羽的误解。严羽虽然认为"诗有别材别趣"，并举例说"孟襄阳学力下韩退之远甚，而其诗独出退之之上者，一味妙悟而已"③，但这只是强调书本知识不会自动转化为诗意境界，以纠正当朝以文字、才学、议论为诗的弊端，并非全然否定书本知识的重要性。事实上，严羽认为，诗意境界是建立在书本知识的基础上的，"非多读书，多穷理，则不能极其至"④。当然，对于"妙悟"来说，除了读书，更重要的是读诗，只有将自楚辞至当朝的诗歌遍览熟参，经过经典诗作的长期浸染，才能自然而然地达到圆融无碍、豁然开朗的诗味至境。

---

① （宋）严羽：《沧浪诗话校释》，郭绍虞校释，人民文学出版社 1961 年版，第 168 页。

② 同上书，第 1 页。

③ 同上书，第 12 页。

④ 同上书，第 26 页。

二是如何理解"妙悟"与"第一义之悟""透彻之悟""一知半解之悟""不假悟"等说法之间的关系。如前所述，中国古代文学批评感悟性较强而理论性较弱，在概念的运用上具有相当的随意性。严羽围绕"悟"提出了一系列概念，却只是信手拈来，并未进行细致的比较和全面的阐释。要想正确理解这些概念，还须仔细加以辨析。

"第一义"之说，在《沧浪诗话》中共出现了三次。

"禅家者流，乘有小大，宗有南北，道有邪正；学者须从最上乘，具正法眼，悟第一义。若小乘禅，声闻辟支果，皆非正也。"① 这是说学禅要分清大小、南北、邪正，目的就是最终要"悟第一义"。这里，"第一义"就是"正法眼"，与上文所讲的"有识"相关联，即要选择前人正确的成果来继承和学习。

接着严羽指出，学禅如此，学诗也是如此："汉魏晋与盛唐之诗，则第一义也。大历以还之诗，则小乘禅也，已落第二义矣。晚唐之诗，则声闻辟支果也。学汉魏晋与盛唐诗者，临济下也。学大历以还之诗者，曹洞下也。"② 就学诗而言，"悟第一义"就是要以汉魏晋盛唐为师，继承"惟在兴趣"的诗风与传统，"不做开元天宝以下人物"，既不学晚唐绮靡文风，也不学当朝掉书袋的风气。在这里"第一义"与"第二义"相对，代表的是悟的最高境界，因此，"第一义之悟"与"妙悟"当是同义的。

严羽认为，"悟"也有程度、层次的差别："然悟有浅深，有分限，有透彻之悟，有但得一知半解之悟。汉魏尚矣，不假悟也。谢灵运至盛唐诸公，透彻之悟也；他虽有悟者，皆非第一义也。"③ 将"透彻之悟"与"一知半解之悟"相对并提，显然，"透彻之悟"属于"第一义"，而"一知半解之悟"属于"第二义"。但如何理解"不假悟"？按照"汉魏尚矣"的说

---

① （宋）严羽：《沧浪诗话校释》，郭绍虞校释，人民文学出版社1961年版，第11页。
② 同上书，第11—12页。
③ 同上书，第12页。

法，这应当是比"透彻之悟""第一义之悟"更高的境界。而"悟第一义"已是"妙悟"，"禅道惟在妙悟，诗道亦在妙悟"，"一味妙悟"便是诗的最高境界，如何又会出现比"妙悟"更高的境界——"不假悟"呢？

其实在严羽这里，"不假悟"并非"妙悟"之上的另一境界，而恰恰就是"妙悟"的一种表现形式。严羽的"妙悟说"借禅说诗，而禅宗中对于"妙悟"，历来有"有无双照"的说法。僧肇（384—414）《肇论》的《涅槃无名论》中认为："妙悟在于即真。即真则有无齐观，齐观则彼己莫二。"① 胡吉藏（549—623）在《法华玄论》中又说："其轮本来常清静也。佛如斯而转，竟无所转。缘如斯而悟，竟无所悟。无所转始为妙转。无所悟始名妙悟。"② 永嘉玄觉禅师（665—713）对此的解说是："无即不无，有即非有。有无双照，妙悟萧然。"③ 澄观法师（738—839）疏《华严经》卷一二《如来名号品》时说："双照真俗，故称'妙悟'。"④ 简言之，"妙悟"双照有无，就"有"而言，"妙悟"是"悟无"；就"无"而言，"妙悟"是"无所悟"。严羽借"妙悟"来说诗，自然也有"有无"双境：就"有"而言，"妙悟"是"透彻之悟"；就"无"而言，"妙悟"是"不假悟"。二者合成"妙悟"双境，共同组成诗的最高境界，悟的最高境界。从下文"他虽有悟者，皆非第一义也"的说法，也可看出，"不假悟"和"透彻之悟"均为"第一义之悟"，即"妙悟"。

总之，"有识"之人通过"讽咏""惟在兴趣"的佳作达到对诗歌意境和本质的"妙悟"，是《沧浪诗话》中"熟读"的基本内涵。它要求读者对文本进行从容的玩味、切己的省察和深入的体悟，这与"新批评"对文本的层次清晰、步骤明确的科学化"细读"有着明显的不同。但在强调关

---

① （宋）慧然、蕴闻、道先等编：《大慧普觉禅师普说》，《大正新修大藏经》（卷一四），（台北）中华佛教文化馆 1957 年影印版，第 159 页。
② 同上书，第 427 页。
③ 同上书，第 390 页。
④ 同上书，第 588 页。

注文本本身，强调只有对文本进行多次重复性细致研读才能获得对文本本身、对诗本身的深入理解方面，二者又不谋而合。

三 话语功能

"细读"与"熟读"不但同样具有话语形式的多样性、话语内涵的丰富性，在话语功能方面，二者也具有同样的特点：都具有双重的话语功能。具体地说，无论"细读"还是"熟读"，都既是批评论的范畴，也是创作论的范畴，文学创作与文学批评在这两个范畴中都得到了完美的融合。

（一）"细读"：从《逃亡者》到《理解小说》

众所周知，"细读"有两个诞生地：除了上文提到的艾伏尔·阿姆斯特朗·瑞恰慈所在的地剑桥大学的课堂以外，"细读"的另一个诞生地是位于美国田纳西州（State of Tennessee）纳什维尔（Nashville）市的范德比尔特大学（Vanderbilt University）。这所大学是"新批评之父"约翰·克娄·兰色姆的母校。该校创立于1837年，由美国铁路大亨范德比尔特捐建，是位于美国南方的顶级名校，也是世界一流大学之一。兰色姆1909年由此校毕业，获得罗德奖学金，前往英国牛津大学深造。1914年从牛津大学毕业后，兰色姆又回到母校任教。当时范德比尔特大学让学生对教师的教学进行匿名的打分评价，而兰色姆得分很低。原因可能是多方面的，但其中一个重要原因或许是兰色姆的文学观念与当时的社会潮流不符。当时距离美国南北战争结束已有大约半个世纪，美国南方的经济体制已经全面走向工业化，资本主义的工业经济取代了南方原有的种植园经济。而在思想观念上，对于科学技术和社会进步的迷信成为盛行一时的思潮。这一思潮理所当然地影响到了大学的文学教学和文学研究。把文学作品和社会进步事业捆绑在一起，把文学作品看成社会进步的注脚，是当时文学教学的流行方式。而且，这种方式由于与当时的社会思潮相一致，在教学中很受学生欢迎。

但兰色姆的观点与此不同。在他看来，资本主义化的南方并不是美国内战以后南方可能的最佳状态。南方很多优秀的文化传统被战争和工业文明粗暴地斩断，是一件非常可惜的事。面对南方田园牧歌般的传统文化随着战争的摧残和工业文明的辗压而消逝，兰色姆只能发出一声叹息。在教学中，与总统演讲般雄辩滔滔的风格不同，兰色姆的嗓音通常是平淡的，缺乏抑扬顿挫的节奏。这种平静而怀旧的教学方式在学生中当然缺乏煽动性。为了加强和学生的沟通，兰色姆开始在校园之外组织与学生的聚会，讨论的话题起初是哲学，后来则转向文学。这个以范德比尔特大学的青年师生为主体的课外讨论会孕育了一个重要的文学和学术团体——后来名扬美国和全世界的"逃亡者"（The Fugitives）。这个团体的成员大多是诗歌爱好者，有着与兰色姆类似的对文学的热爱和对社会进步的困惑。在每周一次的聚会上，他们不仅要表达对南方社会现状的忧虑，更重要的是要交流他们的诗作。这些不甚出名的青年诗人将他们的诗作带到讨论会上供大家传阅，每一首诗都受到十分苛刻的挑剔，然后按照它们技术上的完美程度划分等级。这样做使这些诗人大大提高了对诗歌技术性要求的自觉性，使他们认识到，在诗歌创作的热情平息后，再来这么一番冷酷无情的修剪订正，对于艺术大有裨益而毫无害处。在不断切磋诗艺的基础上，1921 年，他们还创办了一本名为《逃亡者》的诗刊。这本诗刊虽然于 1925 年停刊，但由此形成的"细读法"却一直保持并发展起来，并逐渐成为"新批评"的基本原则。

显然，在诗歌领域，"细读"首先是一个创作论的范畴，它是一些诗人修改诗作的基本方法。但由于这种方法包含着不同诗人之间对诗作的互相品评，也可以看作一种文学批评的方法。与之相反，在小说领域，"细读"首先是一个批评论的范畴，但又常常渗透进创作论，对于理解作家如何进行文学创作也有一定的启发意义。

需要说明的是，在对于小说和戏剧的分析方面，"细读法"常常受到指责。许多论者认为"细读法"着重于作品字词意义的探讨，因而只适合分析篇幅短小的诗歌，而对于篇幅较长的小说和戏剧则无能为力。他们的重要论据之一是，布鲁克斯与罗伯特·潘·沃伦合著的《理解小说》、与罗伯特·海尔曼合著的《理解戏剧》，都远不如《理解诗歌》产生的影响大。这种说法值得商榷。首先，一部著作影响力的大小与它带给人们的新鲜感有关。《理解诗歌》出版在先，给读者带来的新鲜感较强，影响当然比较大；《理解小说》和《理解戏剧》出版在后，新鲜感相对减弱，影响也就相对比较小。其次，一部著作的影响力还取决于其受众的数量。就一般读者的阅读习惯来说，读诗的时候，大多数读者是有意识地去感受诗歌语言之美，因而会主动地吟咏、品味诗歌的语言。而且，由于诗歌的篇幅比较短小，对于诗歌进行批评分析的文章也大多重视对诗歌语言和细节的探讨。这些习惯都与"细读法"不谋而合，因此，《理解诗歌》《精制的瓮》中对诗歌的分析较容易为人们所接受。相比之下，人们去读一部小说或一部戏剧作品，主要是为了去看一个故事，一旦读者明白了这部小说或戏剧讲的是一个什么故事，读者就认为自己已经"读懂了"，阅读过程也随之结束，很少有读者会进一步去思考和体会故事的结构、技巧和语言。相应地，在文学批评中，大多数批评文章为了适应读者的这种需要，常常着力于概括作品的大意、提炼作品的主题思想，帮助读者"读懂"作品，因而对小说和戏剧的细读在文学批评中也比较少见。由于大多数读者和批评者感觉不到对小说和戏剧进行细读的必要，《理解小说》和《理解戏剧》中的细读产生的影响较小是必然的。但这恰恰说明，对于小说和戏剧的细读是文学阅读和文学批评中的薄弱环节。一部优秀的小说或戏剧作品不但应当有一个好故事，而且这个故事的结构、技巧和语言也应当禁得起推敲。以中国古典文学名著为例，《西游记》《水浒传》《三国演义》的故事都比《红楼梦》的故事复杂有趣，但《红楼梦》为什么被公认为中国古典小说的巅峰，只有通过细读才能得到答案。

实际上，"新批评"的"细读法"在小说和戏剧的分析方面确实能给人许多启发。布鲁克斯和沃伦对海明威（Ernest Miller Hemingway，1899—1961）的短篇小说《杀手》（*The Killers*）就进行了精彩的"细读"式分析。① 他们并不是进行纯粹的形式技巧分析，而是适应大多数读者的阅读习惯，从"这篇小说讲的是什么故事？"这个普通读者关注的问题入手进行分析。布鲁克斯和沃伦认为，要回答这一问题，必须首先回答"这篇小说讲的是谁的故事？"这一问题，因为对于故事中不同的人物来说，小说中的故事具有不同的意义。小说的题目是《杀手》，有的读者因此把它看成是关于两个"杀手"的故事。但是，在这部小说的四个场景中，只有第一个场景是描写两个杀手的。如果把它看成是一个谋杀的故事，后面的三个场景就显得毫无必要。更重要的是，作为一个谋杀故事，这部小说显得单调乏味，整个谋杀前无起因，后无结果，所有的只是对于职业杀手的陈词滥调的描写。如果将这部小说看成是关于谋杀的对象——奥勒·安德生（Ole Anderson）的故事，第二个场景就变成了小说的重心，第一个场景就成了对第二个场景的铺垫。但这样一来，第三、第四个场景还是显得毫无意义，而且，第一个场景中也充满了漫不经心的东拉西扯，而对于奥勒·安德生本人的介绍却显得十分不够。布鲁克斯经过分析提出，小说故事的焦点既不在暴徒，也不在安德生，而是在餐馆里的两个男孩——乔治（George）和涅克（Nick）身上。其中乔治接受了现状，而涅克却受到了强烈的刺激，因此，这部小说是关于涅克的故事。以涅克为重心，这篇小说的四个场景就有机地联系起来了。在第一个场景当中，涅克遇到了两个职业杀手，他们为了钱去杀害与自己素不相识的人，并以此为荣；在第二个场景中，涅克遇到了奥勒·安德生，他明知有人要杀自己，却既不肯叫警察，也不肯逃走，

---

① 参见［美］克林斯·布鲁克斯、罗伯特·潘·沃伦编著《小说鉴赏》，主万等译，世界图书出版公司 2006 年版，第 242—248 页。

而是待在屋子里等死；在第三个场景中，涅克遇到了代替奥勒·安德生的房东赫思奇太太（Mrs. Hirsch）管理客店的贝尔太太（Mrs. Bell），贝尔太太对即将发生的谋杀一无所知，她认为安德生是个好人，在这么好的天气里应该照样出去散步；在第四个场景中，涅克回到餐馆，见到了餐馆的厨子和乔治，他们都知道发生了什么事，却漠然置之。通过对这四个场景的细致入微的分析，布鲁克斯和沃伦指出，贯穿这四个场景的主题是"邪恶的发现"（the discovery of evil）。涅克是这部小说的主人公，而涅克做了什么？他似乎对自己所处的环境完全无能为力。布鲁克斯和沃伦认为，涅克所做的事情就是：发现。在遇到杀手之前，涅克还是一个天真的男孩（在小说中，涅克的身份是餐厅的侍者，而侍者通常被顾客称作 boy，这一称呼颇有寓意）；而在遇到杀手之后，涅克突然发现，他生活于其中的这个世界是如此邪恶。在此基础上，布鲁克斯和沃伦还进一步深入分析了海明威小说中主人公的类型。众所周知，海明威以塑造"硬汉"（hard man）著称。《丧钟为谁而鸣》（*For Whom the Bell Tolls*）中的罗伯特·乔丹（Robert Jordan）、《老人与海》（*The Old Man and the Sea*）中的桑地亚哥（Santiago），都是硬汉的典型。有趣的是，在这些长篇小说中，海明威虽然非常成功地塑造了一系列的硬汉，却没有说明，这些硬汉的性格是如何形成的。硬汉不是天生的，必须要经过生活的磨砺才能长成。而认识到世界的邪恶，放弃对世界的童话般的幻想，这是一个人由天真的"男孩"（boy）成长为坚强的"男子汉"（man）的第一步。如果说，海明威的长篇小说告诉了读者"什么是硬汉"，那么，他的以涅克为主人公的一系列短篇小说，如《杀手》《印第安人营地》（*Indian Camp*）、《大双心河》（*Big Two-Hearted River*）等24篇作品，则通过对涅克由孩子成长为青少年、士兵、复员军人、作家、父亲的经历，生动地告诉了读者"硬汉是如何长成的"。这两类作品相映成趣而又相得益彰，共同完成了海明威对"硬汉"的塑造。

布鲁克斯和沃伦进一步指出，海明威作品中的"boy"和"man"这两类看似截然不同的人物，其实有着惊人的相似之处：那些看起来"打不败的"（not defeated）硬汉，其实都如同孩子一样单纯。但这种单纯不同于华兹华斯（William Wordsworth，1770—1850）式的单纯。华兹华斯笔下的农夫和儿童天真而淳朴，宁静而浪漫；而在海明威笔下，斗牛士、士兵、革命者、运动员或者歹徒代替了农夫，同时，像涅克这样"发现了邪恶"的少年代替了天真无邪的儿童。为什么会有这种不同？布鲁克斯和沃伦认为，"产生两位作家之间的主要差别的原因在于他们属于两个不同的世界。海明威生活的时代，较之华兹华斯生活的那个淳朴、天真的时代远为混乱，也远为残酷。"① 由此，布鲁克斯和沃伦对《杀手》的分析，开始由批评论转向创作论，即：海明威为什么会创作出这样的小说？他是怎样创作出这样的小说的？在布鲁克斯和沃伦的引导下，读者会慢慢发现：海明威作品中的硬汉，常常貌似倔强而迟钝，实则温馨而敏感，这恰如《纽约客》上那幅名为《厄内斯特·海明威的灵魂》的漫画：一只毛茸茸的、粗壮的手臂，强有力的大手中抓着一朵小小的玫瑰花。这样，读者关注的焦点就由海明威作品中的人物，转到作者本人身上来。海明威所处的时代、他的个人经历、他对生活的态度、他对理智的不信任、他对经验的直接印象的热爱，以及对人为造作的文体的厌恶，最终凝结成了海明威独特的写作风格：质朴的人物、简单的情节与明快的文体的完美的统一。布鲁克斯和沃伦的分析，总是能从最外在的形式特征入手，最终达到对作品最内在的意蕴的揭示，并将作品与作者及其所处的时代关联起来。例如，海明威小说中的句子基本上是短句的并列（特别是"电文式的对白"）、段落基本上是单线排列，由此形成了海明威小说短促的节奏，这一方面与他作品中简洁的人物形象和情节设置相一致，另一方面，简单短句的简单排列带来的语言的碎

---

① ［美］克林斯·布鲁克斯、罗伯特·潘·沃伦编著：《小说鉴赏》，主万等译，世界图书出版公司2006年版，第247页。

片化，又与海明威所生活的那个支离破碎的世界是那样的吻合。可以说，这样的分析，不但可以作为文学批评来引导读者更好地理解文学作品，甚至可以当作文学写作的教材来读了。

总之，无论在诗歌还是小说领域，"新批评"的"细读法"都同时涉及创作论和批评论两个方面。这与新批评理论家的作家身份有关。兰色姆的学生艾伦·退特是一个诗人，他提出的"张力诗学"（tensional poetics）既是创作理论也是批评理论。而《理解诗歌》《理解小说》的作者之一罗伯特·潘·沃伦则既是一名诗人又是一名小说家，他是美国唯一一个既获得普利策诗歌奖又获得普利策小说奖的作家，也是第一个被美国国会授予"桂冠诗人"称号的作家，还多次被提名为诺贝尔奖的候选人。他的长篇小说《国王的人马》（All the King's Man）在获普利策奖之后又被搬上银幕，至今仍是公认的现代美国文学的经典作品。由于大多数"新批评"理论家本身也是诗人或小说家，他们的理论通常都不是凌空蹈虚的概念推演，而是与文学创作紧密结合，显得颇有说服力。"新批评"之后的文本分析，大都遵循了细读的原则。"新批评"的细读实践，还在美国的大学讲坛上确立了文学批评的地位，对文学教学和文学批评都产生了深远影响。

（二）"熟读"：学诗与评诗

与"细读"相类似，"熟读"同样是两栖于创作论和批评论的范畴，具有双重的话语功能。写诗是中国古代文人生活中一个不可或缺的组成部分，而评诗则既是学习写诗的步骤，又是写诗之后必不可少的欣赏和回味。因此，中国古代诗论常常是"学诗"与"评诗"合一的理论。严羽的"熟读"理论也是如此。在《沧浪诗话·诗辨》的开篇，严羽就指出："夫学诗以识为主：……先须熟读楚词，朝夕讽咏以为之本；及读古诗十九首，乐府四篇，李陵苏武汉魏五言皆须熟读，即以李杜二集枕藉观之，如今人之治经，然后博取盛唐名家，酝酿胸中，久之自然悟入。"① 这说明，在严羽这里，"熟读"首先是作为一种学诗的方法和途径来提出的，作为评诗之法的"熟读"反而是由此衍生的派生物。作为集学诗与评诗于一身的诗法，"熟读"的作用主要有以下三个方面。

一是去俗。超凡脱俗历来是中国文人所追求的诗歌境界，而对于什么是"俗"，不同时代的不同文人又有不同的看法。严羽指出："学诗先除五俗：一曰俗体，二曰俗意，三曰俗句，四曰俗字，五曰俗韵。"② 陶明濬在《诗说杂记》卷九对此解释说："俗体者何？当是所盛行如应酬诸诗，毫无意味，腴词靡靡，若试帖等类，今亦不成问题矣。""俗意者何？善颂善祷，能诔能谐，毫无超逸之志是也。"③ 由于写诗在古代文人生活中的重要地位，应酬唱和也成为文人日常生活中人际交往的基本方式，其中虽然不乏知己之间的交流，但更多的是礼节性的敷衍。而以诗为统治者歌功颂德、点缀升平，更是身居官位的文人的日常功课。这类作品受制于题材和世俗的功利需要，大多内容单薄、感情虚假，但形式上却辞藻华丽、声律谐和、对仗工稳，正好为那些生活空虚的官僚士大夫提供一种以文字为形式的消遣。而严羽天资颇高，不事科举，因持论高妙而为俗世不容。对于这种庸俗无聊的文字游戏，严羽当然认为是必须去除的"俗体""俗意"。

与"俗体""俗意"针对官场唱和不同，"俗句""俗字"和"俗韵"针对的则是"江西诗病"。陶明濬在《诗说杂记》卷九中说："俗句者何？沿袭剽窃，生吞活剥，似是而非，腐气满纸者是也。""何谓俗字？风云月露，连类而及，毫无新意者是也。""何谓俗韵？过于奇险，困而贪多，

---

① （宋）严羽：《沧浪诗话校释》，郭绍虞校释，人民文学出版社 1961 年版，第 1 页。
② 同上书，第 108 页。
③ 同上。

过于率易，虽二韵亦俗者是也。"① 以上"三俗"，除"俗字"批判的是类似"西昆体"的风花雪月之作以外，"俗句""俗韵"都明显是对"江西诗派"的批判。"俗句"所指"沿袭剽窃，生吞活剥，似是而非，腐气满纸"，显然是"江西诗派"一味拟古所造成的恶劣文风。而"俗韵"的"过于奇险"，也是"江西诗派"一味"造拗句、押险韵、作硬语"的恶果。

有趣的是，被严羽所批评的"江西诗派"，也是主张通过"熟读"来"去俗"的。"江西诗派"的命名者、也是其后期代表人物吕本中在《紫微诗话》中就说："东莱公尝言，少时作诗，未有以异于众人，后得李义山诗，熟读规摹之，始觉有异。"② "未有以异于众人"即顺俗适俗，"始觉有异"即离俗去俗，而去俗的关键则是对李义山诗的"熟读"。论诗盛赞苏轼、黄庭坚、陈师道诸老的许顗也在《彦周诗话》中说："作诗浅易鄙陋之气不除，大可恶。客问何从去之，仆曰：'熟读唐李义山诗与本朝黄鲁直诗而深思焉，则去也。'"③ 只不过，"江西诗派"所谓的"俗"，指的是像"西昆派"那样搬弄陈腐典故，以宫廷故事和男女情爱为主要内容，题材狭窄、内容贫乏，有浓厚的贵族趣味和娱乐倾向的诗作。这类诗作在宋初一度泛滥成灾，形成浮靡艳丽的诗风，所以"江西诗派"称之为"俗"。"西昆派"自称学习李商隐，而"江西诗派"却认为，如果真正"熟读"了李商隐的诗作，恰恰能去除这种俗气，因为"熟读"关键在于"以俗为雅，以故为新"，"化腐朽为神奇"。

"江西诗派"在纠正宋初的浮靡文风方面确实起到了积极的作用，但其末流一味拟古，又刻意好奇，形成了一种新的"俗气"。严羽正是针对这种

---

① （宋）严羽：《沧浪诗话校释》，郭绍虞校释，人民文学出版社 1961 年版，第 109 页。
② （清）何文焕辑：《历代诗话》（上），中华书局 2004 年版，第 367 页。
③ （宋）许顗：《彦周诗话》，（清）何文焕辑：《历代诗话》（上），中华书局 2004 年版，第 401 页。

"俗"进行批判。在严羽看来，"江西诗派"虽能摒弃"西昆派"的陈词滥调，但其以"生新瘦硬"为特征的风格，仍无法掩盖其内容的空虚。其"以文字为诗，以才学为诗，以议论为诗"乃至"以骂詈为诗"的做法，则完全败坏了诗的趣味，使得诗风庸俗不堪。如何除去这种俗气？严羽认为，汉魏晋盛唐诗作"惟在兴趣"，当时的诗人已经获得了对诗的"妙悟"；而"近代诸公"没有把握前人诗作的精髓，却做了"奇特解会"，所以导致诗作水平的不断下降："大历以前，分明别是一副言语；晚唐，分明别是一副言语；本朝诸公，分明别是一副言语。"① 因此只要反复"熟读"前人诗作，参悟其中的"兴趣"，就能摆脱本朝的"俗气"，具正法眼，悟第一义，虽学之不至，亦不失正路。

二是识体。中国古代诗歌体裁十分丰富，了解这些体裁，弄清其文体特点及写作的难易，是学习写诗的必要准备。而这也要通过"熟读"才能实现。严羽在《沧浪诗话》的《诗体》中，首先梳理了不同体裁的发展历史："风雅颂既亡，一变而为离骚，再变而为西汉五言，三变而为歌行杂体，四变而为沈宋律诗。五言起于李陵苏武。七言起于汉武柏梁。四言起于汉楚王传韦孟。六言起于汉司农谷永。三言起于晋夏侯湛。九言起于高贵乡公。"② 在此基础上，严羽又介绍了诗歌体裁的不同分类方式："以时而论，则有建安体、黄初体、正始体、太康体、元嘉体、永明体、齐梁体、南北朝体、唐初体、盛唐体、大历体、元和体、晚唐体、本朝体、元祐体、江西宗派体。"③ 这是按照时代风格来分类。"以人而论，则有苏李体、曹刘体、陶体、谢体、徐庾体、沈宋体、陈拾遗体、王杨卢骆体、张曲江体、少陵体、太白体、高达夫体……"④ 这是按照诗人的个人风格来分类。"又

---

① （宋）严羽：《沧浪诗话校释》，郭绍虞校释，人民文学出版社 1961 年版，第 139 页。
② 同上书，第 48 页。
③ 同上书，第 52—53 页。
④ 同上书，第 58 页。

有古诗，有近体，有绝句，有杂言，有三五七言，有半五六言，有一字至七字，有三句之歌，有两句之歌，有一句之歌，有口号，有歌行，有乐府，有楚词，有琴操……"① 这是按照诗的外在形式来分类。之所以需要辨明诗体，是因为随着时光流逝，一些年代久远的诗体为人们所不熟悉，"近人昧此，作歌而为行，制谣而为曲者多矣。虽有名章秀句，苦不得体，如人眉目娟好，而颠倒位置，可乎！"② 而要弄清各体之别，自然要"熟读"前人运用这些诗体所写的优秀诗作。"熟读"不仅有助于辨明诗体，避免犯一些低级错误，而且还可以了解各种诗体写作时的难易之所在，对学习写诗颇有帮助。如"律诗难于古诗，绝句难于八句，七言律诗难于五言律诗，五言绝句难于七言绝句"③，"对句好可得，结句好难得，发句好尤难得"④ 等等，对于作诗具有直接的指导意义。

三是学法。诗有诗法，但这"法"并非现成的教条规范，而是只有通过"熟读"前人诗作才能悟出的一些道理。如"盛唐人，有似粗而非粗处，有似拙而非拙处"⑤，何谓"似粗非粗""似拙非拙"？只有下大功夫"熟读"唐诗才能体会到：李杜之诗似乎粗，似乎拙，似乎不如"西昆体"的诗精巧，但其艺术价值远远超过"西昆体"，就是因为这种"粗"合于自然，这种"拙"近于古朴，而过于精巧的"西昆体"则沦为技巧的玩弄，并没有多大的价值。又如"语忌直，意忌浅，脉忌露，味忌短，音韵忌散缓，亦忌迫促"⑥，这类格言警句的深刻内涵，也只有在"熟读"前人诗作后才能领悟。语何以忌直？因为诗的本性是"主文而谲谏"，所以不能太直。意何以忌浅？因为浅显的道理人人都能想到，这样写出的诗当然不会

---

① （宋）严羽：《沧浪诗话校释》，郭绍虞校释，人民文学出版社1961年版，第71—72页。
② 同上书，第98—99页。
③ 同上书，第127页。
④ 同上。
⑤ 同上书，第140页。
⑥ 同上书，第122页。

有什么价值。脉何以忌露？因为诗贵含蓄，气脉之来绵绵如绳，前后相连，首尾呼应，才显得生机勃勃，跃跃如动。味何以忌短？诗贵在有回味，"余音绕梁，三日不绝""三月不知肉味"说的虽然是音乐，但诗的妙处也在于这咀嚼不尽的回味。音韵何以忌散缓又忌迫促？因为音韵是为感情的表达服务的，必须与所表达的感情相合拍，如果慢于或快于感情的表达，都不能算成功的诗作。而"须是本色，须是当行"①　"不必太着题，不必多使事"②"押韵不必有出处，用字不必拘来历"③　等，虽是简短的结论，却并非教条，而是严羽在"熟读"的基础上得出的切身体验。这些体验和感悟既可以用来评价前人诗作的好坏，也可以用来指导后人的写作，是集创作论和批评论于一体的理论表达。

　　"熟读"和"细读"作为东西方最具代表性的文本分析理论范畴，都具有话语形式的多样性、话语内涵的丰富性、话语功能的双重性。但"熟读"是将个体生命完全融入文本之中，所获得的对于文本的审美价值的感悟和体验；而"细读"则是在明确的原则、角度和步骤的指引下，通过对文本细致入微的分析所得出的科学化的结论。二者既体现了东西方文化的不同特点，又殊途同归。强调细致深入地反复阅读经典文本，对于文学创作和文学批评都具有不可或缺的重要意义。联系当前市场经济条件下文学创作和批评的浮躁风气以及由此带来的"生硬写作"和"粗糙阅读"，在"细读"与"熟读"的比较中寻求二者的互释与互补，对于当下的文学创作和文学批评或有救偏补弊之功效。

---

① （宋）严羽：《沧浪诗话校释》，郭绍虞校释，人民文学出版社1961年版，第111页。
② 同上书，第114页。
③ 同上书，第116页。

第二章　语词分析

美国学者威尔弗雷德·L. 古尔灵认为，语词分析是文本细读的起点。[①]的确，文学是语言的艺术，要真正理解文学作品的意义，正确评价文学作品的价值，首先必须从文学作品的语词入手进行细读。但长期以来，我们的文学研究在原有的意识形态论研究模式下，作品分析的基本步骤是"时代背景—作家生平—作品内容—艺术特色"，而在时代背景的分析中注重当时社会的阶级关系，在作家生平的分析中侧重作家的阶级观点，在作品内容的分析中侧重作品中所反映的阶级斗争或阶级意识，"最后，再谈谈这部作品的语言……"是许多文学批评文章的结束语。进入新时期以来，越来越多的学者意识到这种研究模式的弊病，试图摆脱这种研究模式，从语词入手，通过细致的阅读和分析，真正把握作品的艺术价值。

然而，对于语词分析，学界一直有一种严重的误解，即把语词分析仅仅当成是对形式技巧的研究，同时又认为形式是为内容服务的，仅仅是内容的外衣，内容才是文学理论应当关注的核心，形式技巧只是雕虫小技，不值得进行理论研究。早在 1934 年，杰出的苏联诗人谢·基尔沙诺夫就尖锐地指出，这种不关注作品形式甚至反对关注作品形式的理论家，表面上

---

① 参见［美］威尔弗雷德·L. 古尔灵等《文学批评方法手册》，姚锦清等译，春风文艺出版社 1988 年版，第 106 页。

是反对"形式主义"，实际上只是为了"掩饰他们在诗学实践和理论上的无知，来惩罚胆敢扰乱他们的蒙昧主义老巢的人"。① 其实，语词既是文学的形式，也是文学的本体；古今中外语词分析的理论范畴，既有其技巧论层面的意义，也有其本体论层面的内涵。只有从本体论的层面去理解文学的语词以及古今中外的相关理论，才能摆正语词分析在文学理论中的位置，才能正确认识中西语词分析理论范畴的意义。

本章选择了两组范畴进行比较：第一组是将英美"新批评"提出的"朦胧""张力""悖论""反讽"等范畴与中国的"至言""不落言筌"进行"集束式"的比较，以求彰显文学语言的本质——用语言去超越语言，以达到本真的语言和本真的生存状态。第二组是将中国文化传统中的"比兴"与西方文化传统中的"隐喻"相比较，试图从修辞学层面深入本体论层面，以求从一个侧面触及文学的本质。

第一节　"不落言筌"的"至言"②
——"朦胧""张力""悖论""反讽"的本体论意趣

同中见异、异中求同，在比较中实现不同理论的相互阐释、相互发明，已经成为中西比较诗学公认的研究旨趣。一方面，由于文化背景的差异，任何理论都只不过是一个"理论事件"，都必须语境化（历史化、地方化）地加以理解；另一方面，中西诗学文心相通、诗心相通，同样是一个不容

① ［法］茨维坦·托多洛夫编选：《俄苏形式主义文论选》，蔡鸿滨译，中国社会科学出版社1989 年版，第4 页。
② 本节部分内容曾发表于《文艺评论》2011 年第1 期，特此向该刊编辑致谢。

忽视的事实。这正如世界上没有两片完全相同的树叶，但树叶无论如何不同而毕竟都是树叶，就决定了它们必然有着异中之同。

不过，树叶之同仅仅意味着两片或多片树叶有着某种相同或相似之点，而理论之同则更意味着不同理论间的相互内在和相互成全。当严羽说"所谓不涉理路，不落言筌者，上也"（《沧浪诗话·诗辨》）① 时，他不仅仅是在重复庄子（约公元前369—公元前286年）所谓"筌者所以在鱼，得鱼而忘筌；蹄者所以在兔，得兔而忘蹄；言者所以在意，得意而忘言"（《庄子·外物》）② 的命题，而且是将庄子（包括此前的老子、此后的王弼等人）的思想内化于他的禅意诗学中，所做的全新阐释和再度成全。更重要的是，这成全不仅是理论对于理论的成全，而且是理论通过理论对于人的成全。正如庄子所关注的并不仅仅是如何作文，更是如何达到"逍遥游"的人生境界一样，严羽推崇"不落言筌"，标榜"兴趣""妙悟"，同样追求的是超拔的人生境界。

正是在"境界"这一分际上，不同理论的相互成全不但可以跨越时间，而且可以超越空间。比庄子晚两千年、比严羽晚一千年的英国人威廉·燕卜荪，当他写下"所有的优秀诗歌都是朦胧的"③ 时，也在冥冥之中与庄子和严羽进行着相互的成全。比他稍晚，兰色姆与他的学生退特、布鲁克斯作为现代文明的"逃亡者"，一边慨叹着工业文明进攻下美国南方田园牧歌的消逝，一边细致入微而又冷酷无情地挑剔着彼此的诗作。当退特说"诗的意义就是指它的张力"④、当布鲁克斯说"诗人要表达的真理只能用悖论

---

① （宋）严羽：《沧浪诗话校释》，郭绍虞校释，人民文学出版社1961年版，第26页。
② 国学整理社辑：《诸子集成》第三册"庄子集解"，中华书局1954年版，第181页。
③ ［英］威廉·燕卜荪：《朦胧的七种类型》"第二版序言"，周邦宪等译，中国美术学院出版社1996年版，第1页。
④ ［美］艾伦·退特：《论诗的张力》，姚奔译，赵毅衡编选《"新批评"文集》，中国社会科学出版社1988年版，第117页。

语言"① 时，他们不仅是在向隔海相望的"新批评"先驱燕卜荪遥遥致敬，也在不知不觉之中与中国的先哲们进行着更为遥远也更为真切的相互成全。

文心相通，诗心相通，无论"得意忘言"之言，"不落言筌"之言，还是"朦胧""张力""悖论""反讽"之言，都有着相近的理论旨趣。它们所相互成全并共同成全的，乃是本真的语言和本真的人生。本节所关注的，正是这样一些理论范畴跨越时空的相互成全，并期待着这种关注也能成全我们的阅读、写作甚或人生。因此，本节不采取比较诗学中常见的"一对一"的范畴比较模式，而是采取"集束式"的比较，将中外理论旨趣相近的数个范畴放在一起，寻求它们相互成全的可能。

一 技巧论与本体论："新批评"术语的两个层次

本节所考察的"朦胧"（ambiguity，又译"模糊""晦涩""复义"和"含混"等——引者注）、"张力"（tension）、"悖论"（paradox）、"反讽"（irony）等术语，均来自经过了一个世纪的风雨而已经显得"发旧"的"新批评"。经过一百多年西学东渐的历程，这些术语在国内学界已经广为人知。遗憾的是，在国内学界，人们一般只看到了这些术语在技巧论层面的含义，而对其本体论层面上的意义缺乏认知。换言之，多数学者只将"朦胧""张力""悖论""反讽"看作某种修辞手段，当作某些诗作中存在的某种审美质素，而没有意识到，在"新批评"那里，这些术语所表述的，是诗之为诗的根本。与此相应，对于"新批评家"们"所有的优秀诗歌都是朦胧的"，"诗的意义就是指它的张力"，"诗人要表达的真理只能用悖论语言"等论断，国内学界则通常将其视为"新批评"的"狭隘的形式主义倾向"② 的表现，视为"新批评"的偏狭和局限。这其实是对"新批评"

---

① ［美］克林思·布鲁克斯：《悖论语言》，赵毅衡译，赵毅衡编选《"新批评"文集》，中国社会科学出版社 1988 年版，第 314 页。

② 马新国主编：《西方文论史》，高等教育出版社 2002 年版，第 431 页。

的误解。在"新批评"那里，"朦胧""张力""悖论""反讽"等术语都具有技巧论和本体论两个层次的内涵。换言之，在"新批评家"们看来，即使一首诗并未使用"朦胧""张力""悖论""反讽"等修辞手段，它在本体论的意义上也是具有"朦胧""张力""悖论""反讽"等性质的，因为本体论意义上的"朦胧""张力""悖论""反讽"，就是诗之为诗、文学之为文学的根本。

1. 朦胧

燕卜荪曾经给"朦胧"下过两个不同的定义，这两个定义之间的扞格或许可以看作整个"新批评"语言理论的隐喻。在《朦胧的七种类型》初版（1930 年版）中，燕卡荪给"朦胧"下的定义为："给直接的散文陈述增添了细微歧义。"这一定义实际上是假设文学作品首先是一个"直接的散文陈述"，然后再在这个陈述上添加"细微歧义"，从而形成一种文学的效果。以此为立足点来理解"朦胧"，必然把"朦胧"仅仅理解为一种技巧，即使这种技巧不是可有可无的，也只不过是给本来可以清楚表达的意义增添一些或微小或稍大一些的效果而已。

也许正是意识到这一定义的局限，燕卜荪在后来的版本（1947 年版）中把这句定义改为"任何导致对同一文字的不同解释及文字歧义，不管多么细微"①。这一定义就避免了把文学作品看作经过修饰的直接陈述，也避免了把"朦胧"仅仅看作一种技巧。也就是说，文学语言本来就是朦胧的，并不是对本来可以说清楚的话进行装饰；朦胧是诗之为诗、文学之为文学的根本，"对朦胧的利用则是诗歌的根基之一"②。

正是在本体论意义上，燕卜荪指出，所有伟大的诗歌都是朦胧的。在《朦胧的七种类型》中，燕卜荪仔细分析了 39 位诗人、5 位剧作家、5 位散

---

① ［英］威廉·燕卜荪：《朦胧的七种类型》，周邦宪等译，中国美术学院出版社 1996 年版，第 1 页。
② 同上书，第 3—4 页。

文作家的 200 多段作品。这些人几乎全是古典诗人，尤以文艺复兴时期为多。他这种选择当然是有意为之的，人们总以为只有现代派诗作才是充满朦胧的，而古典诗人是清晰的，他们没想到耳熟能详的古典名作中竟然也充满了"朦胧"。

当然，燕卜荪并没有满足于自举的例子的广泛性，因为他知道，文学作品的例子是不可穷尽的，因此，仅仅例子的广泛并不能说明"一切"伟大的诗作都是朦胧的。于是，在《朦胧的七种类型》的第二版中，燕卜荪对这一问题又做了理论上的证明。燕卜荪指出，"伟大的诗歌在描写具体的事物时，总是表达出一种普通的情感，总是吸引人们探索人类经验深处的奥妙，这种奥妙越是不可名状，其存在便越不可否认"①。也就是说，优秀的诗作所表达的东西都是"不可名状"的，因此，用清晰明确的语言根本无法将其表达出来，只有用朦胧的语言，才能引导人们去感受和思考语言之外的东西。应该说，燕卜荪的观点是正确而深刻的。

将朦胧作为诗之为诗的根本，这种观点表面上看来有些偏激和绝对，因为我们都读到过语言直白、风格朴素、直抒胸臆的好诗。但燕卜荪正是在朴素直白的乔叟诗歌中、在直抒胸臆的浪漫主义诗歌中，发现了"朦胧"并进行了有说服力的阐释。因此，燕卜荪所谓"朦胧"并不只是"一种特殊的审美趣味"②，而是诗（文学）的本性。它的理论旨趣也并非推崇词义的晦涩难懂、感情的捉摸不定，而是认为文学的本质就在于运用语言、达到对于语言的超越。

燕卜荪把朦胧分成七种类型，这实际上就是作为诗歌本体之朦胧的具体表现。对于燕卜荪的分类，人们也颇多指责。英国诗人、批评家、剑桥大学教授格雷厄姆·休（Graham Hough，1908—1990）曾发表题为《朦胧

---

① ［英］威廉·燕卜荪：《朦胧的七种类型》，"第二版"序言，周邦宪等译，中国美术学院出版社 1996 年版，第 10—11 页。

② 马新国主编：《西方文论史》，高等教育出版社 2002 年版，第 424 页。

的第八种类型》的文章，指责燕卜荪没有穷尽朦胧的类型①；有人甚至提出朦胧还可以有第九种、第十种等②。其实，这种指责建立的基础仍然是将"朦胧"仅仅看作一种技巧。如果仅仅从技巧出发进行分析，那么，从200个例子中可以发现200种朦胧，因为任何一篇优秀的文学作品都不可能在技巧上完全重复前人。但是，燕卜荪既然是把"朦胧"看作诗之为诗的根本，他在这里所探讨的就不是技巧的种类，而是作为诗歌本体之朦胧的具体表现。燕卜荪认为，朦胧既可以表现在某个词、某句诗中，也可以表现在整段诗、整首诗上，还可以表现在作者和读者的心理活动中。他正是以此将朦胧分为七种类型的。

燕卜荪所说的第一种类型常被人误解为"比喻性朦胧"，其实，比喻只是第一种朦胧中的一个小类。燕卜荪对第一种朦胧的界定是："当细节同时以几种方式产生效果……这时便产生第一种类型的朦胧。"③换言之，第一种朦胧是细节上（也即词语上）的朦胧。在第二种类型中，朦胧由一个词扩大到一句诗。第三种类型的朦胧则由一句诗扩大到一段诗，第四种朦胧就已经扩展到全诗了。因此，在对第五种朦胧的阐述中，燕卜荪开始求助于作者的心理；而在对第六种和第七种朦胧的阐述中，则求助于读者的心理。燕卜荪自己也说，这时他的分类标准已经不是逻辑的，而是心理的了。也许正因为如此，"分类标准不统一"成为人们对《朦胧的七种类型》最为常见的指责。这本书确实存在这一问题，燕卜荪自己也承认这一点。那么，燕卜荪为什么会犯这样简单的逻辑错误呢？而且，既然燕卜荪已经意识到了这一点，为什么这本著作几经修改，这一问题却始终没有得到解决呢？

造成这一问题的关键在于，燕卜荪对于"朦胧"的两个层次含义的混

---

① 参见吴学先《燕卜荪早期诗学与新批评》，高等教育出版社2002年版，第40页。

② 参见陈珏《唐诗传统章法与新批评》，《四川教育学院学报》1987年第4期。

③ ［英］威廉·燕卜荪：《朦胧的七种类型》，目录，周邦宪等译，中国美术学院出版社1996年版，第1页。

用。一方面，燕卜荪不愿将"朦胧"的意义局限于技巧层面，力求探索诗之为诗的根本；另一方面，他又没能把持住"朦胧"的本体论内涵，在对"朦胧"的具体分析中经常滑入技巧分析。例如，在对朦胧的分类上，燕卜荪说他的分类标准是"它们与简单陈述和逻辑解释相距的远近"①，这种说法显然是仍然把朦胧看作添加于直接陈述上的技巧。因此，在《朦胧的七种类型》中，燕卜荪所谓"朦胧"既指诗之为诗的根本，又指诗歌艺术形式上的特点。前者是本体论意义上的"朦胧"，后者则是艺术技巧层面上的朦胧。前者是后者产生的根本原因，后者则是前者在技巧上的具体表现。这两个层次的含义存在一个根本性矛盾，即在本体论意义上"朦胧"的诗作，在技巧层面上却不一定"朦胧"。朴素、直白、直抒胸臆的诗歌，在本体论意义上仍然是"朦胧"的。燕卜荪没有分清这两个层次，当他说"一切优秀的诗歌都是朦胧的"时，他说的是本体论意义上的"朦胧"；当他说"不能为朦胧而朦胧"时，他所说的却已经是技巧意义上的"朦胧"了。因此，当他试图分析那些遣词造句并不"朦胧"的诗作之"朦胧"时，就只能求助于作者和读者的心理了。

作为诗之根基的朦胧与作为诗之技巧的朦胧在书中交替出现，显示出燕卜荪对于自己所使用的"朦胧"这一概念的理论意义还缺乏必要的理论自觉。然而，燕卜荪毕竟开示了这样一个理解文学的向度：从文学所使用的媒介——语言出发来寻找文学的根基，并将文学对其媒介的超越（以"朦胧"超越语言的局限）看成文学之为文学的根本。这一点还是弥足珍贵的。

2. 文学本体论

作为"新批评"承上启下的关键人物，兰色姆比燕卜荪有着更为充分

---

① ［英］威廉·燕卜荪：《朦胧的七种类型》，周邦宪等译，中国美术学院出版社1996年版，第8页。

的理论自觉。在《诗歌：本体论札记》（1934 年）一文中，他首次将原本
是一个哲学术语的"本体论"（ontology）引入了文学理论，其意在于强调，
探讨诗的本质不是要探讨所有的诗的共同特征（事实上，罗列所有的诗歌
并找出其共同特征是不可能的），而是要探讨诗之为诗的根据。但在本书
中，他的"本体论"理论尚未展开。1941 年，兰色姆出版了《新批评》一
书，在结语中对其"本体论"理论进行了较为明确的阐述。

　　对于诗之为诗的本质的探讨自古有之，兰色姆"本体论"理论的价值
在于提出了与以往不同的观点。他首先对以往的三种观点提出了批评。第
一种观点将诗的本质概括为道德伦理，兰色姆认为这显然不对，因为在散
文中道德伦理也自由出入。第二种观点将诗的本质概括为感情发泄，兰色
姆认为这种观点损害了诗歌的声誉，而且诗中所寄之情难以指实，这就使
得把诗的本质归结为感情的观点显得极其含混。第三种观点将诗的本质归
结为诗的结构，兰色姆认为，这种观点有道理，诗的确有自己独特的结构。
通过将诗的结构与科学技术散文的结构进行比较，兰色姆指出，诗的结构
有两个特点："（a）这种结构，从逻辑角度说远没有一般情况下科学技术散
文那样紧凑，缜密；（b）这种结构吸收并带有大量毫不相关的甚至异己的
成分，这些东西很明显融不进总的结构，甚至会给结构造成障碍。"[①] 简言
之，"诗歌是大量局部组织联缀起来的一种松散的逻辑结构"，"在诗歌中有
一种对逻辑论证这一传统的革命性反叛"[②]。但问题的关键在于，诗为什么
会有这种独特的结构？这种独特的结构的价值何在？解决了这个问题，才
真正找到了诗之为诗的本质。

　　兰色姆从科学与诗相区别的角度来回答这一问题。兰色姆认为，科学
和诗是我们把握世界的两种不同的方式。科学用概念来概括事物的共同特

---

　　① ［美］约翰·克娄·兰色姆：《征求本体论批评家》，张廷琛译，赵毅衡编选《"新批评"
文集》，中国社会科学出版社 1988 年版，第 73 页。
　　② 同上。

点，用严密的逻辑推演出结论，实际上是采用简化和删削的方式来把握世界，从而使世界变得易于处理。但是，采取这种方式把握世界，必然会遗漏许多东西，甚至使人忘记了世界的复杂性。而诗采用与科学不同的、松散的，甚至是反逻辑的方式来把握世界，"旨在恢复我们通过自己的感觉和记忆淡淡地了解的那个复杂难制的世界"①。为了进一步说明科学与诗把握世界的方式的不同，兰色姆提出了他的"构架—肌质"论。

"构架"和"肌质"是兰色姆对诗的结构所做的划分。兰色姆指出：在读完一首诗之后，我们常常会感到，虽然可以用散文语言来概括这首诗的大意，但无论怎样概括都不能穷尽这首诗。也就是说，诗的结构中总有些部分是无法用散文来复述的。兰色姆将这些无法用散文复述的部分称作"肌质"，而把能够用散文复述的部分称作"构架"。因此，构架体现了诗的"散文品质"，肌质则体现了"诗的品质"，二者同时存在于诗中。通过这样的划分，兰色姆就进一步明确了科学与诗把握世界方式的不同：科学文体只有构架，因而是对世界的简化、删削了的把握；而诗则由构架和肌质两个方面构成，因而可以复原世界的丰富性和复杂性。

不难看出，兰色姆的这一观点暗含着这样一个理论前提：世界正如一个人一样，是一个血肉丰满的活生生的有机整体，人也应当把世界作为这样一个有机整体来把握。而要完成这一任务，必须采用与世界同构的形式。而科学与世界不是同构的，它只有构架没有肌质，如同人只有骨骼没有血肉。因此，它只能把握世界的骨架，而不能把握世界的躯体。而文学则是与世界同构的有机整体，只有它才能复原被科学简化、删削了的世界。显然，这里隐含了兰色姆对科学主义和工具理性泛滥的批判。

诗由构架和肌质两部分构成，那么，这两部分之间是什么关系呢？兰

---

① [美] 约翰·克娄·兰色姆：《征求本体论批评家》，张廷琛译，赵毅衡编选《"新批评"文集》，中国社会科学出版社1988年版，第74页。

色姆认为,这两部分是相互独立的。两者共同构成了诗,但它们又都是"本身就可以完全自足"的,相互之间"无大关联"。他说:"一首诗有一个逻辑的构架(Structure),有它各部的肌质(Texture)。这两个名词曾在文学批评里实际使用过,但是并没系统地使用过。在我的脑子里,这两个名词是属于建筑的。我住的房子的墙,显然是属于构架的,樑和墙板各有它的功能。墙皮也有它的功能,墙皮只是最外面的墙能看得见的一方面。墙皮本来也可以是光光的,纯属功能性的,没有什么独立的性格,但是实际它是抹了一层东西的,上面有颜色,再不就糊着纸,那样它就又有颜色,又有花样,虽然这些东西,对于构架不起任何作用。也许墙上挂着画幔,或者挂着画儿,作为'装饰'。涂抹的东西,糊的纸,挂的画幔,都是肌质部分,在逻辑上,这些东西是和构架无关的。"①

构架和肌质是诗的结构中相互独立的两个部分。这两部分当中,哪一部分更为重要呢?兰色姆认为,肌质更为重要。因为构架是科学与诗所共有的东西,肌质才是诗所特有的,是诗之为诗的根本,是诗的精华所在。构架只能把握世界的骨架,只有肌质才能复原血肉丰满的世界之躯。因此,文学批评也应当把肌质作为批评对象,"如果一个批评家,在诗的肌质方面无话可说,那他就等于在以诗而论的诗方面无话可说,那他就只是把诗作为散文而加以论断了"②。兰色姆进一步指出,以上对诗的论述也同样适用于小说等其他艺术。他由此提出,真正的文学批评就应当是对文学作品的"肌质"的批评。凡不涉及作品肌质的批评,就都不是本体论文学批评。

毋庸讳言,兰色姆的理论存在显而易见的自相矛盾之处。一方面,他将肌质设定为诗的本体,这不仅仅是写诗的技巧,而是诗之为诗、文学之

---

① [美]约翰·克娄·兰色姆:《纯属思考推理的文学批评》,张谷若译,赵毅衡编选《"新批评"文集》,中国社会科学出版社1988年版,第97页。

② 同上书,第98页。

为文学的根本，其实质在于超越了抽象空洞的概念而达至对世界之活生生的血肉之躯的呈现；另一方面，他又总是把构架称作诗的"实体"，把肌质称作附丽于其上的"X"；或者把构架比作建筑的墙，把肌质比作墙上糊的纸或挂的画幔。换言之，无论兰色姆如何强调肌质的独立性，在兰色姆自己的论述中，肌质却总是以某种潜在的方式依附于其对立面——"构架"。这样一来，肌质就由诗之为诗的本体不得不沦为装饰构架的某种技巧。或者说，如同燕卜荪所谓"朦胧"一样，兰色姆的"肌质"这一概念同样也滑动于诗之本体与诗之技巧这两个含义之间。他以更强的理论自觉重复着燕卜荪的努力，也重蹈着燕卜荪的覆辙。

3. 张力

正是在燕卜荪和兰色姆所开示的向度上，艾伦·退特标举"张力"作为诗之为诗的根本。其实，燕卜荪在《朦胧的七种类型》中也使用过"张力"这一概念。在这本书的第八章，燕卜荪借用 1927 年出版的《牛津诗文集》的序言中的说法，认为在诗歌语言的内涵和外延之间存在一种逻辑冲突。这种冲突存在于两种倾向之间：一种倾向是"节制"，它剥去语言的所有联想意义从而摧毁语言；另一种倾向是"不拘"，它任意发挥、自由联想从而也毁掉语言。优秀的诗歌必须很好地解决这一冲突，解决的办法就是使用"朦胧"的语言。燕卜荪指出，所谓"朦胧"，一方面是强调诗歌语言的内在意义十分丰富，几乎没有止境；另一方面所有这些意义必须具有一元性，必须有一种把它的各要素聚合在一起的"力"，这样的"朦胧"才能为读者所接受。燕卜荪认为，很难找到一个词来表示这种力，但如果语言的各种内涵之间存在矛盾，而这种力能将相互矛盾的各种意义聚合在一起，那么就可以将这种力称为"张力"。

退特显然继承了燕卜荪的观点。他同样是从内涵与外延的关系上来理解和阐述"张力"的。他说："我们公认的许多好诗——还有我们忽视的一些好诗——具有某种共同的特点……我称之为'张力'。""我提出张力

（tension）这个名词。我不是把它当作一般比喻来使用这个名词的，而是作为一个特定名词，是把逻辑术语'外延'（extension）和'内涵'（intension）去掉前缀而形成的。我所说的诗的意义就是指它的张力，即我们在诗中所能发现的全部外展和内包的有机整体。我所能获得的最深远的比喻意义并无损于字面表述的外延作用，或者说我们可以从字面表述开始逐步发展比喻的复杂含意：在每一步上我们可以停下来说明已理解的意义，而每一步的含意都是贯通一气的。"①

在这里，退特明确指出他所谓的"张力"来自逻辑术语"内涵"和"外延"。在逻辑学上，内涵和外延是概念的两个逻辑特征。概念的内涵就是反映在概念中的对象的本质属性，也可以叫作概念的含义；概念的外延则是指具有概念所反映的本质属性的对象类，通常称作概念的适用范围。例如，"商品"这个概念的内涵是"用来进行交换的劳动产品"，其外延则包括一切投入交换的各种类型的劳动产品。

退特借鉴逻辑学的这两个术语，是为了使自己的论证显得严密。但我们仔细分析就不难发现，退特并不是严格在逻辑学意义上使用这两个术语的。在逻辑学中，内涵和外延都是针对概念而言的，是概念的两个逻辑特征；而在退特的理论中，内涵和外延都是针对诗歌意象而言的。外延是指诗歌意象的字面意义，内涵是指诗歌意象的比喻意义。在退特看来，一首好诗的特点就在于，诗中的意象既有明确的字面意义，又有深远的比喻意义，而且这两个方面是贯通一气的。这一特点就叫"张力"。

不难发现，退特所谓"张力"与燕卜荪相比，含义上有了一些变化。在燕卜荪那里，"张力"是把相互矛盾的内涵聚合于一元的外延的一种力；而在退特这里，"张力"则是将深远的比喻意义贯通于明确的字面意义的好

---

① ［美］艾伦·退特：《论诗的张力》，姚奔译，赵毅衡编选《"新批评"文集》，中国社会科学出版社 1988 年版，第 109、116—117 页。

诗的基本特征。燕卜荪所谓"张力"存在的前提是词语的多种内涵之间的矛盾统一，退特所谓"张力"存在的前提则是意象的内涵和外延之间的矛盾统一。在燕卜荪那里，"张力"是作为诗之根基的"朦胧"的一种类型；而在退特这里，"张力"则成了诗之为诗的根本。

退特明确指出："好诗就是内涵和外延的统一。"① 而他也确实是以此为标准来评价文学作品的。他批评詹姆斯·汤姆森（James Thomson，1700—1748）的《葡萄树》和阿布拉罕·考利（Abraham Cowley，1618—1667）的《赞歌：献给光明》不是好诗，就是因为这两首诗缺乏张力。而他对但丁（Dante Alighieri，1265—1321）、莎士比亚、邓恩等人诗作的肯定，也是因为这些诗作富有张力。然而，退特发现，一首富有张力的诗虽然肯定是一首好诗，但不一定是一首伟大的诗；而在许多伟大诗作中寻找张力，竟然比在一些平庸之作中寻找张力要困难得多。因此，退特对自己所定的这一标准也十分犹豫，他只得采取退一步的策略，提出张力不是评价诗的唯一标准。但除了张力之外还有什么标准，退特又语焉不详。

造成这一困境的原因在于，退特的"张力"如同燕卜荪的"朦胧"一样，也具有本体论和技巧论两个层次，退特也是在这两个层次之间来回滑动。当退特说"诗的意义就是指它的张力"② 时，他说的是本体论意义上的张力；而当他说"那些诗例说明的当然不只是张力，也不是说诗的其他品质不值得一提"③ 时，他说的又是作为技巧的张力了。就本体论意义上来说，诗之为诗就在于其张力，因而诗是不能用散文语言来释义的，能释义的诗绝不是好诗；就技巧层面来说，张力则主要体现在玄学派诗作中，以此为评诗的标准，则不免造成评价的偏颇。

---

① ［美］艾伦·退特：《论诗的张力》，姚奔译，赵毅衡编选《"新批评"文集》，中国社会科学出版社 1988 年版，第 116 页。
② 同上书，第 117 页。
③ 同上书，第 109 页。

4. 悖论与反讽

在"新批评"之"细读"最有成效的布鲁克斯那里，对术语的使用却存在一个明显的混乱："悖论"和"反讽"先后被标举为诗之为诗的根本，布鲁克斯对二者之间的关系的论述也存在自相矛盾的状况。

在《精制的瓮》中，布鲁克斯认为"悖论"是诗歌语言的基本特征，"反讽"与"惊奇"（wonder）是悖论的两种基本形态。"悖论"原本是一个古老的修辞学术语，意指一种表面上自相矛盾而实际上包含了真理的陈述。布鲁克斯沿用了这一术语，但又赋予它新的含义。在布鲁克斯那里，"悖论"不仅仅是一种修辞手段，而且是诗歌语言甚至是诗之为诗的基本特征。他宣称："诗的语言是悖论语言。""诗人要表达的真理只能用悖论语言。"[①] 不难看出，布鲁克斯是想把悖论这一概念由修辞手段上升到本体论层次。

这一观点乍看起来似乎荒谬。有许多诗歌、特别是浪漫主义的诗歌一直被人们看作是"直接说出来的"，其中并无悖论可言。为了证明自己的观点，布鲁克斯特别选择了英国浪漫主义诗人华兹华斯的《西敏寺桥上作》（*Composed upon Westminster Bridge*）进行分析。布鲁克斯指出，《西敏寺桥上作》之所以感人，正是由于其表面上看起来朴实无华的语言中，包含着一个明显的悖论：以工业文明著称的伦敦城，正是在其尚未被工业文明污染的清晨，在"无烟垢的大气"（smokeless air）中，才显得如此美丽（fair）和动人（touching）。这种悖论意在引起"惊奇"，从而感动读者。这说明，悖论是这首诗的本质因素，是这首诗产生力量的关键所在。当然，使用悖论更多更突出的，还是玄学派诗人。布鲁克斯以约翰·邓恩的《圣谥》（*The Canonization*）为例来说明。布鲁克斯指出，这首诗的悖论

---

① ［美］克林思·布鲁克斯：《悖论语言》，赵毅衡译，赵毅衡编选《"新批评"文集》，中国社会科学出版社 1988 年版，第 314 页。

则意在"反讽",这是玄学派诗歌的典型风格。"圣谥"本是基督教会的一种封号,通常封给神职人员或教徒中那些弃绝了尘世的与肉欲,将一切奉献给上帝,并为基督教做出突出贡献的人。但邓恩在这首诗中,却将"圣人"这个称号赠予了尘世中的一对恋人。在诗人看来,互相恋爱的双方不顾世俗的反对而勇敢地追求爱情,他们和那些基督教的信徒一样,是为了自己的信仰而弃绝了尘世,因此,他们也应该得到"圣谥"。这就构成了"反讽"的效果。无论"惊奇"还是"反讽",都是"悖论"的表现形式。因此,"悖论正合诗歌的用途,并且是诗歌不可避免的语言。科学家的真理要求其语言清除悖论的一切痕迹;很显然,诗人要表达的真理只能用悖论语言"①。

但在《反讽——一种结构原则》一文中,布鲁克斯却认为,"反讽"是包含其他一切的术语,是诗的结构原则,而"悖论"只不过是"反讽"的一种表现形式。作为西方文论最古老的概念之一,"反讽"源于古希腊喜剧,原为希腊戏剧中的一种角色典型,即佯装无知者,在自以为高明的对手面前说傻话,但最后这些傻话被证明是真理,从而使"高明"的对手大出洋相。后来,反讽演化为一种修辞术,也就是我们通常所谓的说反话,中国修辞学界通称"反语",它通过语言外壳与真实意指之间的矛盾,实现语言形式上的张力的形成和意义上的增殖。布鲁克斯对反讽的理解同样没有停留在修辞技巧层面,而是将其上升到本体论层面,定义为"语境对一个陈述语的明显的歪曲"。② 这不仅是文学语言的普遍特征,而且是文学结构的基本方式,是诗之为诗的基本原则。

从修辞学的角度来看,悖论与反讽的区别还是很明确的。悖论在文字

---

① 〔美〕克林思·布鲁克斯:《悖论语言》,赵毅衡译,赵毅衡编选《"新批评"文集》,中国社会科学出版社 1988 年版,第 314 页。

② 〔美〕克林思·布鲁克斯:《反讽——一种结构原则》,袁可嘉译,赵毅衡编选《"新批评"文集》,中国社会科学出版社 1988 年版,第 335 页。

上就表现出一种矛盾的形式，矛盾的双方同时出现，而在一个真理上统一起来。例如："有的人活着，他已经死了；有的人死了，他还活着。"而反讽则是没有出现的实际意义与出现了的字面意义两个层次互相对立。例如，面对大雪封门、难以出行的情况，说一句"What a lovely day！"就是反讽。这就是狭义的悖论和反讽。但布鲁克斯对这两个术语的含义都进行了扩张，将其由技巧论层次上升到本体论层次，由狭义扩张为广义。这样一来，广义的悖论和广义的反讽的界限就不那么清楚了，因为二者其实是同义词，都是指一种矛盾的语义状态，而这种矛盾的语义状态就是诗之为诗的根本。这样，布鲁克斯时而说悖论包括反讽，时而说反讽包括悖论，就不难理解了：因为在布鲁克斯那里，广义的（本体论的）"悖论"包括狭义的（技巧论的）"反讽"和"惊奇"，而广义的（本体论的）"反讽"则将狭义的（技巧论的）"悖论"作为自己的一种表现形态。

在"本体论"层次上，不但"悖论"和"反讽"是同义词，而且，它们与燕卜荪所谓"朦胧"、退特所谓"张力"也是同义词，因为它们是在借用不同的修辞学术语讲同一件事，那就是如何突破语言的局限性的问题。任何语言都必然要以类范畴（共相）来表达个别事物，因而任何直接表述也就必然是抽象的、简化的、经过了删削的。科学可以满足于这种表述，文学却不能，因为文学之为文学，就在于它要真切地复原活生生的世界的血肉之躯，而这个任务是抽象的、概括性的语言所无法完成的，只能用朦胧、张力、悖论、反讽的语言和艺术结构。在这个意义上说，好诗都是充满"朦胧""张力""反讽""悖论"的诗，这并不偏激，也不过分，而恰恰是对诗之为诗的本体的准确把握。因为这里的"朦胧""张力""悖论""反讽"已经不再只是一种修辞技巧，而是庄子所谓"得意忘言"式的对语言的超越。

二 本真的语言：对文学与人生的成全

庄子并不是最早意识到语言局限性的思想家。《周易·系辞上》中就有"书不尽言，言不尽意"① 的说法。老子也曾说过："道可道，非常道；名可名，非常名。"② 不过，前人虽然认识到了语言的局限性，但没有寻求解决之道。而庄子则由于意识到了"道"不可言说但又必须言说的两难困境，而力图寻求既运用语言又超越语言之途。因此他说："道不可言，言而非也。"③ "知者不言，言者不知。""天地有大美而不言，四时有明法而不议，万物有成理而不说。"（《庄子·知北游》)④ 万物"然于然"，"不然于不然"，"可于可"，"不可于不可"，对于万物这种"自然而然"的"成理"，人无须言，也不能言。所以说"不言则齐，齐与言不齐，言与齐不齐也，故曰无言。言无言，终身言，未尝言；终身不言，未尝不言"（《庄子·寓言》)⑤。但庄子并没有因此放弃"言"，其洋洋十余万言的著述与其以"忘言"为宗的主张形成了鲜明的对比，这一矛盾集中地表现在"吾安得夫忘言之人而与之言哉"（《庄子·外物》)⑥ 这一充满张力的表述中。在这里，已经暗示出庄子"所忘之言"与其"所言之言"的不同。

在《庄子》中，"言"分为"至言"和"俗言"。"俗言"是工具化的语言，是庄子所批判的；"至言"是"道"之言，是体现了语言本质的言，是庄子所肯定的。在庄子生活的时代，百家争鸣，为了哗众取宠，各家广泛地运用比喻，修饰辞令，"合譬饰辞聚众"，人人都渴望用华丽的辞藻蛊

---

① 李学勤主编：《十三经注疏·周易正义》，北京大学出版社 1999 年版，第 291 页。
② 《诸子集成》第三册 "老子注"，中华书局 1954 年版，第 1 页。
③ 《诸子集成》第三册 "庄子集解"，中华书局 1954 年版，第 143 页。
④ 同上书，第 137—138 页。
⑤ 同上书，第 182 页。
⑥ 同上书，第 181 页。

惑人心，结果导致"至言不出，俗言胜也"(《庄子·天地》)①。看到语言成为辩论的工具、迷惑人心的手段，庄子非常焦虑。他认为，各学派之间的争论盛气凌人，喋喋不休："大言炎炎，小言詹詹"，"其发若机栝，其司是非之谓也；其留如诅盟，其守胜之谓也；其杀若秋冬，以言其日消也"(《庄子·齐物论》)②。人们在辩论的时候常常出言不逊，就像放利箭一样，专门窥伺别人的是非来加以攻击；而沉默的时候，又守口如瓶，像盟约一样慎重，随时等待机会以取胜。这种钩心斗角对人性的摧残，就如同秋冬天气对生物的摧残一样，使人们日甚一日地在枯萎。人们的心灵已闭塞，无力自拔了。诸子的争论致使众人役役，迷失了自我，不懂得生命的意义。"世之所贵道者，书也。书不过语，语有贵也，语之所贵者意也。意有所随，意之所随者，不可以言传也。"(《庄子·天道》)③ 世人因为珍视语言而以书册相传授，但这些俗言都是古人的糟粕。俗言只能以事物的现象为极限，而且以偏概全，偏执于一端。语言沦为各家贩卖自己学说的工具，这种语言，就是俗言。因此，庄子对俗言的批判，不仅是对某种语言风格的不满，更是对当时人的生活方式的批判，对当时人性堕落的警觉。

在《庄子》中，大量地出现"不言""无言"等词，一般人们都认为是"不能言""无以言"。但庄子对这些负概念都给予了积极的肯定，他用"无"的言，代替"有"的言，使有限的言具有了无限的意义。"无言"和"不言"不是一"言"不发，而是用"无"的原则去"言"，变换一种言说方式。所以，庄子不是否定语言，而是要寻找新的言说方式。这种新的言说方式就是"至言"。庄子说："至言去言，至为去为。"(《庄子·知北游》)④ 俗言已经成为语言的囚笼，至言就是要去除俗言，从而还原语言的

---

① 《诸子集成》第三册"庄子集解"，中华书局1954年版，第78页。
② 同上书，第7页。
③ 同上书，第87页。
④ 同上书，第145页。

本质。因此，庄子跳出言语囚笼的办法并不是"不言"，而是颇具文学性的"寓言十九，重言十七，卮言日出"（《庄子·寓言》）① 的话语方式。《庄子》之被视为"文学"，大抵因乎此。

以"寓言""重言""卮言"方式呈现的"至言"，正是"得意忘言"之言。人们往往把"得意忘言"理解成因果句，因为"得意"所以"忘言"，言被视为工具，这句话便被局限为书本阅读的指南，而其中所包含的深刻的人生哲理却被忽视了。在这两句话中，"忘言"与"得意"其实是互为条件的。"得意"与"忘言"之间的关系是相忘，正如"鱼相忘乎江湖，人相忘乎道术"（《庄子·大宗师》）②，鱼游在水里并不会意识到水的存在。"相濡以沫，不如相忘于江湖"（《庄子·大宗师》）③，水是存在的，当我们意识到它的存在时，我们是不自由的，当我们意识不到它的存在时，我们恰恰真正拥有了水。这就是"忘"。在《庄子》中，"忘"出现得极其频繁，如"忘心""忘己""忘乎天""忘乎物"等。"忘"不是简单的抛弃、不要之意，而是把所"忘"之物的"非己"去掉，使其"本己"自然呈现，通过"不执滞"而达到澄明的境界。"忘言"不是不要语言，而是通过对俗言的超越，使语言不再成为表达意义的阻碍，从而使语言回归自身。这是语言的最高境界，也是人生的最高境界，因为"去语障"才能"解心囚"，摆脱了工具化的语言，才能摆脱工具化的人生，不再用语言去追求世俗的功利，才能通过语言去体悟道，去感受个体的自由和精神的超越，从而由世俗的人生走入审美的人生。

在严羽那里，对语言的突破被更为直接地表述为与"不涉理路"并举的"不落言筌"。身处南宋，严羽深深地感到了诗和诗人所面临的严峻形势。唐代数百年间，中国诗歌已发展到鼎盛时期、巅峰状态。难怪宋代诗

---

① 《诸子集成》第三册"庄子集解"，中华书局1954年版，第181页。
② 同上书，第45页。
③ 同上书，第39页。

人王安石惊呼："世间好语言，已被老杜道尽，世间俗语言，已被乐天道尽。"① 在这种似乎一切都已被唐人"道尽"的情况下，宋代诗人和诗学家一直在寻求宋诗的新出路。其中以黄庭坚为首的"江西诗派"认为，"老杜作诗，退之作文，无一字无来处，盖后人读书少，故谓韩、杜自作此语耳。古之能为文章者，其能陶冶万物，虽取古人之陈言入于翰墨，如灵丹一粒，点铁成金也"②。在黄庭坚等人看来，充分吸收前代写作的经验和遗产，然后在此基础上"点铁成金""夺胎换骨"，才是作诗为文的正途。这种说法由于其相对的合理性和明显的可操作性，在从北宋到南宋的长达200年间产生了巨大影响，产生了黄庭坚、陈师道、陈与义等优秀诗人，而著名诗人陆游、杨万里在创作的早期也都深受其影响。但其过于泥古、过于重视用典以至"掉书袋"的倾向，也暴露出明显的弊端。南宋的姜夔、金朝的王若虚、金元年间的元好问，都曾对其提出过批评。而严羽对江西诗派的批评则卓为有力，且影响巨大。

严羽认为，江西诗派的主要弊端在于"以文字为诗，以才学为诗，以议论为诗。夫岂不工，终非古人之诗也。盖于一唱三叹之音，有所歉焉。且其作多务使事，不问兴致；用字必有来历，押韵必有出处，读之反复终篇，不知着到何在。其末流甚者，叫噪怒张，殊乖忠厚之风，殆以骂詈为诗。诗而至此，可谓一厄也"③。在这里，严羽用"以文字为诗，以才学为诗，以议论为诗"三句话，对宋诗、特别是江西诗派的诗做了比较准确的概括。他指出，这种诗即使很精巧，也缺乏"一唱三叹"之音，缺乏"兴致"或"一味使事"或"叫噪怒张"，失去了诗的审美品格。正是针对这种流弊，严羽提出："诗有别材，非关书也；诗有别趣，非关理也。然非多读

---

① 《陈辅之诗话》"清风明月常有光景常新"条，王大鹏等编选：《中国历代诗话选》（一），岳麓书社1985年版，第278页。

② （宋）黄庭坚：《答洪驹父书》，郭绍虞主编《中国历代文论选》第二册，上海古籍出版社2001年版，第316页。

③ （宋）严羽：《沧浪诗话校释》，郭绍虞校释，人民文学出版社1961年版，第26页。

书，多穷理，则不能极其至。"① 不难看出，严羽的观点十分辩证。他并不否认书和理的价值，但又认为，诗人多读书、多穷理，并不是为了以书为诗，以理为诗，而是为了以书以理涵养人的情性，从而更好地挣脱书和理的束缚。与此相应，严羽主张："所谓不涉理路，不落言筌者，上也。诗者，吟咏情性也。盛唐诸人惟在兴趣，羚羊挂角，无迹可求。故其妙处透彻玲珑，不可凑泊，如空中之音，相中之色，水中之月，镜中之象，言有尽而意无穷。"② "不涉理路"，反对的是以议论为诗，以才学为诗；"不落言筌"，反对的是"以文字为诗""无一字无来处""用字必有来历""押韵必有出处"。"不涉理路"，就是不为理缚；"不落言筌"，就是不为言缚。一涉理路，一落言筌，就为理为言所缚，就不能做到透彻玲珑，就有迹可求了。此说可谓一语中的，直捣江西诗派的要害。江西诗派的诗论正是如此，其表面看来极具可操作性，可教可学，有迹可求，有法可循，但这样的"法"其实是"死法"，最终只能导致审美主体自我的丧失，"心"死于"法"下。只有超越这样的"死法"，突破"理"的束缚，"言"的束缚，才能真正地吟咏情性，达到"言有尽而意无穷"的境界。难怪严羽对此十分自得，说："仆之诗辨，乃断千百年公案，诚惊世绝俗之谈，至当归一之论。其间说江西诗病，真取心肝刽子手。"③

严氏此说曾颇受责难，冯班（1602—1671）《严氏纠谬》就曾驳他说："诗者言也，言之不足故长言之，长言之不足故咏歌之，但其言微，不与常言同耳，安得有不落言筌者乎？诗者讽刺之言也，凭理而发，怨诽者不乱，好色者不淫，故曰思无邪；但其理玄，或在文外：与寻常文笔言理者不同，安得不涉理路乎？"④ 乍听起来言之凿凿，细思则恰恰区分了"常言"与

---

① （宋）严羽：《沧浪诗话校释》，郭绍虞校释，人民文学出版社 1961 年版，第 26 页。
② 同上。
③ 同上书，第 251 页。
④ 同上书，第 40 页。

"微言"、"常理"与"玄理"之不同。诗作为传达"玄理"之"微言",必须突破传达"常理"之"常言",或者说,正须不落常言之筌。冯班以及众多的批评者都没有意识到,严羽"不落言筌"的主张,不仅仅是在讨论语言技巧,它是与"吟咏情性"紧密相连的。诗要吟咏情性,就不能为言所缚,因为情性虽需要语言来言说,但它本在言说之外。不仅语言,一切艺术形式皆是如此。绘画的形象本在画布之外,石雕的形象本在石头之外。任何艺术都必然使用某种媒介,因而也必然受制于这种媒介。媒介是艺术家的工具,也是艺术家的囚笼。这似乎注定了任何艺术都必然是遗憾的艺术。"绘雪者,不能绘其清;绘月者,不能绘其明;绘花者,不能绘其馨;绘人者,不能绘其情"① 是画家的遗憾,"方其搦翰,气倍辞前;暨乎成篇,半折心始"② 是文人的遗憾。这遗憾给所有真正的艺术家与理论家以极大的心理压力,以至于为了摆脱这种压力,克罗齐(Benedetto Croce,1866—1952)干脆否认了艺术媒介的价值,他说:"审美的事实在对诸印象作表现的加工之中就已完成了。我们在心中作成了文章,明确地构思了一个形状或雕像,或者找到一个乐曲的时候,表现品就已产生而且完成了,此外并不需要什么。"③ "不论是这些声音和音响,还是绘画、雕刻和建筑的符号,它们都不是艺术作品,因为艺术作品不存在于任何别的地方,只存在于创造这些作品的或再创造这些作品的人的心目中。"④

然而,为了摆脱"征实而难巧"的媒介,就凝滞于"翻空而易奇"⑤ 的心理层面,将使得艺术创作永远停留在"胸中之竹"的半成品状态。这或许是如克罗齐般的理论家逃遁的出路,却无法成为艺术家成功的法则。

---

① (清)邹一桂:《绘实绘虚》,《小山画谱》,中华书局1985年版,第36页。
② (南朝梁)刘勰:《文心雕龙注释》,周振甫注,人民文学出版社1981年版,第295页。
③ [意]克罗齐:《美学原理 美学纲要》,宋光潜等译,外国文学出版社1983年版,第59页。
④ [意]克罗齐:《美学或艺术和语言哲学》,黄文捷译,中国社会科学出版社1992年版,第17页。
⑤ (南朝梁)刘勰:《文心雕龙注释》,周振甫注,人民文学出版社1981年版,第295页。

因此，优秀的艺术家总是在利用某种媒介的同时，又力图超越这种媒介的局限。莱辛的《拉奥孔》在指出诗与画的界限——画长于表现静态的美，诗长于表现动作的同时，也指出画可以通过描摹"最富于孕育性的顷刻"来暗示动作，诗也可以通过"化静为动""化美为媚""描绘美的效果"等方法来暗示美①。而莱辛所特别推崇的、他举的例子中特别能打动人的，恰恰是那能暗示出动作的画和能暗示出美的诗。从这个意义上说，艺术创作的过程不但是艺术家认识媒介、使用媒介的过程，更是超越媒介的过程。

因此，与"文学是语言的艺术"相比，"文学是超越语言的艺术"这一命题或许更为真切地显现了文学与语言的关系。难怪象征主义诗人瓦莱里叹息说，语言是文学最古老、最珍贵、最复杂、也是最不顺从的手段②。的确，语言并非文学可逞性驱遣的奴仆，其不顺从乃是由其本性使然。语言的本性在于概括。世上任何一种语言的词汇都是有限的，而世上的事物却是无限的，这决定了语言必须将事物归类命名，因为多如尘沙的万千事物不可能分别以专名指称。语言所涉必然是共相：名词是对共相的命名，动词是对共相的述说，形容词是对共相的描摹。人们只能以指示共相的词语称谓、述说、描摹实在于人的视野中的个别事物③，否则，那与万千事物、万千动作、万千情态同样繁多的词汇将使语言变得过于繁复而无法掌握，从而失去交流的功能。而文学恰恰最反对概括。公式化、概念化的文学作品最令人反感。因为文学的任务在于复原活生生的人、活生生的生命活动、活生生的人生体验，这活生生的现实中的活生生的事物必然是充分个性化的，因而这个任务恰恰是抽象的、概括化的语言所无法完成的。换言之，

---

① 参见［德］莱辛《拉奥孔》，朱光潜译，人民文学出版社 1979 年版，第 83、86、120 页。
② 参见《法国作家论文学》，王忠琪等译，生活·读书·新知三联书店 1984 年版，第 120 页。
③ 参见黄克剑《名家琦辞疏解》，中华书局 2010 年版，第 260—261 页。本节的写作颇受黄先生此书启发，特此向黄先生致谢。

文学要做的就是用语言去表达语言所不能表达的东西，这"知其不可而为之"的工作如何完成？

燕卜荪所谓"朦胧"、退特所谓"张力"、布鲁克斯所谓"悖论"与"反讽"，庄子所谓"至言"、严羽所谓"不落言筌"，都是为了完成这"知其不可而为之"的任务的努力。正如钱锺书先生所说，"不落言筌"是"以'不说出来'为方法，想达到'说不出来'的境界。"① 而叶维廉先生则对此做了更为充分透彻的分析："诗提供一种'别趣'，一种不为语言所筌的别趣。诗作为一种存在，不着痕迹，玲珑透彻，不障，不碍。诗以暗示托出空中之音、相中之色、水中之月、镜中之象。那就是说，语言文字在诗中的运用或活跃到一种程度，使我们不觉语言文字的存在，而一种无言之境从语言中涌出。这是一种重点的转移，转向超脱语言的束缚的心灵的自由。"② 显然，在叶维廉先生看来，"不落言筌"论的核心，乃是自由的境界，是通过追求语言的自由进而追求心灵的自由的境界。

这种境界，在海德格尔那里，被称作"本真的存在"，与"本真的存在"相对应的，是"本真的语言"。海德格尔认为，语言是存在者显现的方式，而存在者显现的方式取决于此在的在世方式。换言之，此在如何与世界打交道，世界就如何显现。那么，在当今时代，此在是如何与世界打交道的呢？在海德格尔看来，人作为此在不是孤立的主体，而总是与他人一起存在，即"共在"。共在的意思并不是说，许多孤立的个体共同待在一个世界里，如同许多物被共同放在一个器皿里；共在的实际意思是，许多人的活动共同构成这个世界，这些人也共同分享这个世界。共在有两种可能的状态：一种是每个人保持自己的个性参与世界的构造与分享，这是共在的理想状态；另一种是个性消失于群体之中，自我消失于他人之中，这是

---

① 钱锺书：《宋诗选注》，生活·读书·新知三联书店2002年版，第436页。
② 叶维廉：《中国诗学》，生活·读书·新知三联书店1992年版，第108页。

共在的日常状态。

在日常状态中，我们的生存似乎受着某种巨大的外力的支配，但我们又不能明确地说出这一力量究竟来自何方。我们不得不按时起床，按时吃饭，按时到达指定地点学习或工作；我们不得不在一定的年龄上学、工作、结婚，我们不得不追求金钱、权力、享受等，其原因不过是"别人都是这样做的"。而这个"别人"究竟是谁，我们却根本无法确切地指出来。别人怎样生活，我就怎样生活；别人怎样享乐，我就怎样享乐；别人怎样阅读文学作品，我就怎样阅读文学作品；甚至，别人怎样表现个性，我也怎样表现个性。于是，我也成了"别人"之一，而不再是我本身。当我们把这样行为的人叫作"别人"时，其实就是为了掩盖我们自己也在"别人"之中。"别人"似乎包括一切人，但又似乎从无其人。海德格尔把这个"别人"叫作"常人"。"常人"不是这个人或那个人，不是人本身，不是一些人，也不是一切人的总和，它是人的异在状态。于是，"常人"成了统治我们的暴君，它在不知不觉之中劫夺了我们的个性和自由。

较之传统的日常生活，现代社会中"常人"的统治更加暴虐。无所不在和无孔不入的大众传媒，无时无刻不在以其巨大的影响力维护着"常人"的统治。五光十色的广告，生产着常人的消费模式；精心打造的偶像，日益成为常人追逐的目标；各行各业的成功典范，就是常人的理想形象。"群体的压力，他人的引导，依从的倾向，日常性的刻板，都在不同程度地消磨着个性。"[①] 有这样一个著名的心理学实验：一位眼科医生站在远处给大家看一张白纸，告诉大家白纸中间有一个黑点，要求大家一经发现这个黑点就立即举手。被试者陆续举起了手，最后，所有的被试者都举手表示自己"看到了"黑点，但实际上纸上并不存在黑点。这说明，

---

① 周宪：《美学是什么》，北京大学出版社 2002 年版，第 254 页。

在群体的压力下，绝大多数人宁愿放弃自己的独立判断，而做出和群体一致的错误判断。因此，在现实的日常生活中，个体的独立性受到了空前的压制。

常人统治带来的直接问题是责任能力的消失。每个人都是常人，但没有一个人站出来为常人的行为负责。也就是说，当一个人按照常人的模式去思考、发言、行动的时候，就不再需要为自己的思想、言论和行为负责。而一旦有人不按这一模式行事，却要承受巨大的心理压力，甚至付出莫名其妙的代价。常人看守着任何挤上前来的例外，遵循常人模式成为最安全的生存方式。于是，人们渐渐习惯于常人的统治，满足于常人庇护下的安全感。这就形成了人们的日常生活模式：沉沦。沉沦并非道德沦丧，也不是从一个较高层次跌落到一个较低层次，它指的是自我的丧失。当语言变成了人云亦云的闲谈，当观看只是为了满足贪新骛奇的愿望，当人们对所有的事情都抱着模棱两可的态度，人就沉沦着。这时，人的存在就是非本真的存在。

与非本真的存在相对应的，是非本真的语言。这种语言的基本特征是人云亦云的闲谈。在这种语言中，存在者只是被陈述，而并非如其所是地显现。当报刊和商业语汇使语言不断标准化，语言的贬值也就越来越严重。鲜活生动的语言随着文化工业的发展，逐渐丧失了生机与活力。语言沦为商品，如同机器一样被成批地生产。人们已经不能用这些标准化语言来表达自己真实的感情。一堆语言垃圾充斥在我们的周围。我们自以为在用语言进行创造、表达，其实本质上只不过是在模仿那些早已被我们接受了的思想和语言。语言面临着严重的危机。这同样也是人类生存的危机。

如何拯救语言、摆脱危机？海德格尔认为，此在被迫以其在世之在的非本真的状态去探寻本真状态，当人们对这种沉沦着的非本真状态有所把握时，人就进入了本真的生存状态，相应地，人的语言也就成了本真的语言。① 换言之，本真的存在并非某种在沉沦着的非本真存在之上飘浮着的东西，它就是对这种非本真存在的有所作为的把握。同样，本真的语言也不是非本真语言之外的另一种语言，而就是对沉沦的非本真语言的突破和超越。

"新批评"所谓"朦胧""张力""反讽""悖论"的语言，就是海德格尔所说的本真的语言，其实质在于对那种抽象概括、简化删削，只有骨架没有血肉的"直接陈述""科学语言"的突破和超越。燕卜荪、兰色姆和他的学生们所关注的绝不仅仅是几个修辞学的术语，他们是在为工业文明的发展所带来的田园牧歌的消逝而叹息。当兰色姆说科学语言只能把握世界的骨架，只能获得对世界的简化的、删削了的把握，只有诗才能复原世界的血肉之躯时，他不仅是在批判科学主义和工具理性的泛滥，更是把救赎的希望交给了诗。在这个意义上的真正的诗，不是对日常语言的装饰，而恰是回到本真的语言状态。这种源于西方的极具现实关切的呼唤，却恰与中国古代庄子的"至言"、严羽的"不落言筌"遥相呼应，因为它们都是对本真的语言的呼唤。

本真的语言并非一个现成的工具，而是生生不息的创造。语言的贫乏源于生命的贫乏，语言的活力源于生命的活力。令人拍案叫绝、回味再三的语言绝不可能仅仅是技巧的玩弄，它必然蕴蓄着生命的能量。超越那由于生命的枯萎而凝固为僵化的工具的"常言"，在生命的生生不息中创新语言而恢复语言的活力，借此找回本真的语言与人的本真存在，正是文学的任务。从这个意义上说，文学对语言的超越，也正是对语言的成全，并且是透过语言，对人生的成全。

---

① 参见 ［德］海德格尔《诗·语言·思》，彭富春译，文化艺术出版社 1991 年版，第 35 页。

第二节 隐喻与比兴

提起"隐喻"和"比兴",人们通常会把它们理解成两种不同的修辞方法。然而,任何修辞方法都不仅仅是润饰辞藻的手段,其背后必然隐藏着更为深刻的文化内涵。作为分别形成于东西方并颇具代表性的范畴,"隐喻"和"比兴"都具有修辞学和文化学两个层次的内涵:从修辞学意义上说,它们是在各自的文化语境中最为基本和重要的修辞格;从文化学意义上说,它们则分别显现了各自的文化语境中语言和思维的本质。对二者的比较研究,不但有助于了解二者各自细微而深刻的意蕴,更有助于体会东西方文学思维方式上的异质与融会。

一 修辞学:"微隐喻"与"比兴"

在西方诗学中,隐喻(metaphor)有两个不同层次的含义,一是修辞学意义上的,二是文化学意义上的。在修辞学意义上的隐喻是微隐喻(micro – metaphor),在文化学意义上的隐喻是宏隐喻(macro – metaphor)。同样,在中国诗学中,"比兴"也有这两个不同层次的含义。在修辞学意义上的"比"和"兴"分别指两种既相区别又相夹缠的修辞方法,在文化学意义上的"比兴"则与中国源远流长的诗教传统息息相关。

我们先对二者做修辞学意义上的比较,即将西方作为一种辞格的"微隐喻"与中国传统的"比""兴"两种修辞方法进行比较。

（一）微隐喻：从狭义到广义

首先需要说明的是，在现代汉语修辞学中，"隐喻"一词的使用极其混乱①。它有时是比喻的同义词，有时则是指比喻中的一个小类。众所周知，现代汉语修辞学中的比喻通常被划分为明喻、暗喻和借喻三类②。明喻是以"像""似""如""仿佛"等比喻词来连接本体和喻体，如"我的爱人像一朵红红的玫瑰"。暗喻则以"是""成为""变作""化作""当作"等比喻词来连接本体和喻体，如"我的爱人是一朵红红的玫瑰"；或者根本不用比喻词，如"我的爱人，一朵红红的玫瑰"。借喻中只出现喻体，而不出现本体和比喻词，如"圆规一面说，一面愤愤地回转身"。现代汉语修辞学中原本没有"隐喻"这一术语，而其从西方被引入后，又一直没有得到清晰的界定。它有时被用作"比喻"的同义词，包括明喻、暗喻和借喻；有时又与"明喻"相对，被当作"暗喻"和"借喻"之和；有时被当作"暗喻"的同义词，与"明喻"和"借喻"相对③；有时被当作"暗喻"中的一个小类，即没有使用比喻词的暗喻④；有时则被当作"借喻"的同义词，与"明喻"和"暗喻"相对；至今没有统一的说法。

此外，在西学东渐的过程中，西方修辞学的中译存在着极其混乱的现象。如"metaphor"，被译为"隐喻""比喻""譬喻""比"；"metonymy"被译成"换喻""转喻""借喻"；"tropes"被译为"转喻""比喻""借喻"；"synecdoche"被译成"借喻""举隅""提喻""借代"；"simile"被

---

① "隐喻"一词古已有之，宋人陈骙（1128—1203）在《文则》中，曾列出十种"举喻之法"，分别为：直喻、隐喻、类喻、诘喻、对喻、博喻、简喻、详喻、引喻、虚喻。这可能是"隐喻"作为一种修辞手法在汉语语境中第一次被提出。然而，现代汉语修辞学中的"隐喻"并不是对陈骙这一说法的继承和发展，而是西学东渐背景下对西方修辞学术语的翻译。

② 参见陆文蔚《修辞基础知识》，江苏教育出版社1984年版，第44页。其他修辞学著述及语文教学中也通用这种划分方法。

③ 陈望道：《修辞学发凡》，上海世纪出版集团2005年版，第73页。周振甫：《〈文心雕龙〉译注》，江苏教育出版社2005年版，第517页。

④ 童庆炳主编：《文学理论教程》（第五版），高等教育出版社2015年版，第294页。

译成"明喻""直喻"等，不但一词多译，而且多词一译，互相交叉，可谓乱作一团，极易混淆。

鉴于这种混乱，本节尽可能将"隐喻"严格地限制在西方诗学中的metaphor 的含义中，选择不易混淆的译法，同时根据论述的需要，随时与现代汉语修辞学中的术语进行比较说明。

作为一种基本的修辞格（figure of speech 或 figurative language），隐喻（微隐喻）最狭的含义是指与明喻相对的修辞方法。因此，要弄清什么是隐喻，首先要弄清什么是明喻。

在西方修辞学中，明喻（simile）指的是用"就像"（like）、"如同"（as）等连接词实现两种明显不同的事物之间基于某种相似性的转换。这种转换可以存在于词与词、句与句、段与段之间。词与词之间的转换如"婚姻像一座城堡"，句与句之间的转换如"我扑在书上，就像饥饿的人扑在面包上"，段与段之间的转换如荷马史诗《伊利亚特》第十一卷描写希腊人与特洛亚人开战：

> 有如两队割禾人互相相向而进，
> 在一家富人的小麦地或大麦地里
> 奋力割禾，一束束禾秆毗连倒地，
> 特洛亚人和阿开奥斯人当时也这样
> 临面冲杀到一起，没有人转念逃逸。[1]

又如同一卷中描写奥德修斯被特洛亚人围攻：

> 他们很快找到了神样的奥德修斯，
> 正受到特洛亚人的围攻，有如褐狼

---

[1] ［古希腊］荷马：《荷马史诗·伊利亚特》，罗念生、王焕生译，人民文学出版社 1994 年版，第 239 页。

在山中围截一头被猎人射中的长角鹿，

长角鹿借助敏健的长腿迅速奔逃，

当它的血仍然温暖，膝头仍然敏捷；

等到箭伤完全耗尽了它的力量，

嗜血的恶狼便在林荫下把它撕碎；

这时神明驱来一只贪婪的狮子，

群狼慌忙逃散，狮子把猎物吞噬。

当时无数勇敢的特洛亚人也这样

步步进逼机智坚毅的奥德修斯，

英雄挥动长枪竭力把死亡推迟。①

这种"荷马式明喻"或"史诗式明喻"，后来又反复出现在维吉尔、弥尔顿等人的创作中。

与明喻相对的就是隐喻，即不使用"就像"（like）、"如同"（as）等连接词，但也能实现这种转换。它包括两种情况：一是采用系词"是"把两件不同的事物联结起来，造成不易察觉的转换，如"哥德巴赫猜想是人类思维的花朵"；或者不使用连接词，直接把两件不同的事物联结起来，形成比喻的关系，如"祖国，我的母亲"，二者都属于现代汉语修辞学中的"暗喻"。二是不使用连接词，而直接用描写一种事物、一种性质的词来描写另一种事物、另一种性质，如"爱情的火焰把他烧毁"，即现代汉语修辞学中的"借喻"。第二种情况由于比第一种含蓄，又被称作"含蓄隐喻"（implicit metaphor）。这就是西方修辞学中"隐喻"的最狭含义：现代汉语修辞学中"暗喻"与"借喻"之和。

有学者认为，隐喻和明喻只有语法形式上的不同，但在实质上，二者

---

① ［古希腊］荷马：《荷马史诗·伊利亚特》，罗念生、王焕生译，人民文学出版社 1994 年版，第 254 页。

是相同的，都是说"甲像乙"。只不过，明喻是直接说"甲像乙"，隐喻则或者说"甲是乙"，或者直接用"乙"来取代"甲"。从这个意义上看，隐喻其实可以看作明喻的浓缩，明喻则可以看作隐喻经过补充后的变形。由于二者实质相同，也可以只用一个术语"隐喻"来称呼这两者。这就形成了西方修辞学中"隐喻"的第二个含义：现代汉语修辞学中的"比喻"，即"明喻""暗喻""借喻"之和。

有学者进一步认为，隐喻的实质在于通过修辞手法实现词语含义的转换。而实现这种转换的手法还有许多种，就其实质而言，都可以叫作"隐喻"。其中除了现代汉语修辞学中的"比喻"外，还包括以下几种。

换喻（metonymy），也译"转喻"或"借喻"，用某物的名称指代与其关系密切的另一物。它包括了现代汉语修辞学中"借代"的几个小类，例如：用"王冠"指代权力，这实际是以具体代抽象；以"王冠"指代国王，则是以特征代本体。

举隅（synecdoche），也译"借喻""提喻"或"借代"，指用某物的一部分来代表其整体。比如："一把好手"（a good hand）指代一个熟练的工人，"花白胡子"指代一个长着花白胡子的人，"袁世凯"指代印着袁世凯头像的银圆。这也是现代汉语修辞学中"借代"的一个小类。

拟人（personification），无生命的或抽象的东西被赋予生命，或带上人的气质与感情，包括现代汉语修辞学中的"拟人"，比如把"天在下雨"说成"天在流泪"；也包括现代汉语修辞学中"比喻"的一个小类——将物比拟成人，如济慈在《秋颂》里把秋天比作一个忙于秋收农活的妇人，在《希腊古瓮颂》里把古瓮比作"完美的处子""田园的史家"。

"引喻"（allusion），直接或间接地提及某个典故、事件或说法，即现代汉语修辞学中的"用典"。如萧伯纳的讽刺喜剧《卖花女》原名为《匹格马利翁》（*Pygmalion*），就是运用了古希腊神话中"匹格马利翁"的典故。

"奇喻"（conceit），把两个似乎不相干的事物或背景，以或经明示或不经明示的词句建立意外的类似。如马维尔（Andrew Marvell，1621—1678）把相恋但无法团圆的男女比作平行线，邓恩把夫妻比作圆规的双脚等。这其实仍是现代汉语修辞学中的"比喻"，只不过本体和喻体之间的类似之处为常人难以想到。这种修辞方法源于 17 世纪的玄学派诗人（metaphysical poets），起初并不为人接受，因此"奇喻"一词最初是个贬义词，后来这种方法被人们普遍接受以后，才开始成为一个中性词。

"讽喻"（allegory），也译"寓言"，指用虚构的人物或事件描述一些相似性的主题，是一种扩展了的比喻。短小的"讽喻"如"Make the hay while the sun shines"，用"趁出太阳的时候晒草"来比喻"做事要抓住时机"，与汉语中的"趁热打铁"有异曲同工之妙。长篇的"讽喻"如"伊索寓言"，用一个故事说明一个相关的道理。

……

总之，作为一种修辞手法，"微隐喻"有着广狭不同的三种含义：最狭的含义是与明喻相对的，是不用"像""若""似"等字眼的比喻，是现代汉语修辞学中"暗喻"和"借喻"之和；第二种含义则等于现代汉语修辞学中的"比喻"，是明喻、暗喻和借喻之和；最广的含义则包括一切用一物指代另一物的修辞方法，包括比喻、借代、拟人、用典等等，在这个意义上，"隐喻"比现代汉语修辞学中的"比喻"范围还要广。现代汉语修辞学中的"比喻"，不过是与借代、拟人、用典等并列的修辞手法；而在西方诗学中，通常把用一物比喻、类比、借代、象征另一物的各种手法通通称为"隐喻"。

(二)"比""兴"：区别与夹缠

和西方的"隐喻"一样，中国古代文论中的"比兴"也是一个从语言策略入手触及语言艺术本质的重要范畴。六朝以前，"比"与"兴"一般是分而论之的，起初分别指两种不同的文体，后来则分别指两种既互相近似又有所不同的修辞方法。

有关"比""兴"最早的记载出现在《周礼·春官·大师》:"大师掌六律六同,以合阴阳之声。……教六诗,曰风,曰赋,曰比,曰兴,曰雅,曰颂。"① 汉代郑玄(127—200)对之做了这样的注释:"教,教瞽矇也。风,言贤圣治道之遗化也。赋之言铺,直铺陈今之政教善恶。比,见今之失,不敢斥言,取比类以言之。兴,见今之美,嫌于媚谀,取善事以喻劝之。雅,正也,言今之正者,以为后世法。颂之言诵也,容也,诵今之德,广以美之。"② 可见,在郑玄看来,"风""赋""比""兴""雅""颂"是六种并列的诗体,其内容与形式各有不同:风是歌颂先贤圣君的遗风,赋是直言当今的善恶,比是委婉地批评当今之失,兴是委婉地歌颂当今之善,雅是肯定当今足以为后世之法的地方,颂则是推扩当今之美。而同处于汉代的郑众(郑司农,?—83)则认为:"古而自有风雅颂之名,故延陵季子观乐于鲁时,孔子尚幼,未定《诗》《书》,而因为之歌《邶》《鄘》《卫》,曰'是其《卫风》乎',又为之歌《小雅》《大雅》,又为之歌《颂》。《论语》曰:'吾自卫反鲁,然后乐正,《雅》《颂》各得其所。'时礼乐自诸侯出,颇有谬乱不正,孔子正之。曰比曰兴,比者,比方于物也。兴者,托事于物。"③ 显然,郑众的观点与郑玄不同。在郑众看来,"风""雅""颂"是诗的不同体裁,而"比""兴"则是写诗所用的不同修辞方法。唐代的贾公彦(7世纪中叶)据此进一步解释:"按《诗》上下惟有风、雅、颂,是《诗》之名也。但就三者之中,有比、赋、兴,故总谓之'六诗'也。"④

将郑玄、郑众、贾公彦三人的注释进行比较,不难看出,郑玄的观点更具有历史性与合理性。朱自清先生(1898—1948)认为:"风、赋、比、

---

① 李学勤主编:《十三经注疏·周礼注疏》,北京大学出版社1999年版,第607—610页。
② 同上书,第610页。
③ 同上。
④ 同上。

兴、雅、颂似乎原来都是乐歌的名称。"① 章炳麟先生（1869—1936）也认为，"六诗"即六种不同的韵文形式，"风""雅""颂"可歌，"赋""比""兴"不可歌，都是以韵文记事的作品②；可见，他们都是赞成郑玄所说"六诗"为六种诗体的观点的。那么，为什么郑玄和贾公彦认为"赋比兴"不是诗体而只是修辞方法呢？章炳麟先生指出，这是由于"赋""比""兴"不可歌，年代久远就失传了。《周礼》所说的"六诗"，本是当时的六种诗体，但后来只有"风""雅""颂"三者流传了下来，成为三种主要的诗体；而"赋""比""兴"作为诗歌体裁虽然已经湮灭，但其中运用的修辞方法却流传了下来，并保留在"风""雅""颂"这三种主要的诗体中。于是，后世就只将"风、雅、颂"看作诗体，而将"赋、比、兴"看作修辞方法了。

这样，就不难理解汉人为《诗经》做注的《毛诗序》既延续了《周礼》的说法，又将《周礼》中的"六诗"改称"六义"："诗有六义焉：一曰风，二曰赋，三曰比，四曰兴，五曰雅，六曰颂。"③《毛诗序》中所说的"诗"并非泛指诗歌，而是特指已经被后人删订的《诗经》。此时"赋""比""兴"作为诗体已经失传，《诗经》中只留下根据乐调的不同而划分的"风""雅""颂"三部分。"风"指国风，是不同地区的地方音乐。《诗经》中的《风》诗是从周南、召南、邶、鄘、卫、王、郑、齐、魏、唐、秦、陈、桧、曹、豳等15个地区采集上来的土风歌谣，共160篇，大部分是民歌。"雅"是周王朝直辖地区的音乐，即所谓正声雅乐。《诗经》中的《雅》诗是宫廷宴飨或朝会时的乐歌，按音乐的不同又分为《大雅》31篇，《小雅》74篇，共105篇，除《小雅》中有少量民歌外，大部分是贵族文

---

① 朱自清：《诗言志辨》，凤凰出版社2008年版，第81页。
② 参见章太炎《检论》卷二《六诗说》，《章氏丛书》（上册），（台北）世界书局1982年版，第522—523页。
③ 李学勤主编：《十三经注疏·毛诗正义》，北京大学出版社1999年版，第11页。

人的作品。"颂"是宗庙祭祀的舞曲歌辞，内容多是歌颂祖先的功业的。《诗经》中的《颂》诗又分为《周颂》31 篇，《鲁颂》4 篇，《商颂》5 篇，共 40 篇，全部是贵族文人的作品。从时间上看，《周颂》和《大雅》的大部分产生在西周初期；《大雅》的小部分和《小雅》的大部分产生在西周后期至东迁时；《国风》的大部分和《鲁颂》《商颂》产生于春秋时期。而"赋""比""兴"作为诗体已经失传，只作为"风""雅""颂"中的修辞方法存在，因此不能称为"六诗"，而只能称作"六义"了。

由于诗体的变迁，唐代的孔颖达（574—648）对前引郑玄所注《周礼》做出了不同的解释，他认为："彼虽各解其名，以诗有正、变，故互见其意。'风'云贤圣之遗化，谓变风也。'雅'云'言今之正，以为后世法'，谓正雅也。其实正风亦言当时之风化，变雅亦是贤圣之遗法也。'颂'训为'容'，止云'诵今之德，广以美之'，不解容之义，谓天子美有形容，下云'美盛德之形容'，是其事也。'赋'云'铺陈今之政教善恶'，其言通正、变，兼美、刺也。'比'云'见今之失，取比类以言之'，谓刺诗之比也。'兴'云'见今之美，取善事以劝之'，谓美诗之兴也。其实美、刺俱有比、兴者也。"[1] 在孔颖达看来，风分"正风""变风"，雅分"正雅""变雅"。其"正"着眼于当今，其"变"则着眼于先贤。因此，郑玄所说的追慕先贤之遗风的"风"，其实只是"变风"，而"正风"说的是当今之风化，二者相加才是完整的"风"；而郑玄所说的"言今之正，以为后世法"的"雅"，其实只是"正雅"，而"变雅"说的是"贤圣之遗法"，二者相加才是完整的"雅"。同样，郑玄所说的"见今之失"的"比"，只是"刺之比"；郑玄所说的"见今之美"的"兴"，只是"美之兴"，"其实美、刺俱有比、兴"，郑玄的说法是举偏以概全的。

不难看出，孔颖达的解释颇有削足适履之嫌。一方面他是以《诗经》

---

① 李学勤主编：《十三经注疏·毛诗正义》，北京大学出版社 1999 年版，第 11 页。

为标准来解释《周礼》中所说的"诗",另一方面他又不想完全否定前贤郑玄的说法,于是就想要通过自己的解释,把郑玄的观点改造成适合《诗经》实际的观点。其实,这是完全没有必要的。郑玄所解释的《周礼》中所说的"六诗",并不限于《诗经》,而是包括《诗经》在内的所有古诗。章炳麟先生就曾引《周礼》中记载的"九德六诗之歌""六代之乐""九夏之舞",《墨子》中记载的"诵诗三百,弦诗三百,歌诗三百,舞诗三百"以及"太史公言古者诗三千余篇"等为例,说明"言古诗三千余篇尚省略矣,然诸列国所常教者,无过什一"①。古诗数量极其庞大,绝不限于《诗经》所载的三百篇,当时"风""雅""颂""赋""比""兴"就是六种诗体,各自有不同的内容和美刺功能。只不过由于年代久远,大量的古诗失传,"章阕泯绝","赋""比""兴"等诗体就从人们的视野中消失了。但现在见不到,不等于以前没有存在过,《周礼》中记载的"九德六诗之歌""六代之乐""九夏之舞"等,后人也都没能见到,但人们都不怀疑,"独疑比赋兴三种,何哉?"② 当然,在定型后的《诗经》中,就只有"风""雅""颂"三种诗体了,而"赋""比""兴"则成为隐含在这三种诗体中的修辞方法。这样看来,作为"六诗"的"风""雅""颂""赋""比""兴"与作为"六义"的"风""雅""颂""赋""比""兴"就有着不同的含义。"六诗"是六种诗体,"六义"则是三种诗体与三种修辞方法的结合。那么,作为"六诗"之一的"比"只刺不美,作为"六诗"之一的"兴"只美不刺,而"六义"之中的"比"和"兴"都是既美又刺,就不难理解了。

需要说明的是,孔颖达根据《诗经》中的诗体而得出的"风、雅、颂

---

① 章太炎:《检论》卷二《六诗说》,《章氏丛书》(上册),(台北)世界书局1982年版,第523页。
② 同上书,第522页。

者，诗篇之异体；赋、比、兴者，诗文之异辞耳"①，以及"赋、比、兴是诗之所用，风、雅、颂是诗之成形"② 等观点，虽然不符合古诗的实际，却准确地反映了《诗经》定型后的状态，因而被后人广泛接受。后人多认为，"风""雅""颂"是诗的体裁，而"赋""比""兴"则是诗的修辞方法，就是来自孔颖达的观点。

《诗经》定型之后，"赋""比""兴"一直被视为诗的修辞方法。然而，在修辞方法的研究中，"比""兴"显然得到了比"赋"更多的重视。比如郑众将"风""雅""颂"与"赋""比""兴"分开，认为前三者是诗歌体裁，后三者是修辞方法；但在论述"赋""比""兴"时，只论述了"比者，比方于物也。兴者，托事于物"，对"赋"的论述却付之阙如。在郑众之后，对"比""兴"的论述洋洋大观，对"赋"作为一种修辞方法的论述却极其稀少，二者形成了鲜明的对比。这一方面是因为在汉代，"赋"又成为一种重要的文体（这也说明"赋比兴"原本各是一种文体），这使得人们很难把"赋"仅仅作为一种修辞方法。比如，唐代的马公彦就认为，"凡言赋者，直陈君之善恶，更假外物为喻，故云铺陈者也"③。在他看来，"赋"是一种"直陈善恶"的文体，而"比"就是"赋"所使用的基本修辞方法。另一方面也是因为，如果仅就修辞而言，赋的特点在于"直陈其事"④，似乎并无技巧可言，不像"比""兴"那样有可以显见的修辞特征。由于以上两个方面的原因，后世在研究诗的修辞方法时，就以"比""兴"为主。

先说"比"。归纳综合前人的观点，"比"有以下三种不同的含义。

一是作为一种批评劝谏的文体，这是"比"的最早含义。这一含义出

---

① 李学勤主编：《十三经注疏·毛诗正义》，北京大学出版社 1999 年版，第 12 页。
② 同上书，第 13 页。
③ 同上书，第 610 页。
④ 同上书，第 12 页。

自《周礼·春官·大师》，而汉代郑玄为之所做的注，详细地说明了这一含义。而在"比"的其他后续含义形成后，这一含义并未消失，仍长期为人们所使用。刘勰在《文心雕龙·比兴》中就曾说"比则蓄愤以斥言"①，说的就是这个意思。后人以为美刺皆可用比，常常指责郑玄或刘勰以偏概全，这其实恰恰是后人缺乏历史观点的表现。

二是作为一种修辞方法，专指比喻。这也是"比"最为常见的含义。对这一含义的最早论述是前引汉代郑众所说的"比者，比方于物也"。此后晋朝挚虞（250—300）在《文章流别论》中说："比者，喻类之言也。"②这方面最有影响的是宋代朱熹（1130—1200）在《诗集传》中的说法："比者，以彼物比此物也。"③这一含义大致相当于现代汉语修辞学中的"比喻"，包括明喻如"麻衣如雪""两骖如舞"，暗喻如"赵衰，冬日之日也；赵盾，夏日之日也"，借喻如"岁寒然后知松柏之后凋也"④。

三是指包括比喻、比拟、类比等多种修辞方法。例如《诗经·豳风·伐柯》："伐柯如何，匪斧不克。取妻如何，匪媒不得。"朱熹《诗集传》评为"比也"⑤。唐代王昌龄《诗格》云："比者，直比其身，谓之比假，如'关关雎鸠'之类是也。"⑥这里的"比"已经如刘勰在《文心雕龙·比兴》中所说："且何谓比？盖写物以附意，扬言以切事者也。"⑦又如南北朝时钟嵘在其《诗品序》中说："因物喻志，比也。"⑧依此为据，所有"借景抒

---

① （南朝梁）刘勰：《文心雕龙注释》，周振甫注，人民文学出版社1981年版，第394页。

② （晋）挚虞：《文章流别论》，郭绍虞主编《中国历代文论选》（第一册），上海古籍出版社2001年版，第190页。

③ 《四书五经（宋元人注）》（中册），中国书店1985年版，第3页。

④ 以上比喻分别出自《诗经·曹风·蜉蝣》《诗经·郑风·大叔于田》《左传·文公七年》《论语·子罕》。

⑤ 《四书五经（宋元人注）》（中册），中国书店1985年版，第65页。

⑥ （唐）王昌龄：《诗格》，张伯伟《全唐五代诗格汇考》，江苏古籍出版社2002年版，第159页。

⑦ （南朝梁）刘勰：《文心雕龙注释》，周振甫注，人民文学出版社1981年版，第394页。

⑧ （南朝）钟嵘：《诗品序》，郭绍虞主编《中国历代文论选》（一卷本），上海古籍出版社1979年版，第107页。

情""托物言志"之作，皆可称"比"，其范围已经非常广了。

再说"兴"。与"比"的三种含义相应，"兴"也有三种不同含义。

"兴"的第一种含义也是一种文体，这一含义同样出自《周礼·春官·大师》，而其详细说明同样来自汉代郑玄为之所做的注。与"比"不同的是，"兴"这种文体不是用来批评劝谏的，而是用来歌功颂德的。为了避免显得谄媚，所以不能直说，而要采用"取善事以喻劝之"的写法，这是"兴"的最早含义。但在"兴"的其他后续含义形成后，这一含义却逐渐消失了。刘勰在《文心雕龙·比兴》中保留了"比"作为一种文体的原义，但却将"兴"界定为"起也"，"依微以拟议"，"环譬以托讽"①，不但并未强调其赞美之意，而且认为，"炎汉虽盛，而辞人夸毗，诗刺道丧，故兴义销亡"②。可见，自汉以后，歌功颂德的文字以"赋"为主，正所谓"赋颂先鸣"③，而"比"作为"赋"这种文体的一种重要的表现手法，也常常为歌功颂德服务，只有"比""兴"兼用的"旧章"才带有讽谏的意味。这样，"兴"不但失去了从前歌功颂德的意思，反而成为讽刺劝谏的重要标志了。

"兴"的第二种含义是作为一种修辞方法，意为"起兴"。这也是"兴"最为常见的含义。对这一含义的最早论述是前引汉代郑众所说的"兴者，托事于物"。此后晋朝挚虞在《文章流别论》中说："兴者，有感之辞也。"④ 这方面最有影响的是宋代朱熹在《诗集传》中的说法："兴者，先言他物以引起所咏之辞也。"⑤ 作为一种修辞方法，"兴"与"比"的区别在于：在"以彼物比此物"的"比"中，"彼物"与"此物"之间有相似

---

① （南朝梁）刘勰：《文心雕龙注释》，周振甫注，人民文学出版社1981年版，第394页。

② 同上。

③ 同上。

④ （晋）挚虞：《文章流别论》，郭绍虞主编《中国历代文论选》（第一册），上海古籍出版社2001年版，第190页。

⑤ 《四书五经（宋元人注）》（中册），中国书店1985年版，第1页。

的关系，如"麻衣如雪"是颜色相似，"纤条悲鸣，声似竽籁"是声音相似等。但在"先言他物以引起所咏之辞"的"兴"中，"他物"与"所咏之辞"之间的关系可能并不明确。如《诗·小雅·小宛》："宛彼鸣鸠，翰飞戾天。我心忧伤，念昔先人。"鸣鸠高飞到天上，与我思念先人之间有什么关系呢？似乎并不明确。又如《诗·魏风·园有桃》："园有桃，其实之肴。心之忧矣，我歌且谣。"园中有桃可食与我忧心有什么关系呢？再如《诗·邶风·柏舟》："泛彼柏舟，亦泛其流。耿耿不寐，如有隐忧。"水中泛舟与隐忧有什么关系呢？也不明确。郑玄为之做的注说："舟载渡物者，今不用而与众物泛泛然俱流水中。兴者，喻仁人之不见用而与群小人并列，亦犹是也。"① 但这个意思在诗里根本看不出来，不知注者何以知道。所以刘勰说"明而未融，故发注而后见也"②。

"兴"的第三种含义是指包括比喻、比拟、类比等多种修辞方法在内的起兴手法。"兴"是"先言他物以引起所咏之辞"，"他物"与"所咏之辞"之间可能没有明确的关系，也可能二者之间就是比喻、比拟、类比等关系，正是因为有这种关系，诗人才通过"他物"来"引起所咏之辞"。例如，《诗·周南·关雎》："关关雎鸠，在河之洲。窈窕淑女，君子好逑。"以鸟儿的欢鸣起兴，同时也是以鸟儿的和乐比喻君子与淑女的和乐，是包含了"比"的"兴"。不但《诗经》，以"比"为"兴"是当时诗歌常用的修辞手法。汉代王逸在《楚辞章句·离骚经序》中就说："《离骚》之文，依诗取兴，引类譬喻。故善鸟香草以配忠贞，恶禽臭物以比谗佞，灵修美人以媲于君，宓妃佚女以譬贤臣，虬龙鸾凤以托君子，飘风云霓以喻小人。"③ 刘勰也说屈原是"依诗制骚，讽兼比兴"④，说明屈原也是以比为兴的。事

---

① 《毛诗正义》，上海古籍出版社1990年版，第73页。
② （南朝梁）刘勰：《文心雕龙注释》，周振甫注，人民文学出版社1981年版，第394页。
③ （汉）王逸《楚辞章句·离骚经序》，转引自（南朝梁）刘勰《文心雕龙注释》，周振甫注，人民文学出版社1981年版，第402页。
④ （南朝梁）刘勰：《文心雕龙注释》，周振甫注，人民文学出版社1981年版，第394页。

实上，含义不明的兴在《诗经》中运用较多，而后人用得则较少，后代像张衡的《四愁诗》、阮籍的《咏怀诗》等，都是以比为兴的。难怪何晏在注解《论语·阳货》中"诗可以兴"一句时引孔安国的话说："兴，引譬连类。"① 对此，朱自清认为："兴是譬喻，'又是'发端，便与'只是'譬喻不同。前人没有注重兴的两重义，因此缠夹不已。他们多不敢说兴是譬喻，想着那么一来便与比无别了。"② "以比为兴"虽然不是"兴"的全部形态，但至少是"兴"最常见的形态。当然，这里的"比"是广义的，包括比喻，也包括类比、比拟等古代统称为"比"的修辞方法。例如，《诗·周南·汉广》："南有乔木，不可休思。汉有游女，不可求思。"用乔木的不可休来引起游女的不可求，二者之间是类比的关系，这是以类比起兴的例子。

不难看出，在第一种含义中，"比"和"兴"的区别是非常明显的，它们是两种不同的文体，"比"重批评讽谏，"兴"重歌颂赞美，内容及写法各不相同。但在第二、三种含义中，二者的区别就不那么明显了，因为诗人可以既可以用无关的事物起兴，也可以用"比"来起兴；既可以用狭义的"比"——比喻来起兴，也可以用广义的"比"——包括比喻、比拟、类比等多种修辞方法来起兴。因此，比兴并用，"兴多兼比"，是中国古代诗文写作的常态。研究者也通常称之为"比兴"，而不对之做硬性的区分。

从修辞学的层面来看，西方诗学中的"隐喻"有广狭不同的三种含义，但都指的是修辞方法。而中国诗论中的"比""兴"则首先是指两种不同的文体（广义的修辞学包括文体修辞），同时又指两种既有区别又相互夹缠的修辞方法。从修辞方法的角度来看，西方诗学中的"隐喻"更接近中国诗论中的"比"，但不能包括中国诗论中的"兴"，所以，有学者认为"'比兴'包含了'隐喻'但不等于隐喻"③，是有道理的。但西方诗学中的"隐

---

① 李学勤主编：《十三经注疏·论语注疏》，北京大学出版社1999年版，第237页。
② 朱自清：《诗言志辨》，开明书店民国三十六年（1947）版，第54页。
③ 饶芃子等：《中西比较文艺学》，广东人民出版社2009年版，第200页。

喻"还包括换喻、引喻等修辞方法，而这些修辞方法在中国诗论中一般被称作"借代""用典"等，超出了"比"和"兴"的范围，从这个角度看，西方的"隐喻"与中国的"比""兴"应当是交叉关系，两者不能互相包含，但大部分互相融合。

二 文化学："宏隐喻"与"比兴"

如前所述，任何一种修辞方法都不会仅仅是一种修饰辞藻的技巧，它背后一定隐含着更为深刻的文化内涵。无论西方诗学中的"隐喻"，还是中国诗论中的"比""兴"都是如此。

（一）宏隐喻：作为语言和思维的本质

"宏隐喻"的源头可以上溯到古希腊的柏拉图①，但"隐喻"的含义由修辞学的"微隐喻"正式向文化学的"宏隐喻"转变，开始于18世纪。18世纪意大利理论家维柯（Giovanni Battista Vico，1668—1744）在《新科学》中指出，原始人的思维方式有两个特点：一是"以己度物"，二是"想象性的类概念"。"以己度物"，是指在人们还不善于抽象思维的时候，认识事物还不能得出明确概念，只能凭自己的切身经验去衡量事物，把自己的本性转到事物身上去。比如，听到打雷的声音，就想象是一个嗓门极大的人在发怒。"想象性的类概念"是指原始民族对同类事物缺乏抽象的类概念，就用形象鲜明的个别具体事例来代表同类事物。比如，看到和母亲差不多的女性，就都叫"妈"。而人类早期的语言正体现了原始人思维的这两个特点。比如，原始人不说什么东西硬，而说什么东西"像石头"；不说什么东西热，而说什么东西"像太阳"。可见，人类语言的起源和本性就是隐喻

---

① 柏拉图在《对话》中经常使用隐喻来讲解深刻的哲理，如著名的"洞穴之喻"；而且，按照柏拉图的哲学观念，现实世界作为理式世界的派生物，也不过是理式世界的一个隐喻。

的。他说："隐喻形成一切民族语言的骨干。"① 人类最初的语言都是通过形象思维而不是通过抽象思维形成的，最初的语言是一种充满隐喻和幻想的语言，原始人创造的语言是充满诗意的或者说就是诗，而近代抽象和分析的思维反而是由这种隐喻的语言发展变化而来的。英国浪漫主义诗人雪莱（Percy Bysshe Shelley，1792—1822）也认为，"诗与人类同时起步"并"源出于语言的性质本身"，"语言本身就是诗"，诗人应回归"世界的青年期"那种"充满活力的隐喻性的"语言，这种语言"标识出事物间以前未被理解的关系"②。换言之，那些宣称无隐喻的或比"诗"更合常规的语言不过也是隐喻和"诗"的结果，甚至可以说是一种偏离了语言隐喻本质的结果。

受到维柯的影响，意大利哲学家贝尼代托·克罗齐（Benedetto Croce，1866—1952）也把语言与诗等同起来，在他看来，人类的心灵活动，最初总是表现为诗性的意象化语言。"人随时都像诗人一样地讲话，因为和诗人一样，他用谈话的、熟悉的形式来表达自己的印象或情感，而这些形式和所谓散文式的、诗散文的、叙述体的、史诗的、对话的、戏剧的、抒情诗的、歌咏的等等形式之间并无不可逾越的深渊。"③ "因此，它同诗的活动融为一体，彼此互为同义语。这里所指的就是真正、纯朴的语言，就是语言的本性，而且即使在把语言作为思维和逻辑的工具，准备用它作某种观点的符号时，语言也是要保持它的本性的。"④ "语言在诗中并不是披上诗的外衣，而就是诗本身……既然诗的表现始终是诗所固有的东西，始终是形象，亦即创造性幻想的产物，那么又怎么能把诗所'固有'的语言同'比喻性

---

① ［意］维柯：《新科学》，伍蠡甫、蒋孔阳编《西方文论选》（上），上海译文出版社 1979 年版，第 544 页。
② ［英］特伦斯·霍克斯：《论隐喻》，高丙中译，昆仑出版社 1992 年版，第 52 页。
③ ［意］克罗齐：《美学原理·美学纲要》，朱光潜译，外国文学出版社 1983 年版，第 243 页。
④ ［意］克罗齐：《美学或艺术和语言哲学》，黄文捷译，中国社会科学出版社 1992 年版，第 41 页。

语言'亦即出于想象的语言区别开来，加以划分呢?"① 由此，克罗齐断言，出于心灵活动的表现本性，人就是诗人，而且永远是诗人。与此同时，诗人不应该对与平民认同产生反感，因为这种根本上的认同恰恰说明，诗的力量，就是全人类心灵的力量。

克罗齐的学生，英国哲学家、美学家、考古学家、历史学家罗宾·乔治·科林伍德（Robin George Collingwood，1889—1943）也持类似的观点。他将语言分成两类：一类是想象性语言，另一类是理智化语言。在科林伍德看来，想象性语言，或曰表现性语言，是真正的、原始的、素朴的语言；而理智化语言，是想象性语言修正、变通的结果。或者说，理智化语言是以想象性语言为先决条件的。而以前的研究者经常将两者混淆或将两者的关系弄颠倒，由此造成了在语言问题上的种种错误认识。②

总之，与仅仅作为一种修辞手段的"微隐喻"不同，"宏隐喻"是人类语言的本性，也是人类思维的本性。按照这种理解，"隐喻"的语言和所谓"日常的""标准的"语言之间并没有泾渭分明的界限，日常语言其实也是我们用不自觉的隐喻构成的，如"山脚""山腰""山顶""桌腿""瓶颈""瓶胆""针眼"都是用了人体的部位所作的隐喻；"赤裸裸的威胁"就是用了"不穿衣服"的隐喻；"领导我们事业的核心"就是用了"果核"的隐喻；甚至"干部"的本意也是躯干的一部分，以此比喻一个人在单位的重要意义；人们把电子计算机叫作"电脑"，把电脑中具有破坏性并能自我复制的程序叫作"病毒"，也是隐喻。这些"死隐喻"（dead metaphor）的存在充分说明，隐喻是人们认识世界、表达思想的基本方式，人的认识和语言从根本上讲，就是隐喻的。在这个意义上，世界就是语言，而语言又以隐喻为普遍基础，所以世界的知识即隐喻的集合。甚至可以说，不是先

---

① ［意］克罗齐：《美学或艺术和语言哲学》，黄文捷译，中国社会科学出版社 1992 年版，第 100 页。

② 参见［英］科林伍德《艺术原理》，王至元等译，中国社会科学出版社 1985 年版，第 243 页。

有了世界才有语言和隐喻，而是世界随语言、隐喻而生成。

因此，微隐喻和宏隐喻作为隐喻的两个不同层次的含义，代表了两种不同的思维方式，从而也引发了两种不同的对文学的认识。立足于"微隐喻"的理论家，通常专注于诗与非诗、文学与非文学的区别，并把广义的"隐喻"修辞当成二者最为本质的区别，当作诗之为诗、文学之为文学的根本特征。按照这种理解，诗是隐喻的，非诗是直白的；文学是隐喻的，科学是逻辑的。这种隐喻论背后，隐含着这样的基本观念：在诗性的、隐喻的语言之外，另有一套一般的、明晰的标准语言用来反映纯粹的事实，隐喻的语言是从这种一般语言中派生出来的；隐喻对所表达的内容没有实质性的影响，只起添加装饰的作用。由此出发，有可能导致对隐喻的忽视或贬斥。例如，霍布斯（Thomas Hobbes，1588—1679）于1651年在《利维坦》（*Leviathan*）第一部中曾列举了七种原因，说明何以过去的哲学著作中总是充满了荒诞与无知，其中第六种原因与隐喻密切相关："第六种原因是用隐喻、比喻或其他修辞学上的譬喻而不用正式的语词。比方在日常谈话中我们虽然可以合法地说：这条路走到，或通到这里、那里；格言说这个、说那个等等；其实路本身根本不可能走，格言本身也不可能说。但在进行计算或探寻真理时，这种说法是不能容许的。"① 按照这种观点，隐喻被看成是语言的滥用，与清晰、鲜明的表达不再相容，只配用作装饰。人们普遍认为隐喻是不适于准确的思维的，若要使用，也只应限于处理较广泛意义的事物，对预先完成的思想再作包装。这样一来，"诗意的""隐喻的"语言就进一步被分离出"正常的"语言，被置于"正常"语言的对立面。这种做法虽然似乎能够对文学与非文学进行明确的区分，但这种区分是表面上的、肤浅的，而且极容易导致把文学仅仅看成是一种技巧的玩弄，导致对文学的轻蔑。

---

① ［英］霍布斯：《利维坦》，黎思复、黎廷弼译，商务印书馆1985年版，第31—32页。

立足于宏隐喻的理论家则与此不同。他们认为，隐喻是语言的本质，是思维的本质。它非但不会影响人们对真理的认识和表达，而且，它就是真理本身。意大利哲学家维柯说："我们发现各种语言和文字的起源都有一个原则：原始的诸异教民族，由于一种已经证实过的本性上的必然，都是些用诗性文字（poetic characters）来说话的诗人。"① 而一切诗性智慧都是在隐喻中形成的，也是通过隐喻表达出来的。"一切语种里大部分涉及无生命的事物的表达方式都是用人体及其各部分以及用人的感觉和情欲的隐喻来形成的。"② "一般地说，隐喻构成全世界各民族语言的庞大总体。"③ 这种观点在语言普遍的隐喻性质的基础上来定义文学，固然有助于人们把诗作为语言本质的集中体现予以重视，但这种理解的潜在危险是"诗"可能被混同于一般意义上的语言而趋于被取消。按照这种观点，隐喻是文学的本质，但也是语言的本质；一切语言都是隐喻的，如何区分文学与非文学？对于这个问题，许多理论家进行了探讨。扬·穆卡洛夫斯基认为："诗的语言的功能表现在言谈被置于最佳前景位置的时候。"④ "前景"（foreground）是与"背景"（background）相对的概念，二者的区别不在于是否使用隐喻，而在于所使用的是"死隐喻"（dead metaphor）还是"活隐喻"（living metaphor）。穆卡洛夫斯基认为，隐喻一经反复使用，就会失去新鲜感而变成"死隐喻"，人们就会意识不到隐喻的存在而将之当成"普通的""正常的"语言，此时，隐喻就由"前景"退入"背景"，成为"标准语言"的一部分。而诗的意义就在于，通过使用新鲜的"活隐喻"，或通过"陌生化"的手法使"死隐喻""复活"，让人们重新认识到语言的隐喻本质。显然，与仅仅机械将"隐喻"这种修辞手法当作文学与非文学的区分相比，这种观

① ［意］维柯：《新科学》，朱光潜译，商务印书馆1989年版，第30页。
② 同上书，第200页。
③ 同上书，第226页。
④ ［英］特伦斯·霍克斯：《论隐喻》，高丙中译，昆仑出版社1992年版，第105页。

点更好地解释了"诗"与"非诗"界限的相对性以及二者之间互相贯通和转化的关系。显然，与仅仅把隐喻作为一种技巧的"微隐喻"相比，"宏隐喻"更深刻地把握了语言的本质，对文学与非文学、诗与非诗的区分也更为深刻和辩证。

（二）比兴：诗以明道

如前所述，六朝以前，"比""兴"一般是分而论之，分别指两种既有区别又互相夹缠的修辞方法。到了六朝以后，"比"与"兴"则合成了一个具有稳定性的范畴"比兴"，这突出地体现在刘勰的《文心雕龙》中。这部"体大而虑周"的文章学著作，第三十六篇就专论"比兴"。开篇之初，刘勰将"比"与"兴"分而论之，并将二者相对而言，着重强调二者之别："比者，附也，兴者，起也。附理者，切类以指事，起情者，依微以拟议。起情故兴体以立，附理故比例以生。比则蓄愤以斥言，兴则环譬以托讽。"①显然，这是将"比"与"兴"作为对立的两极来看待的。但到了文章中间，刘勰梳理"比""兴"的历史源流时，又说："楚襄信谗，而三闾忠烈，依诗制骚，讽兼比兴。"②这说明在刘勰看来，无论《诗经》还是《离骚》，"比""兴"兼用是普遍存在的现象，而且，由于其中包含了讽喻劝谏之意，与一味歌功颂德的汉赋相比，这种"讽兼比兴"的写法是值得肯定的。而"炎汉虽盛，而辞人夸毗，诗刺道丧，故兴义销亡"③。刘勰对这种"赋颂先鸣，故比体云构，纷纭杂沓，倍旧章矣"④的状态是不满意的，从而非常怀念《诗》《骚》中"比""兴"兼用、带有讽谏意味的"旧章"。因此，刘勰以明辨"比""兴"之别开始，最终达到的却是"比""兴"相兼。所

---

① （南朝梁）刘勰：《文心雕龙注释》，周振甫注，人民文学出版社1981年版，第394页。
② 同上。
③ 同上。
④ 同上书，第394—395页。

以，《比兴》篇赞曰："诗人比兴，触物圆览。"① 不但在《比兴》篇中，在《文心雕龙》的其他篇目中，刘勰也经常把"比兴"合用，如《辨骚》篇中的"虬龙以喻君子，云霓以譬谗邪，比兴之义也"②，《神思》篇中的"刻镂声律，萌芽比兴"③ 等。

需要强调的是，"比兴"作为一个全新的范畴，并不是"比"与"兴"的含义的简单相加。它不再仅仅指一种或多种修辞方法，而有着更为深刻的文化内涵："比兴"既是作诗之法，也是说诗之法，二者都与中国源远流长的诗教传统有着密切的关系。

"诗教"这个词始见于《礼记·经解》篇：

> 孔子曰："入其国，其教可知也。其为人也温柔敦厚，《诗》教也。疏通知远，《书》教也。广博易良，《乐》教也。洁静精微，《易》教也。恭俭庄敬，《礼》教也。属辞比事，《春秋》教也。"④

朱自清先生认为，《经解》"大概是汉儒的述作，其中称引孔子，只是儒家的传说，未必真是孔子的话"⑤。也就是说，"诗教"是汉儒托名孔子的一种说法。之所以托名孔子，是因为孔子的"兴观群怨""事父事君"等思想是"诗教"的源头，汉儒的"诗教"思想正是由此继承而来。只不过，在孔子生活的时代，"诗教"观念刚刚萌芽；到了汉朝，"诗教"观念才真正形成并获得充分的发展。

从汉儒的著作中可以看出，"诗教"的本意是《诗》教，即以《诗经》作为教化的手段。《诗》教与《书》教、《乐》教、《易》教、《礼》教、《春秋》教并称为"六学"（董仲舒《春秋繁露·玉杯》），深受汉人重视。

---

① （南朝梁）刘勰：《文心雕龙注释》，周振甫注，人民文学出版社 1981 年版，第 395 页。
② 同上书，第 36 页。
③ 同上书，第 296 页。
④ 李学勤主编：《十三经注疏·礼记正义》（下），北京大学出版社 1999 年版，第 1368 页。
⑤ 朱自清：《诗言志辨》，开明书店民国三十六年（1947）版，第 107 页。

六学皆大，而各有所长，在汉儒著作中，其次序也时有变换。但最终《诗》教居于六学之首，流传最广，影响最大，一是因为《诗》便于讽诵，为人所常习，二是因为诗语简约，可以触类引申，断章取义，便于引证，富于弹性。

汉人在著书立说时喜欢频繁而广泛地引证《诗经》，而他们引证《诗经》的内容，则是以德教、政治、学养为核心。如《列女传》三《鲁漆室女传》云：

> 漆室女曰："夫鲁国有患者，君臣父子皆被其辱，祸及众庶。妇人独安所避乎！吾甚忧之。"……君子曰：远矣，漆室女之思也。《诗》云："知我者谓我心忧，不知我者谓我何求。"此之谓也。①

这里引《诗》是为了赞叹漆室女忧国的美德，是德教。

仅次于德教的是政治。如《春秋繁露·山川颂》云：

> 且积土成山，无损也，成其高，无害也，成其大，无亏也，小其上，泰其下，久长安，后世无有去就，俨然独处，惟山之意。《诗》云："节彼南山，惟石岩岩。赫赫师尹，民具尔瞻。"此之谓也。②

这是以山象征领袖的气象。

除了德教、政治外，学养也是汉儒引《诗》论证的一个重要内容。《礼记·大学》云：

> 《诗》云："瞻彼淇澳，菉竹猗猗。有斐君子，如切如磋，如琢如磨。……""如切如磋"者，道学也。"如琢如磨"者，自修也。③

后世"切磋琢磨"已经成为进德修业的代名词，可见《诗》教的广远了。

---

① （汉）刘向：《古列女传》，《四部丛刊初编》（四七），上海书店1989年版，第21页。
② 苏舆：《春秋繁露义证》，中华书局1992年版，第424页。
③ 李学勤主编：《十三经注疏·礼记正义》（下），北京大学出版社1999年版，第1593页。

汉代以后，"诗教"的范围超出了《诗经》，泛指一切通过诗进行的道德、政治、学养等方面的教化，而"比兴"在其中起了非常重要的作用。当铺张扬厉的汉赋成为歌功颂德的工具，人们正如刘勰所说，"日用乎比，月忘乎兴，习小而弃大"①，此时，依"旧章"而比兴兼用的讽谏就成为"诗教"中难得的传统资源。具体地说，它包括作诗和说诗两个方面。

就作诗而言，"诗教"的传统要求诗人"发乎情，止乎礼义"②，以"经夫妇，成孝敬，厚人伦，美教化，移风俗"③为写作目的，做到"主文而谲谏，言之者无罪，闻之者足以戒"④。在这个意义上，所谓"比兴"，关键并不在于诗中是否用了"比""兴"两种修辞方法，而是在于是否具备"诗以言志"、诗以明道的作用。唐以后，"比兴"基本上在这个意义上使用。陈子昂在《与东方左史虬修竹篇序》里说："汉、魏风骨，晋、宋莫传，然而文献有可征者。仆尝暇时观齐、梁间诗，彩丽竞繁，而兴寄都绝，每以永叹。"⑤这里提出"兴寄"，将"兴"与"寄"相结合，"兴"就不再仅仅是一种修辞方法，而是强调作品的思想内容要有寄托。所以，"兴"又与"风骨"相关，强调健康的内容与生动有力的语言形式相统一。在陈子昂以后，白居易是这种诗论最重要的代表。他在《与元九书》中说，自从"周衰秦兴，采诗官废，上不以诗补察时政，下不以歌泄导人情。乃至于谄成之风动，救失之道缺"⑥。这种风气延续到了六朝，诗人不过"嘲风雪，弄花草而已"，六义尽去。唐兴二百年，诗人不可胜数，以李、杜为最

---

① （南朝梁）刘勰：《文心雕龙注释》，周振甫注，人民文学出版社 1981 年版，第 395 页。
② 李学勤主编：《十三经注疏·毛诗正义》，北京大学出版社 1999 年版，第 15 页。
③ 同上书，第 10 页。
④ 同上书，第 13 页。
⑤ （唐）陈子昂：《与东方左史虬修竹篇序》，郭绍虞主编《中国历代文论选》（第二册），上海古籍出版社 2001 年版，第 55 页。
⑥ （唐）白居易：《与元九书》，郭绍虞主编《中国历代文论选》（第二册），上海古籍出版社 2001 年版，第 97 页。

佳。但李白之诗虽然"才矣奇矣，人不逮矣"，但"索其风雅比兴，十无一焉"①。即便是杜甫这样关注现实的诗人，"撮其《新安吏》《石壕吏》《潼关吏》《塞芦子》《留花门》之章，'朱门酒肉臭，路有冻死骨'之句，亦不过三四十首"②。针对这种"诗道崩坏"的局面，白居易提出"文章合为时而著，歌诗合为事而作"③。回顾自己的创作经历，白居易将自己的诗分为四类，第一类便是"讽喻诗"。他说：

> 自拾遗以来，凡所遇所感，关于美刺比兴者，又自武德讫元和因事立题，题为《新乐府》者，共一百五十首，谓之讽喻诗。④

在这里，白居易将"比兴"与"风雅""美刺"并举，显然并未将"比兴"看作"比"和"兴"两种修辞方法，而是将其视为《诗经》以来的讽谕劝谏的诗教传统的代称。这种观点延至后世，"比兴"就不一定要用比喻或起兴，而是只要做到有所寄托、有所美刺就是"比兴"；而如果做不到这一点，即使用了比喻或起兴的修辞方法，也不是"比兴"。白居易就认为，像谢朓的《晚登三山还望京邑》中"余霞散成绮，澄江净如练"这样的诗句，"丽则丽矣，吾不知其所讽焉"⑤。像这样缺乏讽喻的诗，修辞方法用得再多、再精妙，也只是"纷纭杂沓，倍旧章矣"⑥。

就说诗而言，以"比兴"解说诗歌旨趣，最早最有影响的，当数《诗经》的毛传郑笺。二者皆传承儒家思想，孔子所谓"诗三百，一言以蔽之，曰：'思无邪'"⑦乃是其立论的基石。其实，"思无邪"原文出自《鲁颂·

---

① （唐）白居易：《与元九书》，郭绍虞主编《中国历代文论选》（第二册），上海古籍出版社2001年版，第97页。

② 同上书，第98页。

③ 同上。

④ 同上书，第100页。

⑤ 同上书，第97页。

⑥ （南朝梁）刘勰：《文心雕龙注释》，周振甫注，人民文学出版社1981年版，第394—395页。

⑦ 李学勤主编：《十三经注疏·论语注疏》，北京大学出版社1999年版，第14页。

駉》篇末章，"思"是语助词，"无邪"是专心致志的意思，孔子却将其理解为"思想没有邪念，合乎正统"，这原本就是孔子对《诗经》的断章取义。但"思无邪"一语，确实代表了儒家"正得失"的诉求，自然成为后世说诗的指导思想。而毛传郑笺说诗的具体方法，则直接受孟子的影响，但曲解了孟子。孟子说诗的基本方法，是"以意逆志"和"知人论世"。二者分别出自《万章》（上）、（下），原文是：

> 说诗者不以文害辞，不以辞害志。以意逆志，是为得之。①
>
> 孟子谓万章曰："一乡之善士，斯友一乡之善士。一国之善士，斯友一国之善士。天下之善士，斯友天下之善士。以友天下之善士为未足，又尚论古之人。颂其诗，读其书，不知其人可乎？是以论其世也，是尚友也。"②

从以上两段话可以看出，孟子的"以意逆志"说，针对的是当时断章取义的引诗风尚。当时诸侯列国的外交，经常引用古诗，加以引申，取其能明己意而止。对于本来就熟悉"诗三百"并了解各篇诗之本义的人来说，这种"旧典新用"颇具文采，且有助于了解引诗者之意，至于它与诗的本意是否尽合倒不必在意。但如果是在不明原意的情况下，只按引诗者所用来理解原诗，不免出现"以文害辞、以辞害志"的现象。孟子正是针对这种情况，提出解诗必须顾及全篇全人，以己之意逆作者之志，才能还原作者的本意，避免误解。

毛传郑笺继承了孟子"以意逆志""知人论世"的观点，但又曲解了孟子。对于毛、郑来说，"以意逆志"之"意"绝非"人同此心，心同此理"的"人情"，而是以"思无邪"为标准的思想模型。但以此模型为据，所逆

---

① 李学勤主编：《十三经注疏·孟子注疏》，北京大学出版社 1999 年版，第 253 页。
② 同上书，第 291 页。

求出的"志"，其实往往与诗的原意相去甚远。而"知人论世"，则被曲解为以诗证史，甚至将诗意牵强附会为对某件史实的隐喻。这样一来，不但助长了断章取义的做法，甚至发展为对诗意的任意曲解。《关雎》本是男女情爱之诗，却被说成是咏"后妃之德"，就是明显的例子。

毛、郑以下，以"比兴"说诗者往往一味强调诗的政治、道德教化功能，不但触类引申，而且断章取义，甚至无中生有。如《诗人玉屑》中引梅尧臣《续金针诗格》解杜甫《早朝》诗句云：

> 如"旌旗日暖龙蛇动，宫殿风微燕雀高"，"旌旗"喻号令，"日暖"喻明时，"龙蛇"喻君臣。言号令当明时，君所出，臣奉行也。"宫殿"喻朝廷，"风微"喻政教，"燕雀"喻小人。言朝廷政教才出，而小人向化各得其所也。①

这样随意推衍诗歌的政治伦理寓意，实在是牵强附会、无中生有了。

以"比兴说诗"为开端，延至后代，逐渐形成了中国文学批评史上自由释义的传统。这一传统从表层看，其缺陷主要在于对诗义的随意推衍和无限引申；但从深层看，造成这种缺陷的根本原因则在于忽视诗本身的价值，而仅仅把诗当作政治和道德教化的工具。对于文学而言，这无疑是悲剧性的。但如能对其深层的文学工具论观念加以纠正，则其对文学意义解读的自由性，则可以成为积极的理论资源。在当今西方的文学批评界，"作者之死"已经成为被普遍接受的观念。批评家已不再甘心寄生于文本之上，而是力求成为米勒所谓"作为寄主的批评家"②，像巴特所倡导的那样，将文本由"可读的文本"变为"可写的文本"③，在与文本的自由嬉戏中享受

---

① （宋）魏庆之：《诗人玉屑》，王仲闻点校，中华书局2007年版，第373页。
② ［美］希利斯·米勒：《重申解构主义》，郭英剑等译，中国社会科学出版社1998年版，第131页。
③ 怀宇编选：《罗兰·巴特随笔选》，百花文艺出版社1995年版，第127页。

那种永不停息、永不满足的运动感受。而中国文学批评史上自由释义的传统，与当代西方文学批评界的这一潮流恰相呼应，它对于当前摆脱文学批评的"寄生"状态，高扬文学批评的主体性，具有积极的借鉴意义。

综上所述，从修辞学与文化学两个层次来加以考察，西方诗学中的"隐喻"与中国诗论中的"比兴"是一对颇具可比性的范畴，二者都试图从语言策略入手，揭示语言、艺术乃至思维的本质。就修辞学的层面而言，西方诗学中的"隐喻"（微隐喻）有广狭不同的三种含义，但都指的是修辞方法。而中国诗论中的"比""兴"则首先是指两种不同的文体，同时又指两种既有区别又相互夹缠的修辞方法。作为修辞方法，西方诗学中的"隐喻"（微隐喻）与中国诗论中的"比""兴"应当是交叉关系，两者不能互相包含，但大部分互相融合。就文化学层面而言，西方诗学中的"隐喻"（宏隐喻）源于人们对语言的本性、思维的本性的反思，而这种反思又基于人们对语言与"真实"世界之间关系的反思，反映了西方人在"求真"趋向上运思理路的转折；而中国诗论中的"比兴"则与中国的诗教传统息息相关，是以"求善"为核心的政教伦理的推衍和延伸。

第三章　结构分析

文本分析的核心内容，就是要把握文学作品的结构。在这一方面，明清小说戏曲评点中提出了许多有价值的理论。本章第一节选取明清小说戏曲评点的集大成者金圣叹提出的"形迹—神理"论与"新批评之父"兰色姆提出的"构架—肌质"论相比较，试图寻求一种与"内容—形式"二元论不同的结构理论。在此基础上，第二节以西方叙事学中的"叙述频率"理论为参照，对金圣叹在评点《水浒传》时提出的"犯中求避"进行重新阐释和理解，通过对中西方两种相关理论的相互阐释、相互发明，既重新挖掘"犯中求避"的理论内涵，又以中国传统文论之精华丰富和发展西方的叙述频率理论。

第一节　形式：作为"肌质"与"神理"①
——兰色姆与金圣叹的文学形式观之比较

"肌质"（texture）是美国"新批评"之父兰色姆的核心概念，"神理"则出自 300 多年前中国的小说戏曲评点家金圣叹（1608—1661）笔下。这

---

① 本节部分内容曾发表于《福建论坛》2012 年第 2 期，特此向该刊编辑致谢。

两个范畴既无"脐带联系"又无"贸易往来",却表现出同样强烈的对于文学之审美"形式"的关切;而对于某种独特的"形式"的关切,必然也是对这"形式"所"意味"的某种独特价值的追寻。作为一个古老而又复杂的美学概念,"形式"被美学家、文论家、艺术家们一再提起,恰是对被冷落甚至被抹杀了的审美的独立价值的一再申说。通过比较而重新回味这些由先哲的慧眼所发现的价值觅取之途,对于拯救当前逐渐凸显的价值与文化危机,或许不无裨益。

一 "内容—形式"与"材料—形式"

波兰美学家瓦迪斯瓦夫·塔塔尔凯维奇(Wladyslaw Tatarkiewicz,1886—1980)曾经指出:"形式"是西方美学最经久耐用的名词之一,而一个名词越是经久,其意义因为累积的缘故,也就显得越有分歧。塔塔尔凯维奇经过仔细的考察,梳理出"形式"这一名词的十一种含义,其中包括五种重大含义、四种相对次要的含义和两种新起的含义。其中五种重大含义是:(1)形式甲:表示事物各部分的排列,与此对应的是事物的成分、元素、各个部分。(2)形式乙:表示事物呈现于感官的外部现象,与此对应的是内容。(3)形式丙:表示事物的轮廓、形状、样式,与此对应的是质料、材料。(4)形式丁:表示对象的概念本质,与此相应的是对象的偶因,如亚里士多德的"形式因",柏拉图的"理式"。(5)形式戊:表示心灵的"先验形式"。①塔塔尔凯维奇的划分略显琐碎,但他为了区分这同一能指的多个所指而采取的方法却简便易行:找出每一种所指的反义词,通过与之相对的概念确定其含义。

本文的关切点在于塔塔尔凯维奇所谓"形式乙"和"形式丙",即与

---

① 参见〔波〕瓦迪斯瓦夫·塔塔尔凯维奇《西方六大美学观念史》,刘文潭译,上海译文出版社 2006 年版,第 226—246 页。

"内容"相对的"形式"和与"材料"相对的"形式"。事实上，这正是西方美学史和艺术理论史上的两种最为主要的"形式"模型。① 二者在大量的文艺学和美学论文中虽都被称作"形式"，其含义却大不相同："相对于'内容'的'形式'是被'内容'决定的'形式'，而文学艺术品的诸种内容往往是外在于审美之维的，所以传统的'内容'与'形式'的对置本身即隐示着审美形式对于非审美内容（伦理的、道德的、实用的等）的隶从。相对于'材料'的'形式'却是另一种情形：'材料'既然总是某种审美'形式'中的'材料'，'材料'也便在由'形式'所决定的审美格局中成为审美的要素。"② 以"材料—形式"二分法取代"内容—形式"二分法，是 20 世纪西方美学和文艺学的潮流。而后者之所以在现代西方美学中日渐崛起并取代前者，正是因为这与"材料"相对的"形式"被赋予了比前者主动得多的地位，从而更为清晰地指向了审美价值的去蔽。

兰色姆提出的"构架—肌质"（structure – texture）说，正是在这一浪潮中涌现出来的理论。在兰色姆看来，传统的"内容—形式"二分法最大的问题在于不能揭示文学的本质。在这种二分法中，内容决定形式，形式则沦为传达内容的工具；以此为理论指导，人们对于文学本质的思考必然集中在"内容"上，如模仿自然、反映现实、表现作家的情感等。但在兰色姆看来，以上种种答案根本不能构成文学的本质，因为这些"内容"并不是专属"诗"的，在"散文"里它们也自由出入。因此，"内容"不能把文学与非文学区别开来，不能揭示文学的本质。

要想找到文学的本质，就必须找到文学与非文学的区别，正是在这个意义上，兰色姆指出，诗（即文学）的本质在于诗自己独特的结构。与非

---

① 参见苏宏斌《形式何以成为本体——西方美学史中的形式观念探本》，《学术研究》2010 年第 10 期。

② 黄克剑：《审美自觉与审美形式——从西方审美意识的嬗演论作为价值取向的美》，《哲学研究》2000 年第 1 期。

文学文体——"散文"相比，诗的结构有两个特点："（a）这种结构，从逻辑角度说远没有一般情况下科学技术散文那样紧凑，缜密；（b）这种结构吸收并带有大量毫不相关的甚至异己的成分，这些东西很明显融不进总的结构，甚至会给结构造成障碍。"① 简言之，"诗歌是大量局部组织连缀起来的一种松散的逻辑结构"②，这种结构，就是"构架—肌质"二元的结构。兰色姆由此指出：诗的结构中总有些部分是无法用散文来复述的。他将这些无法用散文复述的部分称作"肌质"（texture），而把能够用散文复述的部分称作"构架"（structure）。因此，构架体现了诗的"散文品质"，肌质则体现了"诗的品质"，二者同时存在于诗中。而在这两部分当中，兰色姆认为，肌质更为重要。因为构架是诗与非诗所共有的，肌质才是诗所特有的，是诗之为诗的根本，是诗的精华所在。因此，文学批评也应当把肌质作为批评对象，"如果一个批评家，在诗的肌质方面无话可说，那他就等于在以诗而论的诗方面无话可说，那他就只是把诗作为散文而加以论断了"③。

可见，兰色姆用"构架—肌质"取代"内容—形式"，绝非为了制造两个哗众取宠的新名词，而是试图寻找一种新的对文学本质提问的方式。乔纳森·卡勒（Jonathan Culler，1944—　）曾经指出，对文学本质的提问有两种不同的方式：一是问"文学是干什么的"，二是问"是什么使文学作品区别于非文学作品"④。显然，"内容—形式"二分法采取了前一种方式，因而对文学本质的求解侧重于文学的外部规律；"构架—肌质"论则采取了后一种方式，因而能够更好地揭示文学的内部规律。⑤

---

① ［美］约翰·克娄·兰色姆：《征求本体论批评家》，张廷琛译，赵毅衡编选《"新批评"文集》，中国社会科学出版社1988年版，第73页。

② 同上。

③ ［美］约翰·克娄·兰色姆：《纯属思考推理的文学批评》，张谷若译，赵毅衡编选《"新批评"文集》，中国社会科学出版社1988年版，第98页。

④ ［美］乔纳森·卡勒：《文学理论入门》，李平译，译林出版社2008年版，第21页。

⑤ 此处的"外部"和"内部"源自［美］韦勒克、沃伦合著的《文学理论》，刘象愚等译，生活·读书·新知三联书店1984年版。

　　遗憾的是，兰色姆尚未完全摆脱传统的"内容—形式"二分法的影响。如果深入兰色姆的具体论述，就会发现，兰色姆的"构架—肌质"论其实一直在"内容—形式"与"材料—形式"两种形式观之间滑动。兰色姆说："诗的表面上的实体，可以是能用文字表现的任何东西。它可以是一种道德情境，一种热情，一连串思想，一朵花，一片风景，或者一件东西。这种实体，在诗的处理中，增加了一些东西。我也许可以更稳当地说，这种实体，经过诗的处理，发生了某种微妙的、神秘的变化，不过我还是要冒昧地作一个更粗浅的公式：诗的表面上的实体，有一个 X 附丽其上，这个 X 就是累加的成分。诗的表面上的实体继续存在，并不因为它有散文性质而消灭无余。那就是诗的逻辑核心，或者说诗的可以意解而换为另一种说法的部分。除了这个以外，再就是 X，那是需要我们去寻找的。"① 这里的所谓"诗的表面上的实体"，就是"构架"；而肌质就是附丽于其上的 X。从这段论述中可以发现，兰色姆所谓的"构架"，具体指的是"一种道德情境，一种热情，一连串思想，一朵花，一片风景，或者一件东西"，这些实际上恰恰就是"材料"。兰色姆认为，这些东西本身不是诗，只有"经过诗的处理，发生了某些微妙的、神秘的变化"才成为诗。将诗分为"表面上的实体"和"附丽于其上的 X"只不过是为了便于理解而造的一个"粗浅的公式"。这样一来，诗里的构架其实是由肌质（形式）处理过的实体（材料），构架在诗中的存在正如参加反应的化学药品的成分在化合物中的存在一样，其形态甚至实质都已经发生了变化。兰色姆的错误就在于忽视了这一点，把经过诗处理之前的"实体"与经过诗处理之后的"构架"混为一谈，把诗对"实体"的处理简单化为在其上增加了一个 X，甚至兰色姆自己也说构架是诗的"逻辑内容"，那么，相应地，肌质就应当是与内容相对

---

　　① ［美］约翰·克娄·兰色姆：《纯属思考推理的文学批评》，张谷若译，赵毅衡编选《"新批评"文集》，中国社会科学出版社 1988 年版，第 93—94 页。

的形式。他还常常把构架比作建筑的墙，把肌质比作墙上糊的纸或挂的画幔。换言之，无论兰色姆如何强调肌质的重要性，在兰色姆自己的论述中，肌质却总是以某种潜在的方式依附于其对立面——"构架"。正如韦勒克（Rene Wellek，1903—1995）曾指出的那样，在兰色姆的"构架—肌质"论中，"形式与内容、教训与修饰之间的对立关系，似乎又重新出现了"①。

与兰色姆在理论上的游移与滑动相比，金圣叹的"形迹—神理"说似乎是更为彻底的"材料—形式"二分法。在金圣叹生活的时代，《水浒》被指为"诲盗"，《西厢》被指为"诲淫"。然金圣叹竟将此二书与《离骚》《庄子》《史记》、杜诗并称为"六才子书"，并在评点中多次将其与《左传》相提并论，何也？金圣叹曰："吾独欲略其形迹，伸其神理。"② 金圣叹认为，人皆见《水浒》诲盗，《西厢》诲淫，是只见形迹，未见神理，这是不会读书的结果。所以金圣叹说："吾最恨人家子弟，凡遇读书，都不理会文字，只记得若干事迹，便算读过一部书了。"③ 会读书者，当能透过"形迹"见出"神理"。《水浒》《西厢》之所以能与《左传》《史记》并称，形迹不同而神理同是也。神理者，行文之法也，"古人书中所有得意处，不得意处，转笔处，难转笔处，趁水生波处，翻空出奇处，不得不补处，不得不省处，顺添在后处，倒插在前处，无数方法，无数筋节"④ 是也，一言以蔽之，"形式"是也。

为了进一步说明自己的观点，金圣叹还提出了著名的"事为文料"说。在《水浒传》第二十八回总评中，金圣叹说："马迁之传伯夷也，其事伯夷也，其志不必伯夷也。……恶乎志？文是已。马迁之书，是马迁之文也，马迁书中所叙之事，则马迁之文之料也。"⑤ 这里"事—文"的关系，大致

① ［美］韦勒克：《批评的概念》，张金言译，中国美术学院出版社1999年版，第57页。
② 陈曦钟、侯忠义、鲁玉川辑校：《水浒传会评本》，北京大学出版社1981年版，第11页。
③ 同上书，第20页。
④ 同上书，第38—39页。
⑤ 同上书，第539页。

相当于"形迹—神理"的关系。因此,无论文学创作还是文学批评,都应当"为文计,不为事计"①。依此为据,金圣叹有力地驳斥了"《西厢》诲淫"之说:"人说《西厢记》是淫书,他止为中间有此一事耳。细思此一事,何日无之,何地无之?不成天地中间有此一事,便废却天地耶?细思此身从何而来,便废却此身耶?"② 这真是对道学先生的尖锐批判。因此,会读书者,不应当把眼光只盯在"此一事"上,而应当关注一部书"是何文字,从何处来,到何处去,如何直行,如何打曲,如何放开,如何捏聚,何处公行,何处偷过,何处慢摇,何处飞渡。至于此一事,直须高阁起不复道"。③ 此即"为文计"耳。

更重要的是,"文"在这里绝非纯然外在的装饰。金圣叹在《水浒传》第一回的总评中就说:"一部大书,七十回,将写一百八人也,乃开书未写一百八人,而先写高俅者,盖不写高俅,便写一百八人,则是乱自下生也;不写一百八人,先写高俅,则是乱自上作也。"④ 这既是对形式的分析,也是对主题的揭示,更是深入的现实批判。"恶乎志?文是已"的表述,说明金圣叹已经意识到,"文"直接与"志"相关,而且,"文"不是外在于"志"的容器,而是"志"所必然呈现的形态。"志"不在"事"中,而在"文"中,因此,"以文运事"不如"因文生事":"以文运事,是先有事生成如此,却要算计出一篇文字来,虽是史公高才,也毕竟是吃苦事。因文生事即不然,只是顺着笔性去,削高补低都由我。"⑤

金圣叹诗文评点中最富争议的事,恐怕要数对《水浒传》和《西厢记》的"腰斩"了。他将《水浒传》"腰斩"为七十回,并自撰了"梁山泊英雄惊噩梦"的结局;将《西厢记》第五本尽指为狗尾续貂之作,使其止于

---

① 陈曦钟、侯忠义、鲁玉川辑校:《水浒传会评本》,北京大学出版社 1981 年版,第 539 页。
② (清)金圣叹:《金圣叹评点西厢记》,上海古籍出版社 2008 年版,第 6 页。
③ 同上。
④ 陈曦钟、侯忠义、鲁玉川辑校:《水浒传会评本》,北京大学出版社 1981 年版,第 54 页。
⑤ 同上书,第 16 页。

第四本第四折《惊梦》。而且，在留下的文字中，金圣叹也多有改窜。在评点中，金圣叹又自改自赞，围绕删改之处多有评论，借以抒发自己对小说、戏剧乃至人生的感慨。金圣叹自恃才高，谎称手中握有"古本"，伪造作者原序，并据此对原书进行了大规模的删改，自然是"英雄欺人"之举。时至今日，多数研究者在肯定金圣叹之改动"颇有增色之处"的同时，也多批评金圣叹"擅改文本，自改自赞"，认为"这是强调批评者主体性、能动性过分的表现"，"作为一种文学批评方式，终非正当"①。然而，无论《水浒》《西厢》，金批本一出，即成最为权威之流传版本，其他各本均湮没不彰。这一版本史上的奇迹让人不得不思考金圣叹之"腰斩"《水浒》《西厢》的合理性所在。

在《水浒传》评点中，金圣叹不止一次地提到，"古本"（实际是经金圣叹"腰斩"、删改过的）《水浒》"始之以石碣，终之以石碣"②，"天下太平起天下太平结"③，首尾呼应，结构谨严。而罗贯中所续（其实是原本）后五十回则纯属"横添狗尾，徒见其丑也"④。除了首尾呼应，"腰斩"在结构上的另一合理性在于，使作品在高潮处戛然而止，留给读者充分的想象空间，从而产生"妙处不传"的艺术效果。在《西厢记》第四本第四折《惊梦》第十八节夹批中，金圣叹以《周易》等经典为例，说明好书之结尾均是"尽而不尽"的："《周易》六十四卦之不终于《既济》，而终于《未济》。"⑤ 在第五本"续之一"的总评中，金圣叹又做了更为精到的阐述："夫所谓'妙处不传'云者，正是独传妙处之言也。……夫笔墨都停处，此正是我得意处。然则后人欲寻我得意处，则必须于我笔墨都停处也。"⑥ 可

---

① 陈洪：《金圣叹传论》，天津人民出版社 1996 年版，第 150—151 页。
② 陈曦钟、侯忠义、鲁玉川辑校：《水浒传会评本》，北京大学出版社 1981 年版，第 1262 页。
③ 同上书，第 39 页。
④ 同上书，第 1262 页。
⑤ （清）金圣叹：《金圣叹评点西厢记》，上海古籍出版社 2008 年版，第 141 页。
⑥ 同上书，第 143 页。

见，金圣叹之"腰斩"二书，同样是"为文计不为事计"，"只是顺着笔性去，削高补低都由我"的结果。

二 文的自觉与人的觉醒

在中国文学批评史上，金圣叹的"形迹—神理"说曾招致了众多的批判。中国传统的文学批评强调对作品的心灵感悟，强调心灵的冥契难以达致言表，因此，"只可意会，不可言传"便成了中国传统批评的流行观念。这种观念使得从文章学的角度立论、注重文法者，向来毁多誉少。金圣叹的这种方法也被讥为"八股腔"而被弃之如敝屣。例如，清代的燕南尚生在《新评水浒传》中，从文章重"自然之天籁"出发，对"金人瑞讲文法""深恶痛绝之"①。时至 20 世纪，出于对传统的"八股文法"的厌恶，"新文化运动"的主将们对金圣叹也颇多指责。胡适在《水浒传考证》中就说："金圣叹用了当时'选家'评文的眼光来逐句批评《水浒》，遂把一部《水浒》凌迟碎砍，成了一部'十七世纪眉批夹注的白话文范'！例如圣叹最得意的批评是指出景阳冈一段连写十八次'哨棒'，紫石街一段连写十四次'帘子'和三十八次'笑'。圣叹说这是'草蛇灰线法'！这种机械的文评正是八股选家的流毒，读了不但没有益处，并且养成一种八股式的文学观念，是狠有害的。"② 鲁迅也认为，金圣叹"抬起小说传奇来，和《左传》《杜诗》并列，实不过拾了袁宏道辈的唾余；而且经他一批，原作的诚实之处，往往化为笑谈，布局行文，也都被硬拖到八股的作法上"③。

毋庸讳言，金圣叹的诗文评点确实存在"过求甚解"之弊。例如《杜诗解》中对杜诗《江村》一首的评点，诗中有"老妻画纸为棋局，稚子敲

---

① 黄霖：《近百年来的金圣叹研究——以〈水浒〉评点为中心》，《明清小说研究》2003 年第 2 期。

② 胡适：《胡适文存》卷三，亚东图书馆 1928 年版，第 82—83 页。

③ 鲁迅：《南腔北调集·谈金圣叹》，《鲁迅全集》第 4 卷，人民文学出版社 1981 年版，第 527 页。

针作钓钩"二句,本为"萧闲即事之笔",而金圣叹竟解作:"莫亲于老妻,而此疆彼界,抗不相下;莫幼于稚子,而拗直作曲,诡诈万端。"① 这显然是刻意深求,白日见鬼。不过,与金圣叹评点的成就相比,此等零星出现的败笔实为白璧微瑕。而且,相对于中国传统的"感悟式"批评理论,金圣叹所做的"中国式细读"有救偏补弊之功效。中国传统的"感悟式"批评固然能传原作之神韵,但由于其带有极大的神秘性和模糊性,常常成为不懂装懂者的遁词,所谓"诗的妙处在可解与不可解之间"等,不但成为掩盖无知的遮羞布,而且把文学批评歪曲成一种降神般的迷信活动。金圣叹早已洞察此等冬烘先生的伎俩,他在为"第六才子书"《西厢记》所作的"读法"中就曾说:"仆幼年最恨'鸳鸯绣出从君看,不把金针度与君'之二句,谓此必是贫汉自称王夷甫口不道阿堵物计耳。若果知得金针,何妨与我略度?今日见《西厢记》,鸳鸯既绣出,金针亦尽度。益信作彼语者,真乃脱空谩语汉。"② 在《杜诗解》"韦讽录事宅观曹将军画马图引"批语中又说:"先生既绣出鸳鸯,圣叹又金针尽度。寄语后人,善须学去也。"③此等"金针度人"的细读恰可补"感悟"之缺。

将金圣叹的评点放在大的时代背景中,或许可以更好地彰显其意义。与魏晋一样,明末清初也是一个"人的觉醒与文的自觉"的时代。同样的社会动荡、同样的黑暗现实和相对宽松的意识形态控制,使文人们在无缘仕进的同时,更清醒地意识到仕进之外的意义和价值的存在。此刻,人们对"文"所关注的,就不再是其"传道""载道""明道"之功用,而是其行"文"之"神理"中所淹贯的另一重独立的价值取向。将金圣叹对文法的关切等同于八股文写作教学,乃是忽略了其中自律的价值归趣。对于金圣叹而言,"文"不是依附于"事"的装饰,也不是为"道"服务的工具,

---

① (清)金圣叹:《杜诗解》,上海古籍出版社 1984 年版,第 102 页。
② (清)金圣叹:《金圣叹评点西厢记》,上海古籍出版社 2008 年版,第 9 页。
③ (清)金圣叹:《杜诗解》,上海古籍出版社 1984 年版,第 140 页。

它自有其独立的价值；而"事"恰因了"文"的浸润而获得深长的意味，因了"文"的提掇而获得升华的空间。难怪在《西厢记》"酬简"一折的总评中，金圣叹曾这样说："盖事则家家家中之事也，文乃一人手下之文也，借家家家中之事，写吾一人手下之文者，意在于文，意不在于事也。"①

金圣叹所追寻的"文"之为"文"的价值取向是独立的，但这"独立"并不意味着它与人生无关；毋宁说，这一价值取向恰因其与人生的深刻关联而葆有其独立性。对于生于乱世、经历鼎革的文人来说，"人生如梦"是他们最为真切的人生体验。在金圣叹看来，人生既然如梦，想要在这如梦的人生中有所作为本来就是虚幻的，"夫未为之而欲为，既为之而尽去"②，有为又有何益？因此，与其陷入"欲以此我，穷思极虑，长留痕迹，千秋万世，传道不歇"的"大误之大误"，不如在如梦的人生中随意自作"消遣"③。此"消遣"并非及时行乐，而是面对名利、生死的超然与洒脱。正是此等洒脱的心态，使得"文"之为"文"的独立价值得以彰显。反之亦然，圣叹对于"文"之为"文"的独立价值的贞定，总是浸透了"人生如梦"的感慨。在《水浒传》第十三回的回前总评中，金圣叹说："一部书一百八人，声施烂然，而为头是晁盖，先说做下一梦。嗟乎！可以悟矣。……大地梦国，古今梦影，荣辱梦事，众生梦魂。岂惟一部书一百八人而已，尽大千世界无不同在一局。"④ 在《西厢记》第四本第四折《惊梦》的总评中，金圣叹再度重申："今夫天地，梦境也；众生，梦魂也。"⑤明乎此，则"真乃不用邯郸授枕，大槐叶落，而后乃令歇担吃饭、洗脚上床也已"⑥。除了上文所说的首尾呼应、"妙处不传"之外，恐怕这才是金圣

① （清）金圣叹：《金圣叹评点西厢记》，上海古籍出版社2008年版，第108页。
② 同上书，第1页。
③ 同上书，第2页。
④ 陈曦钟、侯忠义、鲁玉川辑校：《水浒传会评本》，北京大学出版社1981年版，第258页。
⑤ （清）金圣叹：《金圣叹评点西厢记》，上海古籍出版社2008年版，第134页。
⑥ 同上书，第136页。

叹将《水浒》《西厢》均"腰斩于梦"的关键所在。显然，在金圣叹的诗文评点中，"文的自觉"与"人的觉醒"是相贯互依、二位一体的。

如果说，在金圣叹那里，"文的自觉"建基于生逢乱世而获得的"人生如梦"的领悟，那么，在兰色姆那里，对"肌质"及其所蕴含的"美"的追寻则因着对科学技术理性的批判而获得了其现实的根基。30 年代的经济大萧条，引发了人们对资本主义工业文明的批判性思考；而在重视传统的血缘和教养的美国南方，重农思想一时形成了一股很有声势的文化潮流，以致有"重农运动"之称。正是在这一潮流中，范德比尔特大学的教师兰色姆与他的学生退特、布鲁克斯成立了名为"逃亡者"的文学社团，并出版了同名的文学刊物。作为现代工业文明的"逃亡者"，他们提倡维护南方传统的文学地方主义，以南方农业社会为尺度来评价、批判现代美国资本主义社会，成为"南方文艺复兴"的一支中坚力量。

出于对科学主义和工具理性泛滥的批判，兰色姆一直是在科学与诗的比较当中展开自己的论述的。如前所述，在兰色姆看来，诗的本质在于诗所独有的结构，但问题的关键在于，诗为什么会有这种独特的结构，这种独特的结构的价值何在？解决了这个问题，才算真正找到了诗之为诗的本质。兰色姆对这一问题的回答是："诗歌旨在恢复我们通过自己的感觉和记忆淡淡地了解的那个复杂难制的世界。"① 兰色姆认为，世界本身是十分复杂的，而我们通过科学所把握的世界则是经过了简化和删削从而变得易于处理的世界。要真正了解本源的世界，只有通过诗歌才能达到。科学的工具是数字、公式和图表，一方面它们只代表事物的某一部分，另一方面它们还把事物转变成抽象空洞的概念。因此，科学的知识是片面的和抽象的，它使世界失去了肌体，留下的只是骨架。诗则不同，它的知识是具体的、

---

① ［美］约翰·克娄·兰色姆：《征求本体论批评家》，张谷若译，赵毅衡编选《"新批评"文集》，中国社会科学出版社 1988 年版，第 74 页。

丰富的和完整的，它重新赋予了世界以肌体。

科学与诗之所以有这种区别，是因为科学文体只有构架，它即使有细节描写，也是附属于构架的，不能分立。而诗则由构架和肌质两个方面构成，而且两者是分立的。构架是诗中能用散文转述的东西，它可以包括科学、伦理、哲学等，它是使作品的意义得以连贯的逻辑线索。作品中无法用散文转述的东西就是肌质。构架是对世界的简化的、抽象的把握，只有肌质才真正复原了世界的肉体。因此，在兰色姆看来，诗的本体在于肌质，而不在于构架。

不难看出，兰色姆的这一观点暗含着这样一个理论前提：世界正如一个人一样，是一个血肉丰满的活生生的有机整体。因此，人也应当把世界把握为这样一个有机整体。而要完成这一任务，必须采用与世界同构的形式。科学与世界不是同构的，它只有构架没有肌质，如同人只有骨骼没有血肉。因此，它只能把握世界的骨架，而不能把握世界的躯体。而文学则是与世界同构的有机整体，只有它才能复原被科学简化、删削了的世界。

当兰色姆说科学语言只能把握世界的骨架，只能获得对世界的简化的、删削了的把握，只有诗才能复原世界的血肉之躯时，他不仅是在批判科学主义和工具理性的泛滥，更是把救赎的希望交给了诗。在他看来，一个社会的语言的质量最能说明这一社会的个人和社会生活的质量。在工业文明的冲击正在日益使人平庸化的现实面前，文学因其浓缩了语言的种种创造性运用而成为防御这种平庸化的最后堡垒。因此，与其说文学是一门学科，不如说它是与文明本身休戚与共的精神探索。当退特说"诗的意义就是指它的张力"，当布鲁克斯说"诗人要表达的真理只能用悖论语言"时，他们所关注的绝非仅仅是几个修辞学的术语，他们是在为工业文明的发展所带来的田园牧歌的消逝而叹息。在他们看来，语言的贫乏源于生命的贫乏，语言的活力源于生命的活力。他们鼓吹"朦胧""张力""悖论""反讽"

的语言绝不仅仅是技巧的玩弄，而是试图通过恢复语言的活力找回生命的能量。总之，"新批评……在文学中重新虚构出了他们在现实中所无法找到的一切。诗是新宗教，是一个挡开工业资本主义的异化而使人可以怀旧的避风港"①。它"庇护了某些被日常社会粗鲁地摈弃了的可敬的、高贵的价值，培养了——无论以怎样的唯心主义/理想主义的伪装——对于我们现行生活方式的一种深切的批判，并且在促进某种精神性的精英主义之举中至少是已经看透了市场的虚假的平等主义"②。

无论兰色姆的"构架—肌质"说，还是金圣叹的"形迹—神理"说，都在提示我们，艺术并不是先有了某种内容，再用某种形式去加以表现，而是通过赋予某种材料以形式，从而达到对美和实在的拉近。此"形式"不可作外在容器式的剥离以之俯就于所谓"内容"（器皿之内的容纳），却因淹贯于其中的价值而引领着"材料"进入精神的审美之维。对此"形式"的关注因摆脱了他律式的强制而显现出"文的自觉"，而此"自觉"虽坚持其自律的执守，却因淹贯于其中的价值而与"人的觉醒"息息相关。

第二节　"犯中求避"：作为一种叙述频率③

"犯中求避"，又称"犯而不犯""特犯不犯"，是金圣叹在评点"第五才子书"《水浒传》时提出的表现手法。在《水浒传》第十一回的回前总评中，金圣叹指出：

---

① ［英］特雷·伊格尔顿：《二十世纪西方文学理论》，伍晓明译，北京大学出版社 2007 年版，第 46 页。

② 同上书，第 243 页。

③ 本节部分内容曾发表于《文艺理论研究》2013 年第 2 期，特此向该刊编辑致谢。

吾观今之文章之家，每云我有避之一诀，固也，然而吾知其必非才子之文也。夫才子之文，则岂惟不避而已，又必于本不相犯之处，特特故自犯之，而后从而避之。此无他，亦以文章家之有避之一诀，非以教人避也，正以教人犯也，犯之而后避之，故避有所避也。若不能犯之而但欲避之，然则避何所避乎哉？是故行文非能避之难，实能犯之难也。譬诸奕棋者，非救劫之难，实留劫之难也。将欲避之，必先犯之。夫犯之而至于必不可避，而后天下之读吾文者，于是乎而观吾之才、之笔矣。①

　　从这段论述中不难看出，"犯中求避"是金圣叹对中国古典小说创作中人物、情节和场景的既有意相犯又力避雷同的现象所做的理论总结和概括。除了这一回的总评比较集中地论述"犯中求避"的理论内涵以外，金圣叹在"读法"和第二回、第三回、第四回、第五回、第十六回、第二十一回、第三十二回、第四十五回、第四十九回等的回前总评中，又进行了反复而详细的阐述。除金圣叹外，毛宗岗、张竹坡、脂砚斋等人在小说评点中也都曾多次提到"特特犯之，却无一相犯"（张批《金瓶梅》）、"特犯不犯"（脂批《红楼》）、"犯之而后避之"（毛批《三国》）等，可见其在中国小说批评史和小说美学史上的重要意义。

　　遗憾的是，学界以往对"犯中求避"的理论阐释，无论是"共性个性说""民间文学说"，还是"启蒙思潮说"，都不免方枘圆凿，对其理论内涵多有遮蔽。因此，笔者试图从中西比较的理论视野出发，将"犯中求避"与当代西方叙述学②中的叙述频率理论相互阐释、相互发明，既重新挖掘

---

　　①　陈曦钟、侯忠义、鲁玉川辑校：《水浒传会评本》，北京大学出版社 1981 年版，第 232 页。
　　②　目前西方的 narratology 在国内有"叙述学"和"叙事学"两种译法，笔者参考赵毅衡先生《"叙事"还是"叙述"？——一个不能再"权宜"下去的术语混乱》（《外国文学评论》2009 年第 2 期）中的观点，采用"叙述学"的译法，其他术语亦均用"叙述"，如"叙述时间""叙述频率"等，引文则尊重原作者或译者所用的术语。

"犯中求避"的理论内涵,又以中国传统文论之精华丰富和发展西方的叙述频率理论。

一 对"犯中求避"的种种误读

对于"犯中求避"的理论内涵,学界先后提出了"共性个性说""民间文学说""启蒙思潮说"等多种观点。对这些代表性的观点进行回顾和反思,有助于我们对"犯中求避"做进一步的理解和阐发。

(一)"共性个性说"

在苏联文学理论模式的影响下,"典型"理论一直是当代中国文学理论的核心问题之一。文学创作的最高标准被规定为"塑造典型环境中的典型人物",而"典型"又被理解为"共性与个性的统一"。在以"共性个性说"为基本内涵的"典型"理论视野下,"犯"被理解为"共性","避"被理解为"个性","犯中求避"则被理解为"艺术创作过程中如何处理共性和个性的美学关系以塑造典型形象的问题"①。例如有学者认为,"《红楼梦》虽然描写了许许多多重重复复的人、事、景、物,却能于犯中求避、同中见异,各呈异彩"②。作者这样写就是为了"能充分显示'这一个'的性格美,挖掘出'这一个'的典型意义"③。而《水浒传》中的武松打虎、李逵杀虎、二解争虎,"武松智、力兼用,李逵因心中充满仇恨而只是蛮戳,二解装备精良、经验丰富,事先就制定了一套伏虎的方法、策略。通过对比,武松的神勇、李逵的粗蛮以及二解的精细的性格特点就得到了很好的刻画,人物形象也就跃然纸上。"这说明,"犯中求避是小说作品应该塑造典型形象的必然要求。小说创作以塑造人物为中心,塑造人物的关键

---

① 李汇群:《论〈西游记〉中的"犯避"》,硕士学位论文,华中师范大学,2002年,第3页。
② 季步胜:《犯中求避各呈异彩——〈红楼梦〉重复手法试探》,《高校教育管理》1984年第3期。
③ 同上。

在于写出各自鲜明的性格特点，而特点只有通过比较才能显现出来。越是在相同或相近事物中进行对比，事物的特点和人物的性格才能得到越加充分的显现"①。这种"削足适履"地将中国文论范畴硬塞入苏联文学理论框架的做法，其实是对"典型"和"犯中求避"的双重误读。

首先，"共性与个性的统一"只是特定历史时期特定文学流派（从19世纪的批判现实主义到苏联的"社会主义现实主义"）对"典型"的理解，并不是塑造"典型"形象必须遵循的一成不变的公式。从文学创作来说，有很多成功的典型形象并未遵循"共性与个性的统一"这一公式；而在我国当代文学史上，严格按"共性与个性的统一"这一公式塑造出来的却有大量公式化、概念化的人物形象，根本没有达到"典型"形象的艺术高度。从文学理论史上来说，典型理论经过了柏拉图的"理想说"、贺拉斯的"类型说"、朗加纳斯的"特征说"、狄德罗的"个性说"、康德的"审美意象说"等许多理论形态②，这些理论既是对当时典型形象的准确概括，也曾成功地指导了典型形象的塑造，因而都有其并不亚于"共性个性统一说"的合理性。

其次，"犯中求避"不限于典型形象的塑造，涉及人物、情节、场景多个方面，而以情节为核心内容。金圣叹在《读第五才子书法》中，曾将"犯"分为"正犯法"与"略犯法"：

> 有正犯法。如武松打虎后，又写李逵杀虎，又写二解争虎；潘金莲偷汉后，又写潘巧云偷汉；江州城劫法场后，又写大名府劫法场；何涛捕盗后，又写黄安捕盗；林冲起解后，又写卢俊义起解；朱同、雷横放晁盖后，又写朱同、雷横放宋江等。正是要故意把题目犯了，

---

① 谭真明：《论古代小说犯中见避的叙事策略——以〈水浒传〉中三起女人命案为例》，《河南社会科学》2011 年第 5 期。

② 参见叶纪彬《中西典型理论述评》，华东师范大学出版社 1993 年版。

却有本事出落得无一点一画相借，以为快乐是也。真是浑身都是方法。

有略犯法。如林冲买刀与杨志卖刀，唐牛儿与郓哥，郑屠肉铺与
蒋门神快活林，瓦官寺试禅杖与蜈蚣岭试戒刀等是也。①

显然，这里无论是"正犯"还是"略犯"，都是针对故事情节而言的。而
且，其中塑造的人物形象并不一定是典型形象，如解珍、解宝、何涛、黄
安、唐牛儿、郓哥等，都并没有达到典型形象的艺术高度，他们在《水浒》
中只是作为陪衬的次要人物。因此，以"共性个性说"为基本内涵的"典
型"理论，并非阐释"犯中求避"的恰当视角。

（二）"民间文学说"

这种观点建基于明清小说的版本学研究。明清之际的许多小说，如被
称为"四大奇书"的《水浒传》《三国演义》《西游记》《金瓶梅》，以及
"三言""二拍"等，大多是文人对民间流传的平话、演义等所谓"稗官小
说"在改编、修订、增删、整理的基础上重新创作的结果，不同于今天由
作者个人单独进行的文学创作。由于其版本构成的复杂性，对其如何定位
就成为一个值得研究的问题。"五四"时期由于"新文化运动"的影响，提
倡白话反对文言、提倡民间文学反对贵族文学成为一时的社会思潮，这些
"奇书"就被定位于"民间文学""通俗文学"的范围之内。由于著名学者
胡适、鲁迅、郑振铎等人②都持此论，这种看法也成了日后学术界的主流
意见。

以此为理论指导，"犯中求避"作为一种艺术手法，也应当从民间文学
中去寻找它的源头。有学者认为："民间文学传承性和变异性的特点，使得

---

① 陈曦钟、侯忠义、鲁玉川辑校：《水浒传会评本》，北京大学出版社 1981 年版，第 21 页。
② 参见胡适《中国章回小说考证》，实业印书馆 1942 年版，上海书店 1979 年复印。鲁迅《鲁
迅全集》（第九卷），《中国小说史略》之"附录：中国小说的历史的变迁"，人民文学出版社 1981
年版。郑振铎《中国俗文学史》，商务印书馆 1938 年版，商务印书馆 2010 年版。《插图本中国文学
史》，（北平）朴社 1932 年版，上海人民出版社 2006 年版等。

民间文学中既存在类型化的人物、类型化的情节，又使得同类型人物之间、同类型情节之间，产生种种的差异。"① 这就成为脱胎于民间文学的中国古代章回小说中"犯中求避"艺术手法的基础。以《水浒传》为例，"宋元以后，梁山聚义的传说流传很广，传说很多，在流传过程中，产生许多同类型故事、同类型人物，施耐庵写作《水浒传》的时候，将这些类似的故事和人物搜集起来，经过一定的加工、整理，写入书中，书中就有了二个或几个类似的故事与人物，这样就成'犯'、'同'；而由于类似的情节中活动的是不同性格的人，或同类的人物活动在不同的环境中，从而显示出故事的独特性、人物的不同个性特征，就又形成'不犯'、'不同'的特点。所以，《水浒传》'特犯不犯'的手法，是由《水浒传》成书过程的特殊性而形成的"②。

"民间文学说"以版本流传的实际作为立论的基础，具有一定的合理性。但它只看到了民间文学对"奇书"的影响，而没有看到二者之间的根本区别。早在明清时期，文人们已经意识到，《三国演义》《水浒传》等作品与同时流行的演义、弹词、平话等完全不是同一类作品，二者之间的根本差别体现在不同的审美趣味和艺术修养上。文人们对那些"言辞鄙谬"（蒋大器：《三国志通俗演义序》）、"颇伤不文"（高儒：《百川书志》）、"鄙俚浅薄"（绿天馆主人：《古今小说序》）、"读之嚼蜡"（笑花主人：《今古奇观序》）③ 的民间文学作品是非常鄙视的，而对那些"据正史，采小说，证文辞，通好尚，非俗非虚，易观易入"（高儒：《百川书志》）④ 的《三国演义》《水浒传》等作品则称赞有加。著名汉学家浦安迪通过对《三国演义》《水浒传》的体例和叙事特征的研究发现，这些作品体现的完全是文人

---

① 涂元纪：《论"特犯不犯"》，《福建师范大学学报》（哲学社会科学版）1993 年第 3 期。
② 同上。
③ 参见黄霖、韩同文选注《中国历代小说论著选》，江西人民出版社 1982 年版，第 104、113、217、263 页。
④ 同上书，第 113 页。

的思想抱负和审美趣味，因而提出了"16世纪文人小说"这一富有启发性的概念。在他看来，由这些"文人小说"所开创的"奇书文体"与民间文学的联系，远不如与正统的史传文学之间的联系密切①。这是符合中国古典小说的创作实际的。事实上，明清的小说评点家们也总是将所评点的作品与《左传》《史记》等正统的史传文学相比较。明人李贽在《童心说》中就曾指出："诗何必古《选》，文何必先秦。降而为六朝，变而为近体，又变而为传奇，变而为院本，为杂剧，为《西厢曲》，为《水浒传》，为今之举子业，大贤言圣人之道皆古今至文，不可得而时势先后论也。"② 由"童心"这一独特视角肯定了明清长篇章回小说与正统文学的联系。明末清初的金圣叹也将《水浒传》《西厢记》与《离骚》《庄子》《史记》、杜诗等正统文学并称为"六才子书"，在具体评点也常将《水浒传》与《史记》《战国策》等进行比较，如："《水浒传》方法，都从《史记》出来，却有许多胜似《史记》处"；③ "《史记》是以文运事，《水浒》是因文生事"；④ "此书虽是点阅得粗略，子弟读了，便晓得许多文法；不惟晓得《水浒传》中有许多文法，他便将《国策》《史记》等书，中间但有若干文法，也都看得出来"。⑤ 可见，中国古典章回小说固然从故事、说书、平话、弹词等民间文学中取材，但熔铸成现今的写定本，同长久以来的文人的审美趣味、正统的史传文学传统，恐怕有着更为深厚的关系。

（三）"启蒙思潮说"

这一说法与上文的"共性个性说"有着密切的联系。它仍然将"犯中求避"归结为"共性与个性的统一"，只不过在追究其中的"共性"与

---

① ［美］浦安迪：《中国叙事学》，北京大学出版社1996年版。
② （明）李贽：《童心说》，郭绍虞主编《中国历代文论选》第三册，上海古籍出版社2001年版，第118页。
③ 陈曦钟、候忠义、鲁玉川辑校：《水浒传会评本》，北京大学出版社1981年版，第16页。
④ 同上。
⑤ 同上书，第22页。

"个性"的来源时，将其归结为社会制度和社会经济形态的影响。

这种观点认为，"犯中求避"中的"犯"，是封建社会中个性得不到正常发展的结果。"在我国封建社会中，每一个人都被纳入'君为臣纲，父为子纲，夫为妻纲'的社会关系结构网络之中，群体意识压倒个体意识……而群体意识压倒个体意识，就意味着共性压倒个性。这样，作家创造的人物形象，自然大多就只能是类型化性格，而很难是个性化的形象了。"① 而到了"明朝末年，资本主义生产关系冲破封建社会生产方式的层层重压，萌发出稚嫩的然而是新生的幼芽……这一切都促进了人的个性的觉醒……个性的觉醒，是文学作品塑造个性、鲜明的人物形象的社会基础。'特犯不犯'就是在这个背景上被提出来的。所以，'特犯不犯'的提出，是历史的必然，其历史使命，就是要解决人物形象的塑造如何从类型化走向个性化的问题"②。

与上两说不同的是，"启蒙思潮说"试图将"犯中求避"纳入整个社会关系的结构网络中加以考察，并找出其深层的社会根源。因此，要对这种观点进行辨析，也必须从当时中国的社会结构说起。

首先，将从秦朝到清朝的中国社会命名为"封建社会"，并将明末清初看作中国封建社会中资本主义的萌芽时期，似乎已经成为中国历史教科书中的定论。然而，这一看似无可争议的"定论"其实是颇可质疑的。它既与中国传统语境中"封建"的本意相去甚远，又与其对译之英文术语"feudalism"含义相左，且有悖于马克思关于封建社会的论述。因此，有学者主张以"宗法地主专制社会"取代"封建社会"，作为对自秦至清中国社会制度的命名。③ 二者的根本区别在于：封建社会（无论是中国历史上的周代还是西欧历史上的中世纪）采取"世卿制"，受封者全权掌管封地内的土地、

---

① 涂元纪：《论"特犯不犯"》，《福建师范大学学报》（哲学社会科学版）1993 年第 3 期。
② 同上。
③ 参见冯天瑜《"封建"考论》，武汉大学出版社 2006 年版，第 397 页。

人民、政事，并将这种权力以世袭的方式代代相传；这样，一个人的社会地位从根本上说，是由他的家族血缘关系所决定的，个人的才华能力是被忽视的。而宗法地主专制社会则采取"游仕制"，即使是平民子弟也可以通过自身的努力"朝为田舍郎，暮登天子堂"，通过自己的才华得到社会的承认。因此，对中国宗法地主专制社会的分析不可照搬西方关于封建社会的理论，更不能将文艺现象与社会制度简单对应起来。否则我们将无法解释，中国"封建社会"何以会产生诸多颇具个性的文学作品，李白、杜甫的诗歌何以都产生于"封建社会"？

其次，明末商品经济的发展并非资本主义的萌芽，而是王朝衰落时的经济上的畸形现象。它不是社会在正常轨道上的经济繁荣和社会进步，而仅仅是奢靡型消费的活跃。贸易兴旺和都市繁华的背后，是乡村贫困、农民逃亡，并最终导致农民揭竿而起，整个王朝的经济与政治双重破产。"明中叶以后商业和贸易的生气活泼和商贾巨富的出现与其说是资本主义萌芽或走向近代化性质的推进，不如说是朝政失控的结果。"① 单有商人资本并不能构成资本主义的体制，像雇佣劳动、家族经营等例子征诸史籍，早在战国两汉就已有之。明末江南与东南沿海地区频繁的通商贸易，以及因通商而致富的富家大户，并不是当时社会发展的必然趋势，而是游离出社会组织的病态现象，它的出现预兆着全面崩溃的日益临近。它不但不能激发和促进知识分子个性的觉醒，反而以巨大的经济利益席卷整个社会从而消磨着知识分子长期以来受圣人教诲熏陶而形成的基于名节与才情的执着与狂傲。将它与文学创作中人物形象的个性化联系在一起，实在有些牵强附会。

无论是"共性个性说""民间文学说"还是"启蒙思潮说"，都打着"马克思主义文学理论"的旗号，但实际上是把苏联文学理论界的某些产生

---

① 林岗：《明清小说评点》，北京大学出版社 2012 年版，第 18 页。

于特定历史时期、针对特定文学现象提出的理论，看成是放之四海而皆准、古今中外皆实用的普遍真理，而且把能否接近、认同并印证这一理论，当成评价其他理论价值高低的标准。经过苏联化的"马克思主义文学理论"的阐释，明清小说评点中丰富、复杂的理论内涵被归化为几个简单的与马列文论相对应的理论范畴，中国文化本身的独特性消失殆尽，中国先哲的智慧不得不沦为"苏式马学"的一个例证和注脚。这其实等于完全否定了中国古代小说理论研究的价值。

二 叙述频率：一种新的阐释模式

鉴于以上三种阐释模式与阐释对象之间的扞格，一些学者开始试图另辟蹊径，寻找新的阐释模式。其中，胡亚敏先生的尝试值得关注。她认为，"金圣叹对作品所作的这种细密的结构分析与20世纪西方结构主义叙事学对叙事文的分析有异曲同工之妙。以西方叙事学为参照系，站在今天的高度系统整理和研究金圣叹的叙事理论，也许使我们能更清楚地看到在叙事文这一共同模式下中国叙事理论的特色和中西叙事理论的异同，为中国现代叙事学的产生准备土壤"①。这一看法是颇有见地的。

对于"犯中求避"，胡亚敏先生选择了法国学者热拉尔·热奈特（Gérard Genette，1930—　）提出的"叙述频率"理论②作为新的阐释模式。她认为："叙述频率指的是作品中情节与素材的重复关系。作者如何反复描述仅发生一次的事件或仅描述一次重复发生的事件等，都是叙述频率研究的对象。金圣叹在《水浒传》评点中，主要涉及到两个问题，一是关于情

---

① 胡亚敏：《叙事学》，华中师范大学出版社2004年版，第248页。
② 正如以色列学者里蒙－凯南所说："频率这一时间组成部分在热奈特之前的叙述学理论中没有得到考察。"（［以］里蒙－凯南：《叙事虚构作品》，姚锦清等译，生活·读书·新知三联书店1989年版，第102页。）热奈特之后的经典叙述学家基本上是在重复热奈特的说法，对这一理论没有进一步的发展；后经典叙述学则把研究的重点放在意识形态、政治、文化等问题上，对"叙述频率"缺乏足够的关注。

节的重复，二是关于对同一事件的重复叙述。情节的重复是在相似的意义上的重复，叙事学上称为'伪重复'。金圣叹将一部作品中出现的相似的情节和文字称之为'犯'。在《读第五才子书法》中，他提出了'正犯法'、'略犯法'等。"①

将"犯中求避"视为一种叙述频率，这一思路具有重要的启发意义。因为"犯中求避"在叙述话语上，直接表现为叙述中的事件重复。而"叙述频率"作为一个叙述学术语，研究的就是"叙事与故事间的频率关系（简言之重复关系）"②。但若以更加细致的理路来考量，则胡亚敏先生的研究中仍然存在着阐释模式与阐释对象之间的扞格。正如胡亚敏先生所说，"作者如何反复描述仅发生一次的事件或仅描述一次重复发生的事件等，都是叙述频率研究的对象"。但"犯中求避"既不是"反复描述只发生一次的事件"，也不是"仅描述一次重复发生的事件"，而是"重复描述重复发生但又有所不同的事件"。这是叙述频率研究的对象吗？

要回答这一问题，必须从热奈特对叙述频率的划分说起。

在《叙事话语》的"频率"这一部分，热奈特划分了叙述频率的四种类型，并分别用数学公式进行了简明的表示。他认为，概略地说，无论何种叙事都可以讲述一次发生过一次的事（可简化为数学公式：1R/1H），n 次发生过 n 次的事（nR/nH），n 次发生过一次的事（nR/1H），一次发生过 n 次的事（1R/nH）。不过，在热奈特看来，第二种类型（nR/nH）其实可以归入第一种（1R/1H），或者反过来说，第二种类型可以包括第一种，当 n = 1 的时候。作为一个专注于叙述话语的理论家，热奈特感兴趣的是叙述话语与所叙述的故事之间的频率关系；无论是第一种还是第二种类型，其中叙述的次数与故事的次数都是相等的，所以热奈

① 胡亚敏：《叙事学》，华中师范大学出版社 2004 年版，第 271—272 页。
② ［法］热拉尔·热奈特：《叙事话语　新叙事话语》，王文融译，中国社会科学出版社 1990 年版，第 73 页。

特认为二者实质上相同，都可以叫作"单一频率"，因为"单一性的特征不是双方出现的次数，而是次数的相等"①。这样，叙述频率的以上四种类型就可以简化为三种，热奈特分别将其命名为单一（1R/1H、nR/nH）、重复（nR/1H）、反复（1R/nH）。

在热奈特命名的三种叙述频率（单一、重复、反复）中，如果说"单一"意味着故事中事件发生的次数与文本中叙述的次数完全相同，"重复"（nR/1H）和"反复"（1R/nH）则都体现了故事次数和叙述次数的差异；但这两个看上去十分相近的术语所描述的恰恰是两个相反方向的叙述频率："重复"是叙述 n 次发生过一次的事，"反复"则是叙述一次发生过 n 次的事。前者比较容易理解，因为在日常生活中人们通常也把对于一件事的多次叙述称为"重复"；后者则显得有些别扭，因为多次发生的事件在文本中只有一次呈现，这种叙述方式人们通常习惯称之为"概括"而非"反复"②。而且，"反复"作为一个术语，也显得与"重复"类似而不易区别③。而热奈特之所以将"叙述一次发生过 n 次的事"这样一种叙述频率称为"反复"，是因为在文本中只呈现一次的叙述隐含了反复多次的事件，所以热奈特有时也称之为"集叙"。在热奈特看来，叙述学既不能对叙述的手法视而不见，也不能满足于对叙述手法的罗列，而必须"揭露""手法"背后所隐藏的东西。"反复"这一术语恰恰揭示了表面上的一次叙述背后所隐

---

① ［法］热拉尔·热奈特：《叙事话语 新叙事话语》，王文融译，中国社会科学出版社 1990 年版，第 74 页。

② 我国学者谭君强先生在翻译荷兰学者米克·巴尔的《叙述学：叙事理论导论》时，就直接将"反复"（iterative）译为"概括"。胡亚敏先生则将热奈特所说的"重复"和"反复"都称为"重复"，认为二者的区别在于一种是"叙述上的重复"，另一种则"表现在事件上"，并认为"叙述一次发生多次的事件""这一类型是概述的特殊形式"。参见胡亚敏《叙事学》，华中师范大学出版社 2004 年版，第 88 页。

③ 国内不少学者因此将二者混淆，如林岗先生就曾将普鲁斯特的《追忆似水年华》作为"重复叙事"（数次讲述一次发生的事）的例证。参见林岗《明清之际小说评点学之研究》，北京大学出版社 1999 年版，第 219 页。为与"重复"有所区别，我国学者赵毅衡先生曾将"iterative"译为"复叙事"，既照顾了该词的本义，又传达了热奈特的理论主张，惜乎流传不广。参见赵毅衡《符号学文学论文集》"附录"，哈尔滨工业大学出版社 2004 年版。

含的反复多次的事件，所以热奈特用它来为这种叙述频率命名。热奈特还特别指出，这里的"反复"与人们通常所说的"概括"不同。传统小说中的"概括"主要依靠"加速"，如"十年过去了"；而以普鲁斯特的《追忆似水年华》为代表的现代小说中的"反复"，则主要依靠"吸收和抽象综合"，即在单一事件或场景内部浓缩类似的反复性特征。①

在具体的理论分析中，热奈特对于"重复"（nR/1H）只做了片言只语的概括性论述，而把分析的重点放在"反复"上，这使他的叙述频率理论呈现为一个"单一/反复"的二元对立结构②。这与热奈特对小说史的理解有关。热奈特认为，传统的叙事性文学作品（如巴尔扎克的小说）以"单一"为基本的叙述频率，"反复"则作为插入其中的描写片段，对单一叙述进行补充，因此，"反复"是为"单一"叙述服务的。与之相反，在以普鲁斯特的《追忆似水年华》为代表的现代小说中，"反复"则成为基本的叙述频率，"单一"为"反复"服务。③

不难发现，在热奈特的叙述频率理论中，"犯中求避"几乎没有什么阐释空间。如前所述，"犯中求避"在叙述话语上，直接表现为叙述中的事件重复，而在热奈特的理论中，"事件重复"是最被忽视的一种叙述频率，热奈特将之等同于没有重复的"单一"频率。在热奈特之后，西方其他叙述学家在这一点上都比较忠实地继承乃至重复了热奈特的理论。以色列学者里蒙－凯南的理论可以看作热奈特理论的简约版，她干脆删掉了热奈特所忽视的第二种类型，将叙述频率划分为三种：单一的、重复的、概括的

---

① 参见［法］热拉尔·热奈特《叙事话语　新叙事话语》，王文融译，中国社会科学出版社1990年版，第95页。

② 在《叙事话语》的"频率"这一部分，热奈特写下的第一个标题就是"单一/反复"，并把这一"二元对立"的结构一直贯彻到这一部分的结束。

③ 参见［法］热拉尔·热奈特《叙事话语　新叙事话语》，王文融译，中国社会科学出版社1990年版，第76页。

（即热奈特所谓"反复"）。① 荷兰学者米克·巴尔对叙述频率的论述则可看作热奈特理论的详细版，她详细地将叙述频率划分为五种：单一的（1F/1S）、多种的（NF/NS）、种种的（NF/NS，前后两个 N 不相等）、重复的（1F/NS）、概括的（NF/1S）。② 需要指出的是，虽然巴尔区分了第一种（单一的，1F/1S）和第二种（多种的，NF/NS）叙述频率，但她也同样认为，第二种叙述频率其实是真正的"单一"陈述，因为"事件"和"描述"这两个层次是完全重复的。

显然，将"事件重复"等同于单一叙述，是西方叙述学界的普遍现象。胡亚敏先生对此持完全相同的看法。她认为，叙述几次发生几次的事件，"这也属于单一性叙述，因为叙述的次数与事件发生的次数相等"③。按照这种划分方法，"犯中求避"作为以求异为旨归的事件重复（nR/nH），与既不"犯"也不"避"的单一叙述（1R/1H）属于同一种叙述频率，在叙述频率的理论框架中就没有多大的研究价值和阐释空间。

那么，要研究"犯中求避"，是应当弃叙述频率理论而另寻他途，还是应当以此为契机，发展和完善叙述频率理论？曹顺庆先生认为："只有当西方文论与中国自己独特的传统言说方式相结合，并以中国的学术规则为主来加以创造性地吸收，并切实有效于中国当代的文学创作和批评实践，才能推动中国文论话语体系的建设，也才能真正实现西方文论的中国化。"④ 王宁先生则更加明确地指出："西方当代批评中国化，就是将西方当代批评置于中国的文化语境来加以检验，其与中国的文学经验有共同性者则肯定

---

① 参见［以］里蒙－凯南《叙事虚构作品》，姚锦清等译，生活·读书·新知三联书店 1989 年版。

② ［荷］米克·巴尔：《叙述学：叙事理论导论》，谭君强译，中国社会科学出版社 2003 年版，第 130—132 页。

③ 胡亚敏：《叙事学》，华中师范大学出版社 2004 年版，第 86 页。

④ 曹顺庆、谭佳：《重建中国文论的又一有效途径：西方文论的中国化》，《外国文学研究》2004 年第 5 期。

之，吸收之；与我们的经验相悖而明显片面、谬误者则质疑之，扬弃之；对我国的文艺现象不能解释，陷于盲视者则补充之，发展之。通过这样的消化吸收、扬弃增殖的过程，将西方当代批评重构为我们中国自己的新的批评理论和方法。"① 热奈特的叙述频率理论正是因对"事件重复"陷于盲视而留下了理论上的遗憾。而"犯中求避"作为事件重复的一个特殊种类（以求异为指归的事件重复），恰好成为叙述频率理论发展的一个契机：将"犯中求避"作为一种"叙述频率"来加以审视，不但可以更好地理解"犯中求避"，而且可以对西方的"叙述频率"理论进行有效的补充，使二者相得益彰。

事实上，国内有不少学者已经注意到，"事件重复"是一种独特的叙述频率，有着与"单一"叙述频率完全不同的审美效果，二者不应混同。谭君强先生就曾指出："自然，这样的叙述（指事件重复——引者注）与通常的单一叙述所起到的作用和所具有的意义是有所不同的。在不同的叙事文中，它或者具有强调的意味，或者有意造成某种特殊的氛围，或者起到类似于戏剧中'幕'的构造作用，或者造成某种节奏效果等。"② 他还以鲁迅的《明天》《祝福》以及杜拉斯的《昂代斯玛先生的午后》等作品为例分别进行了说明。胡亚敏先生也认为："这种重复叙述同样事件的做法确有累赘之嫌，但若运用得恰到好处，则会传达出某种特殊的意蕴。"③ 她也以电影《菊豆》、马尔克斯的《百年孤独》、路东之的微型小说《！！！！！！》为例进行了分析。可惜的是，以上学者只是指出了热奈特理论忽视"事件重复"的局限，或是举出一些特例，并未从理论上对叙述频率重新进行界定和划分，因而未能实现对理论的补充和发展。

---

① 王宁：《西方当代文学批评在中国》，百花文艺出版社 2000 年版，第 17—18 页。
② 谭君强：《叙事学导论：从经典叙事学到后经典叙事学》，高等教育出版社 2008 年版，第 150 页。
③ 胡亚敏：《叙事学》，华中师范大学出版社 2004 年版，第 86 页。

正如克莱夫·贝尔所说，艺术是"有意味的形式"；笔者认为，形式之所以有意味，乃是因为它积淀着深厚的文化内涵；而"叙述频率"作为一种重要的艺术形式，当然也凝聚着深沉的文化意味。热奈特的"叙述频率"理论，是其"叙述时间"理论的一个重要组成部分①，热奈特曾明确指出，叙述频率是"叙述时间性的主要方面之一"②。显然，使用什么样的叙述频率绝不仅仅是一种叙述的技巧，它的背后隐藏着深刻的时间观念。同样，"犯中求避"也不仅仅是某个作家兴之所至创造出的一种写作技巧，作为中国古典小说中普遍存在的一种叙述模式，其背后隐藏着中国式的时间观念。因此，要运用"犯中求避"对叙述频率理论进行反思和完善，必须从"时间"这个熟悉而又陌生的话题说起。

三　时间的三维与"犯中求避"的文化内涵

无论东方还是西方，人类对混沌迷茫状态的摆脱，都必然伴随着时间意识的觉醒。一方面，人们通过对晨昏、四季、兴衰、枯荣的观察，开始了对天地万象生生不息、循环往复的认识和把握；另一方面，又通过对人自身生老病死的生命过程的体验，产生了对生命的一维性和不可逆性的焦虑。前者催生了循环的时间观念，后者则引发了线性的时间观念。可以说，"时间意识一头连着宇宙意识，另一头连着生命意识"③。个体生命是线性的、短暂的，宇宙则是循环的、永恒的。线性时间观与循环时间观的并置与交错，是东西方传统时间观的共同特点。只不过，东方更重整体，因而倾向于将个体生命融入宇宙大化之中，线性的个体生命成了循环往复的宇宙大化的一部分，结果使得循环时间观占据了主导地位；西方更重个体，

---

① 热奈特《叙事话语》中的"叙述时间"理论包括三个部分：顺序、时距和频率，叙述频率占了三分之一。

② ［法］热拉尔·热奈特：《叙事话语　新叙事话语》，王文融译，中国社会科学出版社 1990 年版，第 73 页。

③ 杨义：《中国叙事学》，人民出版社 1997 年版，第 120 页。

因而倾向于将线性的个体生命与循环的宇宙相对峙，以有限性、一维性和不可逆性确证个体生命的存在，结果使得线性时间观占据了主导地位。20世纪以来，随着西学东渐，线性时间观也成为在中国占主导地位的时间观，并最终凝固为教科书上的时间定义。而且，这一定义被当作"马克思主义"的时间观①，成了唯一科学、正确的时间观。

但是，这恰恰是对马克思主义时间观的误解。即使仅就经典马克思主义而言，其时间观也绝非单纯的线性时间观，而是线性时间观和循环时间观的辩证统一。恩格斯在《自然辩证法》中曾明确指出：

> 这是物质赖以运动的一个永恒的循环②，这个循环完成其轨道所经历的时间用我们的地球年是无法度量的，在这个循环中，最高发展的时间，有机生命的时间，尤其是具有自我意识和自然界意识的人的生命的时间，如同生命和自我意识赖以发生作用的空间一样，是极为有限的；在这个循环中，物质的每一有限的存在方式，不论是太阳或星云，个别动物或动物种属，化学的化合或分解，都同样是暂时的，而且除了永恒变化着的、永恒运动着的物质及其运动和变化的规律以外，再没有什么永恒的东西了。③

显然，在恩格斯看来，与个体生命相连的、一维的、有限的、不可逆的线性时间，只不过是宇宙永恒的循环运动的一个短暂的瞬间。与这种永恒的循环运动相对应的循环时间是无限的，无法用线性时间加以度量。事实上，马克思主义的"物质不灭"论，已经内在地包含了循环时间观与线性时间

---

① 参见孟宪鸿主编《简明哲学辞典》，湖北辞书出版社1987年版，第69页；余源培等编著《哲学辞典》，上海辞书出版社2009年版，第18页；辜堪生主编《马克思主义哲学原理》，西南财经大学出版社2008年版，第36—37页。

② 在1972年的版本中，这句话译为："宇宙就是物质运动的一个永恒的循环。"

③ 恩格斯：《自然辩证法·历史导论·导言》，《马克思恩格斯选集》第4卷，人民出版社1995年版，第278—279页。

观的辩证统一，因为永恒运动而不灭的物质世界，只能体现为"诸宇宙在无限时间内永恒重复的先后相继"①。相比之下，单纯的线性时间观恰恰背离了马克思主义的辩证法，落入了机械唯物论的窠臼。

进入 20 世纪以后，另一种时间观开始悄悄兴起，这就是以法国哲学家柏格森的"绵延"论为理论基础，并被存在主义哲学家广泛接受和宣扬的"存在时间观"，或称"心理时间观"。柏格森认为，传统的时间观念不过是用固定的空间概念（如"直线"）来说明时间，故而无论在科学中还是在日常生活中，我们都是把时间视为另一种空间。这不是真实的时间，而是人类根据实用的需要，以空间为尺度对时间的度量。这种度量虽然有利于人们安排、记录时间，但却掩盖了时间的本质。真正的时间不是这种"空间时间"，而是"心理时间"，即柏格森所谓的"绵延"②。如果我们把时间看作是人类最切身的体验，那么就不难理解，时间必然首先存在于人的心理之中，因此，"心理时间"才是比"线性时间"和"环形时间"（"线"与"环"都是空间概念，由此度量出的时间都是"空间时间"）更为原初的时间状态。"心理时间"的基本特点是"绵延"，即不可分割的持续流动状态。这种流动不同于线性时间观中的时间之流，它不是一个时刻对上一个时刻的替换，也不是脱离人的意识的客观存在，而是只有在人的回忆（记忆）中才能呈现出来的、由感觉的偶合编织而成的一张巨网。线性时间观和循环时间观都只不过是从这个巨网中抽出一部分加以理论化的结果，而这一巨网将在人的记忆中不断编织，永无终结。

这样，我们就得到了作为人类体验的三种时间。俄国宗教思想家、哲学家、基督教存在主义的主要代表人物尼古拉·亚历山大罗维奇·别尔嘉耶夫将之概括为宇宙的（循环的）、历史的（线性的）和存在的

---

① 恩格斯：《自然辩证法·历史导论·导言》，《马克思恩格斯选集》第 4 卷，人民出版社 1995 年版，第 278 页。

② 参见伍蠡甫主编《现代西方文论选》，上海译文出版社 1983 年版，第 87—88 页。

（心理的）。①

或许有人会说，这只是三种"时间观"，而不是三种"时间"，真正的"时间本身"只能有一个，对"时间本身"的科学认识也只能有一种。这恰恰是基于简单认识论的思维模式所造成的对时间的误解。这种思维模式的主要问题在于，它把人们赖以认识世界的"范式"与客观世界本身混淆了。"范式"是美国科学哲学史家托马斯·库恩提出的概念；人们认识客观世界，总要从已有的知识中找出某种结构框架，作为进一步认识事物的依托，这就是认知范式。② 但人们在认识事物时，对认知范式的运用不一定有自觉的意识，因而常常把凭借了一定的认知范式而获得的对事物的认识，与事物本身等同起来，误以为这种认识就是事物本身。而实际上，人所面对的客观世界，是既无秩序、又无始终的一片混沌，人唯有依靠某种认知范式，才能赋予这片混沌以某种结构；唯有人为地设定某种时间观，才能使其呈现出时间上的变化。库恩所谓的"范式"，法国哲学家利奥塔称之为"叙述"。利奥塔认为，"科学"是以"叙述"为前提对现象进行推理的结果，从这个意义上说，"科学"也只是一种可能被证伪的假设。人们通过一定的观察实验，如果发现科学命题被证伪了，这样的假设就可以放弃；如果没有被证伪，这一假设就暂时可以被接受。可以完全证实、无条件地接受的"科学"是不存在的。③

就"时间"来说，按照简单认识论，应该是先有了"时间本身"这个客观事物，然后人们对这一事物进行认识，才形成了种种不同的"时间观"；而且，只有一种与"时间本身"完全符合的"时间观"才是科学的、

---

① 谭君强：《叙事学导论：从经典叙事学到后经典叙事学》，高等教育出版社 2008 年版，第116—117页。

② ［美］托马斯·库恩：《科学革命的结构》，金吾伦、胡新和译，北京大学出版社 2003 年版，第9页。

③ 参见［法］让－弗朗索瓦·利奥塔尔《后现代状态》，车槿山译，生活·读书·新知三联书店1997年版，第55页。

正确的。但实际上，时间并不是一个客观的实体，而是人们根据某种时间观对世界运动形式的描述。也就是说，脱离"时间观"的所谓"时间本身"并不存在。所谓"科学的时间观"，并不是对一个叫作"时间"的客观事物的合乎实际的认识，而是关于世界运动形式的一种或多种目前可以被接受、但将来可能被证伪的假说。恩格斯在《自然辩证法》的"辩证法作为科学"中，曾明确指出："只要自然科学运用思维，它的发展形式就是假说。"① 而对同一个问题存在着多种假说是完全正常的。以上的三种时间观，就是关于时间问题的三种目前可以被接受、但将来可能被证伪的假说。它们不但可以并存，而且可以互补，共同构成作为人类体验的时间的三维。

在作为人类体验的时间的三维中，热奈特的叙述频率理论只涉及（而且是无意识地涉及）其中的两个维度——线性时间和心理时间，循环时间观则是完全缺位的。如前所述，热奈特的叙述频率理论呈现为一个"单一/反复"的二元对立结构，而造成叙述频率上的"单一/反复"的二元对立的根本原因，恰恰在于两种时间观——"线性时间/心理时间"的二元对立。在传统的线性时间观的指导下，人们把时间理解为一条由过去到现在又到未来的链条，并把叙述理解为对发生在这一线性链条上的事件的复现；因此，与故事保持一致的"单一"叙述频率必然成为叙述的主导，"反复"只能作为"单一"的陪衬和补充。而现代的以柏格森为代表的心理时间观则认为，真正的时间只有在记忆中才能获得呈现。在柏格森看来，记忆有"两种形式：过去作为身体的习惯而保存下来，或者，过去作为独立的往事而保存下来"②。后者是人们通常所说的记忆，指的是一种如实再现的能力，这样的记忆是片断性的、机械性的，并且是会被忘记的。前者才是真正的

---

① 恩格斯：《自然辩证法·辩证法作为科学·认识》，《马克思恩格斯选集》第 4 卷，人民出版社 1995 年版，第 336 页。

② Henri Bergson, *Matter and Memory*, London：George Allen & Unwin Ltd.，New York：The Macmillan Company, 1929, p. 86.

生命的记忆，它是融在生命中的往昔，是生命自觉为自身的根据，是整体性的、鲜活的，因而是无法被忘记的。这种记忆之无法被忘记，正如它之无法被记起；因为它不是对片断的、独立的往事的记录，而是"过去的现在"①，是过去"添加到当下的东西"②。从这个意义上说，"现在"是"过去"的累积和重构，正是在"现在"的逗留中，"过去"得到了浓缩和加强。而"反复"作为一种叙述频率，其最突出的特点就是以"现在"浓缩"过去"。在"心理时间"观的指导下，"反复"理所当然地取代"单一"，成为最基本的叙述频率。

显然，在热奈特的叙述频率理论中，循环时间观是完全缺位的。这种缺位直接导致了热奈特叙述频率理论最主要的缺陷：对"重复"的忽视和误解。

如果说，与真正"单一"（1R/1H）的叙述频率相对应的是线性时间观，与"反复"（1R/nH）相对应的是心理时间观，那么，与"事件重复"（nR/nH）相对应的就是循环时间观。如前所述，线性时间观与循环时间观的并置与交错，是东西方传统时间观的共同特点。早在古希腊时期，亚里士多德就在他的《物理学》中说："人类的事情以及一切其他具有自然运动和生灭过程的事物的现象都是一个循环。这是因为所有这一切都是在时间里被识别的，并且都有它们的终结和开始，仿佛在周期地进行着，因为时间本身也被认为是一种循环。"③ 时间的循环模式是古希腊各宇宙学派的一个共同点，而且一直到古罗马后期，这种循环时间观在人们的时间观念中都占据着支配地位。④ 直到中世纪，犹太－基督教传统才逐渐树立起线性时间观的权威，因为基督教相信，耶稣的生、死和他的上十字架受难，都是

---

① ［古罗马］奥古斯丁：《忏悔录》，周士良译，商务印书馆 1963 年版，第 247 页。
② John Dewey, *Reconstruction in Philosophy*, New York: Henry Holt and Company, 1920, p. 2.
③ ［古希腊］亚里士多德：《物理学》，张竹明译，商务印书馆 1982 年版，第 137 页。
④ 参见 ［英］彼得·柯文尼、罗杰·海菲尔德《时间之箭》，江涛、向守平译，湖南科学技术出版社 2007 年版，第 4—5 页。

唯一的事件，都是不会重复的。特别是启蒙运动以来，随着"进步"的观念深入人心，以及19世纪以后作为自然科学假说的达尔文的进化论在人文社会科学领域的影响日渐扩大，线性时间观在西方终于完全压倒了循环时间观，被人们看作唯一正确的时间观。然而，有趣的是，线性时间观的计量仍然要依靠循环性的物质运动：地球自转一周所带来的视觉上的太阳的东升西落标志着一天；月球绕地球一周所带来的视觉上阴晴圆缺标志着一个月；地球绕太阳一周所造成的春夏秋冬标志着一年。因此，即使在线性时间观占主导地位的年代，循环时间观仍然隐性地存在着。从最为根本的意义上说，人类之所以需要时间，是因为人们想要知道何时耕种、何时收割，何时洪水泛滥，何时迁移牧群；人类渴望掌握大自然运行的规律，从而使人类的活动能更精确地与大自然相协调。而所谓"规律"，本身就意味着重复出现的事件，意味着循环。严格地说，在线性时间观的视野里，只有事件，没有规律。因此，无论人类是否意识到，循环时间观对于人类都是不可或缺的。

而正是在这一点上，中国传统文化可以补西方之不足。与西方线性时间观占主导相反，在线性时间观与循环时间观的并置中，循环时间观在中国传统文化中占据了主导地位。而且，在中国的传统时间观中，循环时间观与线性时间观并非截然对立，而是有机融合、互相补充的。从《庄子》中的"鼠肝虫臂"之词、"鼓盆而歌"之事①，到唐代张若虚的《春江花月夜》中"江畔何人初见月，江月何年初照人？人生代代无穷已，江月年年只相似"的诗句，再到毛宗岗批本《三国演义》中的开场词"青山依旧在，几度夕阳红"，似乎都暗含着这样的二重时间观念：线性的个体生命只是循

---

① 《庄子·大宗师》中说："伟哉造化！又将奚以汝为，将奚以汝适？以汝为鼠肝乎？以汝为虫臂乎？"《庄子·至乐》中记载了庄子在妻子死后鼓盆而歌的故事，庄子对自己的行为是这样解释的："是其始死也，我独何能无概然！察其始而本无生；非徒无生也，而本无形；非徒无形也，而本无气。杂乎芒芴之间，变而有气，气变而有形，形变而有生，今又变而之死。是相与为春夏秋冬四时行也。人且偃然寝于巨室，而我噭噭然随而哭之，自以为不通乎命，故止也。"

环往复的宇宙大化的一部分，因此，它最终必将融入循环往复的宇宙大化中；而且，只有将其融入宇宙大化中，才能真正彰显其意义。"犯中求避"正是基于这样的宇宙观和生命观："犯"源于宇宙大化的循环往复，"避"则源于对个体生命独特价值的肯认。既将个体生命融入宇宙大化之中，又将线性的个体生命与循环的宇宙相对峙，以有限性、一维性和不可逆性确证个体生命的存在，这正是"犯中求避"作为"重复中的反重复"所蕴含的深层文化内涵。

四　余论：叙述频率理论的补充和完善

本节以热奈特的叙述频率理论为一种新的阐释模式，来重新考察"犯中求避"的理论内涵，不仅仅是对西方理论话语的操演，也不仅仅是为西方理论话语提供一个中国例证，而是一种互动性的研究。换言之，将"犯中求避"作为一种叙述频率，不但可以更好地阐释"犯中求避"的文化内涵，而且可以对叙述频率理论进行补充和完善，使之成为一种更为完备、更具普适性的理论话语。

如前所述，热奈特的叙述频率理论是一种"单一/反复"的二元对立结构，对"重复"的忽视是其理论的主要缺陷。因此，要对热奈特的理论进行补充和完善，也要从"重复"这一被忽视的叙述频率说起。

（一）事件重复：是否"伪重复"？

诚然，在单一、反复两种主要的叙述频率之外，热奈特也把"重复"作为一种叙述频率；只不过，热奈特所说的重复仅指话语重复，即"讲述 N 次发生一次的事"（nR/1H），而事件重复（nR/nH）则被归入"单一"。热奈特这样做主要有两个理由。

首先，热奈特认为，"从我们感兴趣的角度，即叙事与故事之间频率关系的角度看，这种头语重复的类型实际上仍是单一的，可归入上一类型，因为根据雅各布森称作'形象'的对应叙事的重复只与故事的重复相呼应。因此单一性的特征不是双方出现的次数，而是次数的相等"①。这种说法看起来很有道理，但实际上存在着划分标准的混乱。如果以叙事次数与故事次数是否相等作为划分叙述频率的标准，那么就只能有两种叙述频率：相等或不相等。这里仍能见出二元对立的思维模式对热奈特潜在的影响。但热奈特既然将"不相等"划分为两种叙述频率——反复（1R/nH）和重复（nR/1H），认为二者是两种不同的叙述频率，那么，"相等"自然也可以分为两种——单一（1R/1H）和重复（nR/nH），二者也是两种完全不同的叙述频率。如果从更深层次考虑，热奈特对"相等"不加分类，在一定程度上显示了对"相等"的轻视：似乎只有不相等才是一种技巧，相等则无技巧可言，不值得分析。这显然是一种偏见。

其次，热奈特认为，"多次出现的同一性严格说来是不可靠的：每天早上'升起'的'太阳'并不完全是同样的，正如费尔迪南·德·索绪尔心爱的'8时45分日内瓦—巴黎'列车每晚并非由挂同一个车头的同几节车厢组成"②。胡亚敏先生干脆称之为"伪重复"③。其实，这仍然是基于线性时间观做出的结论。按照线性时间观，时间是一个一维的流程，即使是"太阳每天升起"这样的事情，也发生在不同的时间点，因而仍然是不同的，每天升起的太阳都是一个新的太阳。而如果按照循环时间观，不但太阳每天升起可以视为一个循环，即使太阳有一天不再升起，也只不过转化成了另一种物质，仍然在物质世界的大循环之中。从这个角度看，重复不但确实存在，而且无时不重复，无处不重复。哈代在《德伯家的苔丝》中对此做了精辟的论述："本来天地之间，盛衰兴替，时起时落，一切全都一

---

① ［法］热拉尔·热奈特：《叙事话语　新叙事话语》，王文融译，中国社会科学出版社1990年版，第74页。
② 同上书，第73页。
③ 胡亚敏：《叙事学》，华中师范大学出版社2004年版，第85页。

样。"① 正是这一点导致了小说的主人公苔丝不想知道历史，她说："知道了我也不过是老长老长一列人中间的一个，发现了某一本旧书里，也有一个正和我一样的人，我将来也不过是要把她扮演的那个角色再扮演一遍，这有什么用处？这只让我难过。顶好别知道，你的本质和你已往做过的事，正和从前上千上万的人一样，也别知道，你将来的生活和要作的事，也要和上千上万的人一样。"②

更重要的是，如果基于线性时间观，话语重复（nR/1H）同样是一种"伪重复"。热奈特本人也意识到这一点。他指出，像"皮埃尔昨晚来了，皮埃尔昨晚来了，皮埃尔昨晚来了"这样三句完全相同的话，也可以视为三句不同的话，因为它们分别是"第一句、下一句和最后一句"。③ 胡亚敏先生也认识到，"严格地讲，在叙事作品中，没有两件完全相同的事件，也不可能有完全相同的叙述"，因此，"同一事件的重叙"和"相同的事件"一样，也是一种"伪重复"。④ 相应地，既然热奈特承认"也是一种伪重复"的话语重复（nR/1H）是一种独特的叙述频率，自然也应当承认事件重复（nR/nH）作为一种独特的叙述频率的地位，而不应将其简单地并入"单一"（1R/1H）。更进一步说，在叙事性文学作品中，话语其实也可视为一种"事件"（阿毛被狼吃了，这是一件事；祥林嫂讲述阿毛被狼吃了，这也是一件事）。因此话语重复可以看作事件重复的一种变体，与事件重复具有同质性的特征。这样，与其将"事件重复"归入"单一"，不如将它与话语重复当作同一种叙述频率：重复。

（二）重复的两个向度：求同和求异

热奈特认为，"'重复'事实上是思想的构筑，它去除每次出现的特点，

① ［英］哈代：《德伯家的苔丝》，张谷若译，人民文学出版社 1984 年版，第 512 页。
② 同上书，第 191—192 页。
③ 参见［法］热拉尔·热奈特《叙事话语　新叙事话语》，王文融译，中国社会科学出版社 1990 年版，第 74 页。
④ 参见胡亚敏《叙事学》，华中师范大学出版社 2004 年版，第 85 页。

保留它与同类别其他次出现的共同点",是"一系列相似的、仅考虑其相似点的事件"①。胡亚敏先生也认为,"重复""仅基于其相似性"②。其实,重复包含着求同和求异两个向度,在不同的文本中侧重点不同。热奈特在分析话语重复时已经意识到,"同一事件可以讲述好几次,不仅文体上有变异,如罗伯-格里耶的作品中通常发生的情况,而且'视点'有变化,如《罗生门》(应为芥川龙之介的小说《竹林中》,后被改编为电影《罗生门》——引者注)或《喧哗与疯狂》"③。可见,重复并非只关注相同点,忽视相异点,而完全可能既关注相同点,又关注相异点,甚至可能更侧重于关注相异点。话语重复如此,事件重复也是如此。

在话语重复（nR/1H）中确实存在着求同重复,但这绝非热奈特所谓"组合能力不健全的后果"④,也不仅仅出现在类似罗伯-格里耶的《嫉妒》这样的现代主义小说中。鲁迅《祝福》中祥林嫂一再讲述阿毛被狼吃掉的故事,就是典型的求同性话语重复,并且产生了强烈的审美效果:充分展示了这件事给祥林嫂留下的内心创伤。与之相反,热奈特所举芥川龙之介的《竹林中》、福克纳的《喧哗与骚动》则都以求异性话语重复作为小说的基本结构。《竹林中》让七个讲述者(樵夫、行脚僧、捕快、老妪、强盗、武士的妻子、武士)对一个简单的故事(一个强盗奸污武士的妻子然后杀死武士)进行了互相矛盾的讲述(强盗和妻子都承认自己杀死了武士,而武士则通过女巫之口说自己是自杀),使故事变得扑朔迷离,寻求真相已经没有可能。《喧哗与骚动》则通过班吉、昆丁、杰生、迪尔西等人反复讲述康普生家庭的没落,所讲内容却各异其趣,其审美效果则在于突出不同的

---

① [法]热拉尔·热奈特:《叙事话语　新叙事话语》,王文融译,中国社会科学出版社 1990 年版,第 73 页。

② 胡亚敏:《叙事学》,华中师范大学出版社 2004 年版,第 85 页。

③ [法]热拉尔·热奈特:《叙事话语　新叙事话语》,王文融译,中国社会科学出版社 1990 年版,第 75 页。

④ 同上。

叙述视角。①

与之相应，事件重复（nR/nH）也存在着求同和求异两个向度。求同的审美效果在于强调，如海明威的《老人与海》就是典型的求同重复，通过老人桑地亚哥一次次捕鱼、一次次同鲨鱼搏斗，强调了老人顽强不屈的性格；求异的审美效果则在于突出同一类型的事件各自不同的特性，《水浒传》中的"犯中求避"就是典型的求异重复，无论是"武松打虎"与"李逵杀虎"，还是"潘金莲偷汉"与"潘巧云偷汉"，抑或"林冲起解"与"卢俊义起解"，其审美效果都在于突出原本"相犯"的事件各自不同的特性，杨义先生称之为"重复中的反重复"②。

依此，我们可将"重复"（nR/nH）作为一种包括了事件重复和话语重复的叙述频率，在话语重复中第二个 n 等于 1。重复又可分为求同和求异两种向度，这样我们就得到下表。

重　复	事件重复	话语重复
求同重复	海明威的《老人与海》	鲁迅的《祝福》
求异重复	《水浒传》中的"犯中求避"	福克纳的《喧哗与骚动》

（三）对小说史的不同看法

热奈特在"单一/反复"的二元对立叙述频率理论的指导下，把基本叙述频率由"单一"（巴尔扎克）向"反复"（普鲁斯特）的转变看成现代小说与传统小说的根本区别，以此规定了小说史的基本走向，这种看法未免过于简单化。小说叙述频率的发展并非简单地由"单一"走向"反复"，而

① 参见李卫华《试析〈喧哗与骚动〉的多角度叙述方式》，《名作欣赏》2001 年第 1 期。
② 杨义：《中国叙事学》，人民出版社 1997 年版，第 50 页。

是多元共生、交错并置、越来越多样化。

如前所述，作为对叙事性文学作品之时间特征的考量，叙述频率理论背后隐含的，是人类的时间观念。中西传统的时间观都是线性时间观与循环时间观的交错与并置，因此，中西传统小说的叙述频率主要有"单一"和"重复"两种，并在大多数小说中存在着交错与并置的现象。有的以"单一"为主，以重复为辅，如哈代的《德伯家的苔丝》；有的则以"重复"为主，以"单一"为辅，如吴承恩的《西游记》。到了现代，随着心理时间观的出现，人类的时间观形成了循环、线性、心理三足鼎立的局面；相应地，现代小说中的叙述频率则呈现为"单一""重复""反复"交错并置的状态。正如热奈特所说，普鲁斯特的《追忆似水年华》的叙述频率以"反复"为主，以"单一"为辅，但这并不是现代小说唯一的叙述频率模式。热奈特自己也发现，芥川龙之介的《竹林中》和福克纳的《喧哗与骚动》采取的是以话语重复为主的叙述频率。其实，现代小说中还存在着多种叙述频率的模型。

西班牙作家马尔克斯的《百年孤独》作为魔幻现实主义的代表作，其叙述频率以事件重复为主，以"单一"为辅。小说描写马孔多镇一百年来的发展，似乎是传统的线性叙事，但马扎多从一个未经开发、一无所有的村落，到发展、兴盛然后经历内战、外来入侵、罢工等衰败下来，最后被飓风刮走，百年历程，最后归为原始，一无所有，显然是一个循环。布恩迪亚家族第一代表兄妹结婚担忧生下长着猪尾巴的孩子，到第七代姑侄乱伦终究难逃宿命的怪圈。连布恩迪亚家族的人名和经历都能体现这种不断循环的怪圈。第一代何塞·阿卡蒂奥·布恩迪亚迷恋炼金术、斗鸡，长子继承了他斗鸡的恶习（性格冲动），次子继承了他炼制小金鱼的怪癖（迷恋科学）。自此开始，布恩迪亚家族的后代，凡是叫阿卡蒂奥的都性格冲动、富于事业心，但命中注定带有悲剧色彩；凡是叫奥雷良诺的都沉默寡言、性格孤僻，但头脑敏锐，富于洞察力。这种循环的怪圈显然是在暗示拉美的百年历史也是一个徒劳的怪圈，在外来殖民主义的侵扰下，又回归到了原始状态，停滞不前。

美国作家巴塞尔姆的《气球》则是以"单一"的叙述频率作为小说的基本结构，辅之以拼贴性的"反复"。小说以"我"把气球放在纽约 14 号街并使之膨胀开始，以"我"把气球泄气并用牵引车拖走结束，是明显的线性结构。与传统小说不同的是，叙述者始终没有回答他和气球的关系，他为什么要把气球放在纽约 14 号街并使之膨胀，最后又为什么把气球泄气并拖走。在这篇小说中，气球的出现只是一个设定的情境，作者借此引导读者来观察人们的不同反应。大胆的孩子们欣喜欢跳，成人们则显得胆怯而抱有敌意。市政官员显得灰心丧气但又特别能容忍，学者们则想到环境污染或信用制度。从叙述频率的角度看，这种种反应都带有"反复"的特征：它是具体的和个别的，但又代表着反复出现的情况。孩子们总是对新出现的事物欢欣鼓舞，大人们对反常的现象则总是抱有敌意。官员们总是无所作为而又假装开明，学者们的言辞则既迂腐又晦涩。

以上这些作品都已成为公认的现代主义、后现代主义的经典作品。这说明，叙述频率的发展不是简单地由"单一"转向"反复"，而是越来越多样化，呈现出多元共生、交错并置的状态。这恰与三种时间观的交错并置相一致。因此，将三种时间观相互补充、相互成全，不但能引领我们建构更为完善的叙述学理论，更能成全我们对文学的阅读和对人生的感悟。

第四章　语境分析

作为与"文本"（text）相对应的概念，"语境"（context）指的是环绕着文本并影响着文本意义生成的外部条件。它既包括一文本与他文本之间的关系，也包括一文本与其作者、读者、世界之间的关系。本章选择了两组范畴进行比较研究：一组是金圣叹在评点《西厢记》时提出的"文文相生"与法国学者克里斯蒂娃提出的"互文性"的比较，二者都涉及一文本与他文本之间的关系；另一组是孟子提出的"以意逆志"与"新批评"理论家维姆萨特和比尔兹利提出的"意图谬见"的比较，二者都涉及文学作品与作者之间的关系，并呈现出截然相反的理论旨趣。

第一节　"文文相生"："互文性"的中国表达[①]

"文文相生"是我国明末清初著名小说戏曲评点家金圣叹提出的理论范畴，是对我国传统戏曲、小说之文本组织形式的精辟概括。遗憾的是，这一重要的理论范畴尚未得到学界应有的重视，对其理论内涵的开掘始终十

[①]　本节部分内容曾发表于《思想与文化》第二十辑，华东师范大学出版社 2017 年版。

分不足。因此，笔者试图从中西比较的理论视野出发，将"文文相生"与当代西方的"互文性"理论相互阐释、相互发明，既可重新挖掘"文文相生"的理论内涵，又可以中国传统文论之精华丰富和发展西方的"互文性"理论。

一 "互文性"理论：内互文性与外互文性

目前在中国学界，"互文性"（intertextuality）通常也被译为"文本间性"（文学理论界）或"篇际性"（语言学界），并被理解为文本与文本、语篇与语篇之间的关系。而随着解构主义对"文本"（text）的解构所造成的"文本"的泛化及其意义的不断拓宽，"互文性"也进一步被用来指称文本与作者、文本与读者、文本与文学史乃至文本与整个社会历史文化之间的关联。"互文性"的理论旨趣，也通常被理解为打破"文本"的封闭性，恢复对文本之外的因素的关注，恢复文本与作者、读者乃至社会、历史、文化之间的重新链接，从而解构文本中心主义，肯定"文本与文本之外的事物的广泛联系"①。

上述对"互文性"的理解，其实只揭示了"互文性"含义的一个方面，即"外互文性"（extratextuality）。20 世纪 80 年代以来，越来越多的学者意识到，"互文性"应当包括"内互文性"（intratextuality）和"外互文性"两个方面的含义。众所周知，"互文性"是法国理论家朱莉娅·克里斯蒂娃在向当时的法国理论界引介俄苏理论家巴赫金（Михаил Михайлович Бахтин，英译 Mikhail Mikhailovich Bakhtin，1895—1975）理论时提出的术语。回到"互文性"理论提出的原初语境，可以更好地把握其理论旨趣和丰富内涵。

---

① 张良丛、张锋玲：《作品、文本与超文本——简论西方文本理论的流变》，《文艺评论》2010 年第 3 期。

（一）巴赫金的对话理论

巴赫金是在分析俄国作家陀思妥耶夫斯基（Фёдор Михайлович Достоевский，英译 Fyodor Mikhaylovich Dostoyevsky，1821—1881）的小说创作时提出他的"对话"理论的。巴赫金认为，陀思妥耶夫斯基创立了一种全新的小说类型——复调小说。而"复调小说整个渗透着对话性。小说结构的所有成分之间，都存在着对话关系，也就是说如同对位旋律一样相互对立着"①。"对话性"不仅存在于作品人物之间的对话中，而且渗透进小说的每种语言、人物的每一手势、每一面部表情的变化中，从而使得"陀思妥耶夫斯基小说结构的一切因素，都具有对话的性质"②。"整个小说他是当作一个'大型对话'来结构的。在这个'大型对话'中，听得到结构上反映出来的主人公对话，它们给'大型对话'增添了鲜明浓重的色调。最后，对话还向内部深入，渗进小说的每种语言中，把它变成双声语，渗进人物的每一手势中，每一面部表情的变化中，使人物变得出语激动，若断若续。这已经就是决定陀思妥耶夫斯基语言风格特色的'微型对话'了。"③

可见，巴赫金所说的"对话"，首先指的是"小说结构的所有成分之间"、亦即同一文本内部不同文本单元之间的对话，是文本内部各因素之间的对话，而非人们通常理解的一文本与他文本之间、文本与文本之外的事物之间的对话。在巴赫金看来，正是这种"内在对话"④ 决定了陀思妥耶夫斯基小说与众不同的结构。

巴赫金的深刻之处在于，他不仅发现和指出了陀思妥耶夫斯基小说结构上的"内在对话"的特色，更重要的是，他还深入挖掘了这一特色的深

---

① ［苏］巴赫金：《陀思妥耶夫斯基诗学问题》，白春仁、顾亚铃译，生活·读书·新知三联书店 1988 年版，第 76 页。

② 同上。

③ 同上书，第 77 页。

④ 同上书，第 39 页。

层根源。巴赫金指出，对话构成了陀思妥耶夫斯基作品艺术形式的基础，这是由陀思妥耶夫斯基创作中作者对主人公的立场所决定的。在陀思妥耶夫斯基的复调小说里，作者对主人公所取的新的艺术立场，是认真实现了的和彻底贯彻了的一种对话立场。作者是和主人公谈话，而不是讲述主人公。作者充分尊重主人公的自由，他正如歌德笔下的普罗米修斯，创造出来的是自由的人，而不是无声的奴隶。这自由的人能够同自己的创造者并肩而立，能够不同意创造者的意见，甚至能反抗他的意见。

巴赫金进一步指出，陀思妥耶夫斯基与他作品的主人公的这种对话关系，与当时俄国社会生活的性质密切相关。俄国早期资本主义异常尖锐的矛盾，是创造复调小说的最适宜的条件。陀思妥耶夫斯基以超乎常人的洞察力发现，人由于物化而贬值的现象已经渗透到他那个时代的各个时期，渗透到人的思维的基础之中，因此，陀思妥耶夫斯基创作的全部热情，就在于同资本主义条件下人的物化、人与人关系的物化，以及人的一切价值的物化进行斗争。他对主人公所采取的对话态度，正体现了他试图使人摆脱物化的努力。在陀思妥耶夫斯基看来，传统的文学作品中那种稳固坚实的作为完整的实体的主人公，恰恰是人的个性物化的表征。为了不使人物化为客体对象，在陀思妥耶夫斯基的小说中，"人任何时候也不会与自身重合。对他不能采用恒等式：A 等于 A。陀思妥耶夫斯基的艺术思想告诉我们，个性的真谛，似乎出现在人与其自身这种不相重合的地方，出现在他作为物质存在之外的地方"①。在陀思妥耶夫斯基看来，"只要人活着，他生活的意义就在于他还没有完成，还没有说出自己最终的见解"，"人是自由的，因之能够打破任何强加于他的规律"②。因此，"陀思妥耶夫斯基的主人公总是力图打破别人为他所建起的框架，这框架使他得到完成，又

---

① ［苏］巴赫金：《陀思妥耶夫斯基诗学问题》，白春仁、顾亚铃译，生活·读书·新知三联书店 1988 年版，第 98 页。

② 同上书，第 97 页。

仿佛令他窒息"①。换言之，陀思妥耶夫斯基的小说与前人的不同之处就在于，它专注于表现"心灵的自由，心灵的不可完成性"，表现"不能完结也不可意料的心灵变故"②，它"确认主人公的独立性、内在的自由、未完成性和未论定性"③。陀思妥耶夫斯基小说的主人公总是处在痛苦的挣扎之中，承受着特殊的精神折磨。他们不但总是在努力打破别人对他们所下的定论，而且同样努力地打破自己对自己所下的定论。他们以这种努力抗拒着社会对人的物化，证实着人的自由本质。陀思妥耶夫斯基的小说所展示的，正是这种争取自由的努力，尽管它的结局常常是悲剧性的。因此，它不试图证明一个既定的观念，而只是以一种极度紧张的对话的积极性，让这种悲剧性的努力获得最大限度的呈现。简言之，作为一个完整的艺术品，陀思妥耶夫斯基的小说统一于紧张的对话之中，统一于人类在高度物化的环境中争取自由的悲剧性努力之中。

综上，巴赫金的对话理论首先关注的是同一文本内部不同文本单元之间的对话，但又不局限于文本之中，而是由此生发开去，进一步探讨作者与主人公的对话，以及作者与时代社会环境的对话关系。这是一种入乎文本之中又出乎文本之外的理论，文本外的对话是文本内的对话产生的原因，并通过文本内的对话得以实现。二者相互作用，缺一不可。

（二）克里斯蒂娃的"互文性"理论

如前所述，克里斯蒂娃是在《词语、对话和小说》一文中，在向法国理论界引介巴赫金的理论时，提出"互文性"这一概念的，但这并不意味着克里斯蒂娃的理论缺乏原创性。总体看来，克里斯蒂娃的《词语、对话和小说》一文的基本思路是：着眼于当时文学创作中的诗性语言现象，为

① ［苏］巴赫金：《陀思妥耶夫斯基诗学问题》，白春仁、顾亚铃译，生活·读书·新知三联书店1988年版，第98页。
② 同上书，第100页。
③ 同上书，第103页。

寻找一种新的符号学研究模式，将视野投向巴赫金。

克里斯蒂娃认为，文学符号学的任务是建构与诗性语言（即文学语言）同构的结构模型。在这方面，巴赫金的突出贡献在于，他使用一种新的动态模型代替了从文本中抽离出来的静态模型。在这种模型中，文学结构不是简单地存在，而是产生于与另一种结构的关联中。这是因为，巴赫金不把文学词语（literary word）看成一个有着确定意义的点，而是把它看成各种书写的一种对话。这一对话包括三个方面或三个坐标：写作主体（writing subject）、接受者（addressee）和外部文本（exteriortext）。这三个方面形成了纵横交叉的两轴：写作主体与接受者的共时性关系构成横轴，此文本与其他文本的历时性关系则构成纵轴。巴赫金将前者称为"对话"（dialogue），将后者称为"复义"（ambivalence，也译作"背反""双值性""二重性""不确定性"或"语义双关"）。但克里斯蒂娃发现，在巴赫金的著作中，二者并没有得到清晰的区分，巴赫金经常将二者都称作"对话"。有人因此指责巴赫金缺乏严谨，而在克里斯蒂娃看来，"这种见解与其说是严谨不足，毋宁说它体现了巴赫金为文学理论首次做出的一个深度阐释：任何文本的建构都是引言的镶嵌组合；任何文本都是对其他文本的吸收与转化。从而，互文性（intertextualité）概念取代了主体间性概念而确立，诗性语言至少能够被双重（double）解读"①。

这段文字是"互文性"概念的原始出处，也是目前学术界公认的"互文性"的权威定义。其中至关重要的一点是，从理论旨趣来说，"互文性"概念的提出，是为了取代"主体间性"（intersubjectivity）的概念，其理论出发点是为了质疑作者的权威。作为"如是"（Tel Quel）小组这样一个激

---

① ［法］朱莉娅·克里斯蒂娃：《符号学：符义分析探索集》，史忠义等译，复旦大学出版社2015年版，第87页。《词语、对话和小说》一文另有李万祥译，《文化与诗学》2011年第2期，第250—279页；张颖译，《符号与传媒》2011年第2期，第217—228页；祝克懿、宋姝锦译，《当代修辞学》2012年第4期，第33—48页。

进的理论团体的成员，克里斯蒂娃具有强烈的主体批判倾向，特别是对于传统的作者中心主义的文学观持激烈的批判态度。这种文学观认为，作品是作者创造的，作者之于作品，就如同上帝之于世界。人们相信，对于文学作品有一个唯一正确的终极解释，而这个终极解释只能从作品的创造者——作者那里找到。文学批评的任务，就是在作品中发现作者的意图和观念，从而正确地解释作品。

事实上，作者的这种中心地位在20世纪初就已经开始动摇了。以俄国形式主义、英美"新批评"、法国结构主义为代表的文本中心主义理论，已经把作者驱赶出了文学批评的中心。在他们看来，如果作者的意图体现在文本中了，那么文学批评只需要研究文本；如果作者的意图没有体现在文本中，那就与文学批评无关。文学批评的目的不是发现作者的意图，而是发现文本的结构，这才是文学之为文学的根本。俄国形式主义者关注语言的"陌生化"；"新批评"致力于揭示文本中的"朦胧""张力""悖论""反讽"；结构主义者则认为，文学批评的目的不是分析某一部文学作品的结构，而是寻求所有文学作品所共有的某种结构模式。

与上述文本中心主义理论相比，克里斯蒂娃的"互文性"理论是对作者主体的进一步消解，从而力图把研究者的目光由"主体"（创作主体和接受主体）转移到文本上来。在克里斯蒂娃看来，无论是写作主体还是接受主体，要想进入文学活动，只能以词语的形式进入文本。主体要实现对话和交流，首先要在文本中取得言说的位置。换言之，对话必须通过文本实现，无论写作主体还是接受主体，都必须以话语的形式被包容在文本的潜在空间里，并作为文本的一部分与文本的其他部分展开对话。这样，在克里斯蒂娃看来，主体的对话和文本的复义这两个维度，原本就是重合的，二者在克里斯蒂娃这里会合而成"互文性"的概念。正是在这个意义上，克里斯蒂娃认为，巴赫金没有对这两个维度进行清晰的区分，恰恰是一种洞见。总之，克里斯蒂娃"互文性"理论的基本观点就是：坚持文本空间的优先地位，将主体、社会和文化问题放置在文本之内观照。

后来，克里斯蒂娃又在《文本的结构化问题》和《封闭的文本》两篇论文中，对这一理论进行了进一步的阐发。在《文本的结构化问题》中，克里斯蒂娃说："我们把产生在同一个文本内部的这种文本互动作用叫作互文性。对于认识主体而言，互文性概念将提示一个文本阅读历史、嵌入历史的方式。在一个确定的文本中，互文性的具体实现模式将提供一种文本结构的基本特征（'社会的'、'审美的'特征）。"① 在《封闭的文本》中，克里斯蒂娃又说："文本意味着文本间的置换，具有互文性（intertextualité）：在一个文本的空间里，取自其他文本的若干陈述相互交会和中和。"② 不难看出，在克里斯蒂娃这里，"互文性"首先是指"同一个文本内部的文本互动作用"，而"在一个文本空间"内部的互动作用，则显示了此文本与其他文本以及写作主体与接受者之间的关系。

总之，无论是巴赫金，还是克里斯蒂娃，都是从文本内部不同文本单元之间的关系入手，但最终达致对一文本与他文本乃至与社会历史文化这个大文本之间关系的研究。以此为基础，20世纪80年代以来，国际学界普遍主张将"互文性"划分为"内互文性"与"外互文性"。早在1985年，杰伊·莱姆基（Jay Lemke，1946— ）就提出，"互文性"包括"内互文性"和"外互文性"两种形式。其中，"内互文性"指的是一个给定的文本内部各种因素之间的关系，"外互文性"则是指不同文本之间的关系。③ 巴兹尔·哈特姆（Basil Hatim，1947— ）也认为，除了不同文本之间的相互

---

① 秦海鹰：《互文性理论的缘起与流变》，《外国文学评论》2004年第3期。

② ［法］朱莉娅·克里斯蒂娃：《符号学：符义分析探索集》，史忠义等译，复旦大学出版社2015年版，第51页。

③ Jay Lemke, "Ideologies, Intertextuality, and the notion of register", in *Systemic Perspectives on Discourse*, eds. James Benson and W. Greaves. Norwood：Ablex Publishing Corp., 1985, p. 175.

关系外，互文性也可能存在于同一文本内，即"内互文性"①。丹尼尔·钱德勒（Daniel Chandler，1952—　）也提出，当前，"互文性"通常用来指某一文本对其他文本的暗示或提及；那么，与之相应，在一个文本内部的各种关系就应称为"内互文性"②。这些学者都认为，片面强调其中一个方面而忽视另一方面，极易导致对"互文性"理论的误解。

　　总之，"内互文性"与"外互文性"原本就是"互文性"理论的一体两面。"外互文性"是"内互文性"的基础，而"内互文性"则是"外互文性"在文本中的呈现。在一个文本中，不同的文本单元之间之所以会采取特定的组合形式，是因为特定的社会历史文化作为一个大的"文本"影响了文本的组织形式；而某一特定文本与社会历史文化之间的关系，也必然通过该文本内部的组织形式体现出来。因此，对"外互文性"的研究不应脱离文本，否则就会沦为空洞的政治口号；而对"内互文性"的研究则不应封闭于文本，否则就会沦为琐碎的技巧罗列。就一个具体的文本而言，对其"互文性"的研究应当从"内互文性"开始，通过对其"内互文性"的文化内涵的深入挖掘，则会自然而然地呈现"外互文性"。

　　时至今日，"内互文性"和"外互文性"的划分已经得到学术界的普遍认可，并呈现出较强的理论普适性，这正是钱锺书先生所说的"堪借照焉"的"邻壁之光"③。借助这一亮光，或可照见"文文相生"这一中国古代文论范畴与之相通的诗心文心。

二　"文文相生"的"内互文性"考察

　　如前所述，"文文相生"是我国明末清初著名小说戏曲评点家金圣叹提

---

①　Basil Hatim, *Communication across Cultures*：*Translation Theory and Contrastive Text Linguistics*, Shanghai：Shanghai Foreign Language Education Press, 2001, p. 218.

②　Daniel Chandler, *Semiotics*：*the Basics*, London：Routledge, 2002. *Semiotics for Beginners*, Taylor & Francis e‒Library, 2004, Part 13："intertextuality".

③　钱锺书：《管锥编》，中华书局 1979 年版，第 166 页。

出的理论范畴，是对我国传统戏曲和明清小说之文本组织形式的精辟概括。金圣叹是在对《西厢记》的第三本第三折《赖简》的第十五节的夹批中提出的这一范畴的。这一折大体的故事情节是：张生收到莺莺的书信，当晚跳墙至花园中与莺莺相会，却遭莺莺斥责其行为不检，只得失望而归。显然，这一情节存在着一个明显的矛盾：莺莺既以简招张生前来，又为何赖简，反而斥责张生？

对于莺莺"赖简"之原因，前贤时哲曾作了多种解释，却均难以自圆其说。如明人李贽认为，莺莺与张生"此时若便成交，则张非才子，莺非佳人，是一对淫乱之人了"①。但是，元杂剧《墙头马上》中的邂逅钟情便立即传书递简，私相媾和，不是读来照样兴趣盎然、男女主人公也没有被称为"淫乱之人"吗？倘若像今人宋之的所说，"莺莺的要赖和撒谎，也是一种阶级根性"②，那么，具有这种统治阶级劣根性的莺莺何以反倒赢得古今读者的喜爱呢？

相比之下，金圣叹的解释更为合理。莺莺赖简，一是为了使行文更加曲折有趣，"文章之妙，无过曲折。诚得百曲、千曲、万曲，百折、千折、万折之文，我纵心寻其起尽以自容与其间，斯真天下之至乐也"③。莺莺如一逾而行，行文则缺少了趣味。二是为了与前文对比。"此翻跌前文成趣也，不知是前文特为翻此文，故有前文？不知是此文特为翻前文，故有此文？总之，文文相生，莫测其理。"④ 换言之，这样写是为了行文的需要，是文与文互相生发的结果。这显然是一种"内互文性"。

（一）整体还是缀段？

如前所述，"内互文性"指的是同一文本内部不同文本单元之间的关

---

① 贺新辉、朱捷编著：《〈西厢记〉鉴赏辞典》，中国妇女出版社1990年版，第121页。
② 李修生、李真渝、侯光复编：《元杂剧论集》，百花文艺出版社1985年版，第61页。
③ （清）金圣叹：《金圣叹评点西厢记》，上海古籍出版社2008年版，第89页。
④ 同上书，第96页。

系，研究的是各个不同的文本单元是如何组织成一个文本的。在这方面，对于中国古典小说戏曲历来有两种截然相反的评价：中国古代的评点家，如金圣叹、毛宗岗等人均认为，中国古典小说戏曲的结构十分精巧。金圣叹认为，《水浒传》"字有字法，句有句法，章有章法，部有部法"①；《西厢记》的整体结构有着严密的完整性，"谓之十六篇可也，谓之一篇可也"②，毛宗岗认为，《三国演义》"击首则尾应，击尾则首应，击中则首尾皆应，岂非结构之至妙者哉"③。而西方传统的汉学家则多认为，中国古典小说戏曲的结构缺乏艺术的整体感，其致命的弱点在于其"缀段性"（episodic），也就是说，是将一个个单独的事件单元连缀起来，而每个事件单元之间缺乏紧密的因果联系，造成结构松散，条理不清。

之所以会产生这两种截然相反的观点，其根本原因在于，中西方对于叙事的整体感和统一性的理解不同。在西方文学中，"整体性"或"统一性"通常指的是故事情节的因果律（casual relations）。西方以史诗和悲剧为源头的叙事传统，以情节（plot）的人为而周密的组织为其基本特征。亚里士多德在《诗学》中就曾指出，悲剧包括六个成分——情节、性格、言语、思想、戏景和唱段，而"事件的组合（即情节——引者注）是成分中最重要的"④，"情节是悲剧的根本，用形象的话来说，是悲剧的灵魂"⑤。"情节既然是对行动的摹仿，就必须摹仿一个单一而完整的行动。事件的结合要严密到这样一种程度，以至若是挪动或删减其中的任何一部分就会使整体松裂和脱节。如果一个事物在整体中的出现与否都不会引起显著的差异，那么，它就不是这个整体的一部分。"⑥

---

① 陈曦钟、侯忠义、鲁玉川辑校：《水浒传会评本》，北京大学出版社1981年版，第9页。
② （清）金圣叹：《金圣叹评点西厢记》，上海古籍出版社2008年版，第100页。
③ （明）罗贯中：《三国演义》，毛纶、毛宗岗评点，中华书局2009年版，第562页。
④ ［古希腊］亚里士多德：《诗学》，陈中梅译，商务印书馆1996年版，第64页。
⑤ 同上书，第65页。
⑥ 同上书，第78页。

按照这样的标准，中国古典小说戏曲的结构大多不够严密。以中国古典小说的巅峰《红楼梦》为例，其中没完没了的生日、节日宴饮，如果减少一次，对整体的故事情节有什么影响呢？又如《三国演义》所写的魏蜀吴三个军事集团之间的争斗，其中大部分事件在情节上是分立的，这与《荷马史诗》集中讲述特洛伊战争最后五十一天的情景形成了鲜明的对照。长篇小说如此，篇幅相对比较短小、情节相对比较简单的戏曲也是如此。以《西厢记》为例，它比较集中地讲述了张生与崔莺莺的爱情故事；然而，与西方同类题材的戏剧作品（如《罗密欧与朱丽叶》）相比，其情节结构仍是比较松散的。正如金圣叹在《读第六才子书西厢记法》中所说："《西厢记》正写《惊艳》一篇时，他不知道《借厢》一篇应如何。正写《借厢》一篇时，他不知道《酬韵》一篇应如何。总是写前一篇时，他不知道后一篇应如何，用煞二十分心思，二十分气力，他只顾写前一篇。""《西厢记》写到《借厢》一篇时，他不记道《惊艳》一篇是如何；写到《酬韵》一篇时，他不记道《借厢》一篇是如何。总是写到后一篇时，他不记道前一篇是如何，用煞二十分心思，二十分气力，他又只顾写后一篇。"[1] 这大概就是西方学者普遍认为中国古典小说戏曲结构不够精密的原因。

但是，支配着中国古典小说戏曲之结构的，恰恰是与西方完全不同的美学观念。运用西方理论进行挪借式的操作，只会导致对中国古典小说戏曲结构的误判。与西方小说戏剧强调情节的周密组织不同，中国古典小说戏曲在结构安排上追求的是另一种精巧：在篇幅相对比较短小的戏曲中，体现为由一个叙述单元向其他叙述单元的"那辗"；在长篇小说中，则体现为不同叙述单元之间的"照应"。

（二）那辗

作为中国古典戏曲的代表作，《西厢记》在结构安排上以"那辗"为基

---

① （清）金圣叹：《金圣叹评点西厢记》，上海古籍出版社 2008 年版，第 11 页。

本模式。在为《西厢记》第三本第一折《前候》所写的总评中，金圣叹对"那辗"做了这样的界定："'那'之为言'搓那'，'辗'之为言'辗开'也。搓那得一刻，辗开得一刻；搓那得一步，辗开得一步。于第一刻、第一步，不敢知第二刻、第二步，况于第三刻、第三步也？于第一刻、第一步，真有其第一刻、第一步；莫贪第二刻、第二步，坐失此第一刻、第一步也。"① 金圣叹认为，《前候》这一出写红娘探病、张生寄简，情节十分简单，"题之枯淡窘缩，无逾于此"②。若直接破题抒写此事，则必然如"以橛击石，确然一声，则遽已耳，更不能多有其余响也"③。故作者用"那辗"之法，将这一简单情节"那辗"出"前、中、后"三截，因"其中间全无有文"④，作者又将前后两截"那辗"出"前之前、前之中、前之后""后之前、后之中、后之后"，因而洋洋洒洒写出"纚纚然如许六七百言之一大篇"⑤。红娘探病，见到张生之前为"前"，而此"前"又分为"前之前"——以〔点绛唇〕、〔混江龙〕详叙前事，回顾孙飞虎兵围普救寺、张生一封书信解围的经过；"前之中"——以〔油葫芦〕双写两人一样相思，谴责老夫人悔婚之举；"前之后"——以〔村里迓鼓〕写红娘走到张生门前，又觉不便敲门，点破窗纸窥视张生和衣而睡的凄凉景象。见到张生，张生托红娘送简，红娘若即刻答应，则文竭矣。但作者又"那辗"出"后之前"——以〔上马娇〕、〔胜葫芦〕写红娘害怕小姐责怪，不肯送简，张生怀疑红娘借此索贿，惹怒红娘；"后之中"——以〔后庭花〕写二人误会消除，张生一挥而就，红娘赞叹其才华；"后之后"——以〔寄生草〕写红娘答应送简后，忽作庄语相规，劝张生不可为儿女情长耽误了鸿鹄之志，显示出红娘与众不同的见识。正所谓"题固蹙，而吾文乃甚舒长也；题固

① （清）金圣叹：《金圣叹评点西厢记》，上海古籍出版社 2008 年版，第 71 页。
② 同上。
③ 同上书，第 72 页。
④ 同上。
⑤ 同上。

急，而吾文乃甚行迟也；题固直，而吾文乃甚委折也；题固竭，而吾文乃甚悠扬也"①。

不只《前候》一折，在金圣叹看来，整本《西厢记》的结构都是"那辗"而成。他在《读第六才子书西厢记法》中说："仆思文字不在题前，必在题后。若题之正位，决定无有文字。不信，但看《西厢记》之一十六章，每章只用一句两句写题正位，其余便都是前后摇之曳之，可见。""知文在题之前，便须恣意摇之曳之，不得便到题；知文在题之后，便索性将题拽过了，却重与之摇之曳之。"② 按照西方传统的叙事观念，这些"摇之曳之"的文字，都是情节中可有可无的，是多余的冗赘。在西方人看来，"事件"（event）是一种"实体"，"叙事"就是对这一实体的讲述，与此"事"无关的，皆应排除在"叙事"之外。与此相异，在中国的叙事传统里，"事"并不是一个真正的实体。按照中国传统的自然论宇宙观，天道自然，人事周流，本来无事可叙。因此，"叙事"的重点在于"叙"而不在于"事"，"事"本身如何并不重要，重要的是通过对"事"的叙述，揭示其背后隐含的自然而然的"天道"。著名汉学家浦安迪发现，中国的叙事文学作品很少集中叙述一件事，而是往往"习惯于把重点或是放在事与事的交叠处（the overlapping of events）之上，或是放在'事隙'（the interstitial space between events）之上，或是放在'无事之事'（non–events）之上"③。"在大多数中国叙事文学的重要作品里，真正含有动作的'事'，常常是处在'无事之事'——静态的描写——的重重包围之中。"④ 这正是金圣叹所谓"题之正位，决定无有文字"的理论内涵。用金圣叹的话说，中国传统的叙事文学

---

① （清）金圣叹：《金圣叹评点西厢记》，上海古籍出版社 2008 年版，第 72 页。
② 同上书，第 9 页。
③ ［美］浦安迪：《中国叙事学》，北京大学出版社 1996 年版，第 46 页。
④ 同上书，第 47 页。

是"为文计，不为事计"①，因此可以"因文生事"②。在以往的文学理论研究中，"因文生事"通常被理解为文学的虚构性。其实，中国的叙事传统本不重视纪实与虚构的区分。金圣叹借"因文生事"所强调的是，"文"自身存在着一种神秘的张力或惯性，它不但决定着"事"的安排和组织，更重要的是，它可以根据自身的需要，无中生有地创造、派生出"事"来。"事"不是根据自身的因果逻辑向前发展，而是根据行"文"的需要被组织和创生。金圣叹认为，"文章最妙是目注此处，却不便写，却去远远处发来，迤逦写到将至时，便且住；却重去远远处更端再发来，再迤逦又写到将至时，便又且住。如是更端数番，皆去远远处发来，迤逦写到将至时，即便住，更不复写出目所注处，使人自于文外瞥然亲见"。"文章最妙是先觑定阿堵一处，已却于阿堵一处之四面，将笔来左盘右旋，右盘左旋，再不放脱，却不擒住。分明如狮子滚球相似，本只是一个球，却教狮子放出通身解数，一时满棚人看狮子，眼都看花了，狮子却是并没交涉，人眼自射狮子，狮子眼自射球。盖滚者是狮子，而狮子之所以如此滚，如彼滚，实都为球也。"③ 这是中国古典叙事文学共同遵守的美学原则。

（三）照应

中国古典长篇章回小说在主结构的安排上非常注重不同叙述单元之间的相互照应。关于这一点，毛氏父子在对《三国演义》的评点中有着十分精彩的论述："《三国》一书，有首尾大照应、中间大关锁处。如首卷以十常侍为起，而末卷有刘禅之宠中贵以结之，又有孙皓之宠中贵以双结之，此一大照应也。又如首卷以黄巾妖术为起，而末卷有刘禅之信师婆以结之，又有孙皓之信术士以双结之，此又一大照应也。照应既在首尾，而

---

① 陈曦钟、侯忠义、鲁玉川辑校：《水浒传会评本》，北京大学出版社1981年版，第539页。
② 同上书，第16页。
③ （清）金圣叹：《金圣叹评点西厢记》，上海古籍出版社2008年版，第8页。

中间百余回之内若无有与前后相关合者，则不成章法矣。于是有伏完之托黄门寄书，孙亮之察黄门盗蜜以关合前后；又有李榷之喜女巫，张鲁之用左道以关合前后。凡若此者，皆天造地设，以成全篇之结构者也。"① 显然，这种结构的精巧与西方不同，它不以情节对事件的严密组织见长，而是以看似孤立的各个事件单元之间精神内蕴的相互呼应作为结构内在完整性的基础。

金圣叹对《水浒传》的"腰斩"，遵循着同样的美学原则。金圣叹自恃才高，谎称手中握有"古本"（序三），② 伪造作者原序，并据此对原书进行了大胆的删改（将《水浒传》"腰斩"为七十回，并自撰了"梁山泊英雄惊噩梦"的结局），自然是"英雄欺人"之举。然而，金圣叹批水浒一出，即成最为权威之流传版本，其他各本均湮没不彰，这一版本史上的奇迹让人不得不思考金圣叹"腰斩"《水浒传》的合理性所在。在《水浒传》评点中，金圣叹不止一次地提到"古本"（实际是经金圣叹"腰斩"、删改过的），"水浒之始也，始于石碣；水浒之终也，终于石碣"（十四回总评）③，"'天下太平'四字起，'天下太平'四字止"（楔子夹批）④，首尾呼应，结构谨严。与之相比，罗贯中所续（其实是原本）纯属"横添狗尾，徒见其丑也"（七十回总评）⑤。以"石碣"为例，它不但出现在小说的起点（"楔子"写洪太尉误走妖魔，掀起石碣放走一百〇八道金光，暗示梁山好汉事业的开端）和终点（第七十回写梁山泊一百单八将团圆聚义，一块石碣从天而降，暗示着梁山事业的收场），形成呼应；而且它与梁山泊的第一位领袖晁盖密切相关。晁盖的绰号"托塔天王"便

---

① （明）罗贯中：《三国演义》，毛纶、毛宗岗评点，中华书局 2009 年版，第 8 页。
② 陈曦钟、侯忠义、鲁玉川辑校：《水浒传会评本》，北京大学出版社 1981 年版，第 9 页。
③ 同上书，第 270 页。
④ 同上书，第 39 页。
⑤ 同上书，第 1262 页。

"暗射开碣走魔事"（十三回夹批）①，而晁盖造反的开端"七星聚义"则是在三阮所居住"石碣村"密谋完成。金圣叹评曰："此书始于石碣，终于石碣，然所以始之终之者，必以中间石碣为提纲。"（十四回夹批）② 显然，这种结构安排与毛氏父子所说的"首尾大照应、中间大关锁"遵循着相同的美学原则。

上文所说中国古典小说重"照应"而中国古典戏曲重"那辗"，只是就其大概而言。事实上，中国古典戏曲中也有"照应"，如《西厢记》中的"两来"——《借厢》写张生慕莺莺之色而来，《酬韵》写莺莺慕张生之才而来；"两近两纵"——《请宴》一近与《赖婚》一纵，《前候》一近与《赖简》一纵；"实写虚写"——《酬简》实写崔张爱情的实现，《惊梦》虚写爱情不过一梦等。同样，中国古典小说也有"那辗"，如金圣叹在对《水浒传》的评点中提出的"弄引法"和"獭尾法"。"有弄引法。谓有一段大文字，不好突然便起，且先作一段小文字在前引之，如索超前，先写周谨；十分光前，先说五事等是也。""有獭尾法。谓一段大文字后，不好寂然便住，更作余波演漾之，如梁中书东郭演武归去后，知县时文彬升堂；武松打虎下冈来，遇着两个猎户；血溅鸳鸯楼后，写城壕边月色等是也。"③《水浒传》如此，《三国演义》也是如此。毛氏父子在《读三国志法》中指出："《三国》一书，有将雪见霰，将雨闻雷之妙。将有一段正文在后，必先有一段闲文以为之引；将有一段大文在后，必先有一段小文以为之端。如将叙曹操濮阳之火，先写糜竺家中之火一段闲文以启之；……将叙六出祁山一段大文，先写七擒孟获一段小文以启之是也。""《三国》一书，有浪后波纹，雨后霡霖之妙。凡文之奇者，文前必有先声，文后亦必有余势。如董卓之后又有从贼以继之；黄巾之后又有余党以衍之；昭烈三顾草庐之

---

① 陈曦钟、侯忠义、鲁玉川辑校：《水浒传会评本》，北京大学出版社 1981 年版，第 259 页。
② 同上书，第 270—271 页。
③ 同上书，第 21 页。

后，又有刘琦三请诸葛一段文字以映带之；武侯出师一大段文字之后，又有姜维伐魏一段文字以荡漾之是也。"① 可见，"那辗"也是中国古典小说中非常普遍的文本组织形式。只不过一般来说，中国古典小说多以"照应"为整部小说之章法，而以"那辗"为具体段落的组织方式；而中国古典戏曲则多以"那辗"为"最大章法"，而以"照应"为"那辗"的一种手段。

三 "文文相生"的"外互文性"考察

如前所述，"外互文性"是指一文本与他文本乃至与社会历史文化这个大文本之间的关系。任何一个文本都不是孤立、封闭地存在的，它与其他文本、与整个社会历史文化之间必然存在着千丝万缕的联系。"文文相生"作为中国古典小说戏曲的基本组织形式，不可避免地受到社会历史文化的浸染，甚至可以说，它就是由社会历史文化传统所孕育的。因此，要探索"文文相生"的深层意味，不能不将之放到整个社会历史文化传统中加以考察。

中国古典小说戏曲大量取材于民间文学作品，如灵怪、传奇、公案、妖书、神仙等故事，以及演义、弹词、平话等民间流行的艺术表演，这使得前代学者在研究中国古典小说戏曲的组织形式时，一般倾向于将其与民间文学作品进行比较研究，认为这种组织形式是其脱胎于民间文学并试图超越民间文学的结果。这种研究方法看到了民间文学对中国古典小说戏曲的影响，而没有看到二者之间的根本区别，因而不但极大地贬低了古典小说戏曲作者的创造性，而且贬低了中国古典小说戏曲的艺术价值。民间文学只是古典小说戏曲的材料，如何处理这些材料，完全取决于作者自己的审美趣味。古典小说戏曲自身的审美特质，取决于作者赋予这些材料的形

---

① （明）罗贯中：《三国演义》，毛纶、毛宗岗评点，中华书局 2009 年版，第 6 页。

式，而非材料本身。中国古典小说戏曲固然从民间故事、说书、平话、弹词等民间文学中取材，但熔铸成现今的写定本，同长久以来的文人的审美趣味、同正统的诗文传统，恐怕有着更为深厚的关系。

（一）八股文的程式作法

中国传统小说戏曲中，以"那辗"和"照应"为基本特征的文本组织形式，最为直接的渊源恐怕就是"时文"（八股文）的影响了。八股文，又名四书文（因这种文章的题目出自"四书"）、八比文（因文句用比偶），是我国自宋元以来初见端倪、发展至明清则臻于完备的科举考试的文章体裁。以科举取士为动力，宋元以来的文人从小就开始学习八股，并且贯穿教育的全过程。到了明清之际，八股文更成为文人学习的基本内容。"明清各级学校教育，学作八股文是中心的内容。学童由启蒙开始即为八股文写作打基础，一般先读《三字经》《百家姓》《千字文》，以识字为主。接着学四书，要求学童背诵，在四书开讲之后即'开笔'进行八股文的写作训练了。蔡元培先生在谈到八股文的训练程序时说，'八股文的作法，先作破题，共两句，把题目的大意说一说。破题写得及格了，乃试作起讲，大约十余句。起讲作得合格了，乃作全篇。全篇的作法，是起讲后，先作领题，其后分作八股。每两股都是相对的，最后作一结论，由简而繁，乃是一种作文的方法。'"①

作为一种作文之法，八股文的结构，通常可分为三个部分：题前部分、正题部分和收束部分。题前部分，包括破题、承题、起讲等，这部分的内容主要是解释题意，说明题目本身所包含的思想内容，并由此引出自己的正解。正题部分要求根据题意阐发儒家的有关思想，表达作者的认识，文字要用对偶，形成相对成文的两股文字。通常要有起二股、中二股、后二股、束二股，作成八股，这是全篇文章的重心。八股文最后还要

---

① 王凯符：《八股文概论》，中国和平出版社 1991 年版，第 57 页。

有落下、收煞，收煞总括，照应全文。此外，文中还有入题、出题、过接等名目。并且，它们各部分之间还主要呈现为一种起承转合的内在逻辑关系，也即"起承转收"。破题，解释题意，这是文章的"起"；承题、起讲进一步阐发题意，从而引出"入题"的文字，即是八股文的"承"；用排比、对偶写的八个段落（八股），阐述发挥作者的认识，这是八股文的"转"，而文章末了的"收结"或"落下"，收束全文，则是八股文的"合"与"收"。

进入现代以来，在西学东渐以及"五四"新文化运动的影响下，学界对八股文大多持批判态度，认为这种僵化定型的文体模式严重压抑了写作者的创造性，只能产生出空洞无物的官样文章。这种观点指出了八股文的稳定机制压倒创新机制，从而使内容与形式之间的张力失衡，成为作文的"死法"，这确实是八股文的突出弊端。但平心而论，八股文的结构自有其合理之处。这种由一代复一代的士人呕心沥血琢磨出的精致的文体结构网，最大限度地凝聚了汉字表达的传统写作经验，强化了汉字表达的弹性感和精致感，充分发挥了汉字表达的潜力。其之所以遭人诟病，只不过是因为它把这种宝贵的写作经验过度极端定型化了。

将八股文与古典小说戏曲进行比较，则不难发现，二者在文本组织形式上存在着明显的互文关系。中国古典小说戏曲结构中的"照应"，明显受到八股文两两相对、前后相应的结构模式的影响；而八股文固定的三段式结构，正题前面必须有"起"（破题、承题、起讲），正题之后必须有"合"（落下、小收煞、大收煞），则直接影响了中国古典小说戏曲"前铺引文、后叙余韵"的"那辗"模式。中国古典小说戏曲的作者大多为科举士子，他们对八股文的常年习练，使得八股文两两相对的结构与起承转合的模式，直接渗透进小说和戏曲的文本组织形式中，产生了独特的审美效果。

（二）诗词的对偶体式

中国古典诗词都十分讲究对偶的使用，而元曲（以及其后的明清戏曲）作为唐诗宋词之后中国最重要的诗歌形式，自然继承了这一传统。中国古典戏曲不但在唱词上重视对偶，而且在情节、人物等多方面采用了对偶式的结构。以《西厢记》为例，其中的大多数唱词如"万金宝剑藏秋水，满马春愁压绣鞍""云路鹏程九万里，雪窗萤火二十年""有心争似无心好，多情却被无情恼""月色溶溶夜，花阴寂寂春""碧云天，黄花地"等，都是明显的对偶句，而前述"此来彼来""两近两纵""实写虚写"则属于情节上的对偶，莺莺与张生（才子与佳人）、莺莺与红娘（贞静与活泼）、张生与郑恒（才子与小人）等则构成人物形象上的对偶。中国古典章回小说在语词上虽不如戏曲使用的对偶多，但每回均以对偶句作回目，类似骈文；而且在情节、人物、场景等多方面均采取对偶式结构。以《水浒传》为例，金圣叹在第四回总评中指出："鲁达、武松两传，作者意中却欲遥遥相对，故其叙事亦多仿佛相准。如鲁达救许多妇女，武松杀许多妇女；鲁达酒醉打金刚，武松酒醉打大虫；鲁达打死镇关西，武松杀死西门庆；鲁达瓦官寺前试禅杖，武松蜈蚣岭上试戒刀；鲁达打周通，越醉越有本事，武松打蒋门神，亦越醉越有本事；鲁达桃花山上踏匾酒器揣了，滚下山去，武松鸳鸯楼上踏匾酒器揣了，跳下城去。皆是相准而立，读者不可不知。"[①] 这段话清晰地揭示了"鲁十回"与"武十回"在人物形象、故事情节、环境描写等各方面的对偶式结构。又如《红楼梦》第二十七回"滴翠亭杨妃戏彩蝶，埋香冢飞燕泣残红"，这里不仅是言辞的对偶，而且也是人物形象（黛玉、宝钗）、故事情节（轻快的游戏与善感的饮泣）、文学典故（杨玉环、赵飞燕）的对比。毛宗岗论《三国演义》的结构章法时，就多次强调对偶这种美学原则。他说："三国一书，有奇峰对插、锦屏对峙之妙。其对

---

① 陈曦钟、侯忠义、鲁玉川辑校：《水浒传会评本》，北京大学出版社 1981 年版，第 123 页。

之法，有正对者，有反对者，有一卷之中自为对者，有隔数十卷而遥为对者。如昭烈则自幼便大，曹操则自幼便奸；张飞则一味性急，何进则一味性慢。议温明是董卓无君，杀丁原是吕布无父。"① 不但人物有对偶、情节有对偶，思想观念也有对偶，如《红楼梦》中的真与假、色与空、盈与亏等。可以说，中国古典诗词的对偶体式，是中国古典小说戏曲在结构上的"照应"模式的主要渊源。这种体式，已经成为中国古典文学作品架构的中心原则；而对这种体式的关注和评价，也已成为中国古代诗文评点的重要内容。

从比较诗学的观点来看，无论在中国还是西方，对偶都是一种历史悠久的修辞手段，都是"相临的短语或句子通过语法结构的对称关系实现意思上的对仗或反衬效果"②。然而，与西方对偶强调双方的对立或主从关系不同，中文对偶强调的是一个自足整体中互补的两面。在"To err is human; to forgive, divine"（"凡人多舛误，惟神能见宥"，亚历山大·蒲柏的诗句）中，"人"与"神"是对立的两极；而"满招损，谦受益"（《尚书·大禹谟》）说的则是同一个道理的两面。一个是"二元对立"，另一个是"二元互补"，显示了中西方对偶的同而不同。

（三）史蕴诗心的史家笔法

中国悠久的史传文学传统，也是作为"稗史"的章回小说和古典戏曲组织文本形式的一个重要参照。章回小说和戏曲故事中有很大一部分是历史演义，许多人物、情节皆取材于史实，结构技巧也明显取法于史传文学。早期的史传文学，是更早的记言记事之史的注释，如《左传》是对《春秋》的解释和说明。这一体例决定了史传文学必然将重点放在对某一历史事实

---

① （明）罗贯中：《三国演义》，毛纶、毛宗岗点评，中华书局 2009 年版，第 7 页。
② ［美］M. H. 艾布拉姆斯：《欧美文学术语词典》，朱金鹏等译，北京大学出版社 1990 年版，第 16 页。

的前因后果、来龙去脉的叙述上。例如，《春秋》"隐公元年"中说："夏五月，郑伯克段于鄢。"《左传》要解释《春秋》中的这一句话，就必须先回溯此前发生的事，再说明这件事造成了哪些后果。这与中国古典小说的"弄引法""獭尾法"，与中国古典戏曲中的"那辗"，在结构上有着明显的相似性。

仍以《郑伯克段于鄢》一文为例，如果采用金圣叹的话语，《左传》的叙述方式也可以称之为"那辗"之法。它将"郑伯克段于鄢"这一简单情节"那辗"出"前、中、后"三截，又将前后两截"那辗"出"前之前、前之中、前之后""后之前、后之中、后之后"，因而洋洋洒洒写出"一大篇"文字。郑伯克段之前为"前"，而此"前"又可分为前之前——庄公寤生，惊姜氏，致使姜氏偏爱小儿子段；前之中——姜氏为段请制，请京，段屡次做出违背礼法之事，祭仲、子封、公子吕多次提醒庄公；前之后——大叔缮甲兵、具卒乘，将袭郑，夫人将启之。庄公曰："可矣！"但具体到郑伯克段这件事，因《春秋》中已经说过了，就说得很简略，正如金批《西厢》所说"其中间全无有文"。但郑伯克段之后，则又有后之前——庄公置姜氏于城颍，曰："不及黄泉，无相见也。"既而悔之；后之中——颍考叔巧言劝谏，令庄公回心转意，并提出妙策："若掘地及泉，隧而相见，其谁曰不然？"后之后——庄公依计行事，与姜氏和好，遂为母子如初。这种叙述格局与前述《西厢记》的"前候"一折何其相似！正如金圣叹所说："《西厢记》纯是此一方法，《左传》《史记》亦纯是此一方法。"（读法）① 事实上，这种叙述格局普遍存在于中国古典小说戏曲中，体现了中国古典小说戏曲与史传文学之间的强互文性。

联系西方学界对中国古典小说戏曲"缀段"的讥评，可以更清楚地看出这种互文性。作为对历史事实的记载，历史著作必然呈现为缺乏因果联

---

① （清）金圣叹：《金圣叹评点西厢记》，上海古籍出版社 2008 年版，第 8 页。

系的一个个单独的事件单元。但中国传统的史传文学又并非"止于叙事而止"。与那种"张定是张，李定是李，毫无纵横曲直，经营惨淡之志"的官修史书不同，以司马迁的《史记》为代表的史传文学是"才子之书""文人之事"①。这类历史著作虽仍以"事"为基础，但重在"文"而不在"事"。"事"只不过是"文"的材料，"文"赋予"事"以形式，也赋予"事"以意义。如前所述，按照中国传统的历史循环论的观点，天道自然，人事周流，万物都是周而复始地循环的，因而本来无事可叙。之所以要叙，乃是为了通过对事件的叙述，揭示"事"背后深刻的道理，表达记事者内心的"志"。经过叙述者的"以文运事"，看似散乱无联系的事件就围绕着作者之"志"被串在一起，形成一篇完整的"文"。中国古典小说中的"照应"模式与此如出一辙。《三国演义》所写的魏蜀吴三个军事集团之间的争斗，其中大部分事件在情节上是分立的，但这些事件串在一起，却体现了作者"天下大势，合久必分，分久必合"的历史观、"是非成败转头空"的人生观以及呼唤仁德爱民的贤君的政治理想。

（四）阴阳对立互补的文化观念

如果从更深层次来考察，中国古典小说戏曲的"那辗"与"照应"，则源于由《周易》开启的以阴阳对立互补为基本内涵的"二元补衬"（complementary bipolarity）和"多项周旋"（multiple periodicity）的思维原型②。"二元补衬"指的是中国文化里"阴阳""盈虚""涨退"等概念的对立，"多项周旋"指的是各种源自于四时循环顺序的现象，如何能推演成五（阴阳五行）、十二（地支、十二生肖）、六十四（卦）等数目的演化模式。

---

① 陈曦钟、侯忠义、鲁玉川辑校：《水浒传会评本》，北京大学出版社 1981 年版，第 539 页。
② 参见［美］浦安迪《中国叙事学》，北京大学出版社 1996 年版，第 95 页。

"一阴一阳之谓道"①，"道生一，一生二，二生三，三生万物，万物负阴而抱阳，冲气以为和"②。道是独一无二的，这独一无二的"道"包含着对立的两个方面：阴气和阳气，阴阳二气相交产生新的事物，万物都由此生成。万物都背阴而向阳，并在阴阳二气的对立消长、相生相克中，得以和谐发展。这一发展遵循着纵横两条路径：就纵向而言，"日往则月来，月往则日来，日月相推而明生焉。寒往则暑来，暑往则寒来，寒暑相推而岁成焉。往者屈也，来着信（伸）也，屈信相感而利生焉"③。是"日""月""寒""暑"在序列组合中顺序呈现，塑造了万物生生不息的外在形状，正所谓"生生之为易"④。就横向而言，万物皆以"通变之为事"，求变是万物的本性，"穷则变，变则通，通则久"⑤。变的根源在于事物内在的矛盾，即"刚柔相推而生变化"⑥、"刚柔相推，变在其中矣"⑦。孔颖达正义云："刚柔即阴阳也。论其气即谓之阴阳，语其体即谓之刚柔也。"⑧ 阴阳是万物内部本来就有的相互对立和相互制约的力量，万物就在这两种力量的不断消长中，不断运动和发展，并在运动与发展中成就了万物内在和谐平衡的生命形态。这种二元对立互补而又不断生发变化的观念，体现于我国传统戏曲和明清小说的文本组织形式上，就是以"那辗"和"照应"为基本特点的"文文相生"。

就其字面意思而言，"文文相生"，就是前文与后文、此文与彼文的互相生发。由生发而产生新文，即"那辗"；而相互生发的前文与后文、此文与彼文，往往构成了冷与热、明与暗、生与死、离与合、悲与喜、盛与衰

---

① 李学勤主编：《十三经注疏·周易正义》，北京大学出版社 1999 年版，第 268 页。
② 《道德经》第四十二章，《诸子集成》第三册"老子注"，中华书局 1954 年版，第 26—27 页。
③ 李学勤主编：《十三经注疏·周易正义》，北京大学出版社 1999 年版，第 304 页。
④ 同上书，第 271 页。
⑤ 同上书，第 300 页。
⑥ 同上书，第 261 页。
⑦ 同上书，第 294 页。
⑧ 同上。

的对照，即"照应"。如前所述，在中国古典小说戏曲中，各事件单元之间常常缺乏密切的因果联系，它们常常是由一个中心事件"那辗"而来，而将这些事件单元组织到一起的，是它们之间的"照应"关系。以《水浒传》为例，不但"楔子"①"张天师祈禳瘟疫，洪太尉误走妖魔"可以完全删掉而不影响后面梁山故事的讲述，即便是"第一回""王教头私走延安府"的故事，如果单从情节进展的角度来说也是可有可无的，二者皆属"那辗"而出的文字。但从文本结构的角度来看，这两部分都是必不可少的，因为它与后文形成了鲜明的"照应"。金圣叹曾盛赞《水浒传》开头一首诗的后两句"天下太平无事日，莺花无限日高眠"是"好诗"，因为它使得"一部大书诗起诗结，天下太平起天下太平结"②。太平与动荡，正如阴阳两极，在二者的相生相克中，才产生出梁山泊一百单八将的故事。而那个神龙见首不见尾的王进的故事，也具有明显的对照意义：高俅来，王进去；王进去，史进来。奸臣当道，则忠臣离去；忠臣离去，则天下大乱。王进既与高俅相对（忠臣与奸臣），又与史进相对（王道与史籍，理想与现实），彰显了作者的良苦用心。

总之，以当代西方的"互文性"理论为参照，"文文相生"作为中国古典小说戏曲的文本组织形式，可以从"内互文性"和"外互文性"两方面来加以考察。就"内互文性"而言，"文文相生"呈现为"那辗"与"照应"两种基本形式；就"外互文性"而言，"文文相生"与八股文的程式作法、古典诗词的对偶体式、史蕴诗心的史传文学传统以及阴阳对立互补的文化观念，都有着深层的关联。

---

① 金圣叹批本《水浒传》的"楔子"即其他《水浒传》版本的第一回，其"第一回"则是其他版本的第二回，依此类推。

② 陈曦钟、侯忠义、鲁玉川辑校：《水浒传会评本》，北京大学出版社1981年版，第39页。

第二节 "以意逆志"与"意图谬见"

——作者研究在文学批评中的地位和作用

作者研究在文学批评中有何地位和作用？对于这个问题，中国传统的"以意逆志"论与当代英美"新批评"提出的"意图谬见"论，作出了截然不同的回答。战国时期的孟子在《万章上》中提出，"说诗者"应当"以意逆志"，忽视作者必然导致"以文害辞，以辞害志"①；与此相反，生活在20世纪美国的维姆萨特和比尔兹利在《意图谬见》（*Intentional Fallacy*）中则强调，对于作者的过分重视和不恰当研究可能会导致种种谬误。

这两种理论虽然处于完全不同的时间和空间，但由于二者所关注的问题的共同性，使得对二者的比较研究成为可能。更重要的是，虽然时空条件有异，这两种理论的着眼点却惊人地类似，仿佛有一个巨大的磁场，将这两种理论紧紧地吸在一起，这个磁场就是文学批评的三个基本问题：文学批评的目的（为什么要进行文学批评）、文学批评的依据（根据什么来进行文学批评）和文学批评的方法（怎样来进行文学批评）。

一 文学批评的目的：理解作者之志还是评价文本价值？

为什么要进行文学批评？孟子的"以意逆志"论认为，文学批评的目的就是突破文本的个别词句，从整体上理解作者之"志"（即作者写作文本时的意图）；而如果拘执于文本中的片言只语，则很容易形成对文本的错误理解（即"以文害辞"，"以辞害志"）。与此相反，维姆萨特和比尔兹利的"意图谬见"论则认为，文学批评的目的不是理解作者的意图，而是评价文

---

① 参见李学勤主编《十三经注疏·孟子注疏》，北京大学出版社1999年版，第253页。

本的价值。如果把作者的意图当作评价文本价值的标准，必然会导致对文本价值的错误评价。①

先来看孟子的观点。"以意逆志"虽然早已成为众所周知的中国古代文学批评理论，但大多数的研究者只是热衷于对其儒家学说的渊源、其中"志"的含义、其与"美刺""得意忘言""言近旨远"等学说以及义疏之学的关系等问题的探讨，却极少有人提到这一观点出现于《孟子·万章上》时所处的上下文：

> 咸丘蒙问曰："语云：盛德之士，君不得而臣，父不得而子。舜南面而立，尧帅诸侯北面而朝之，瞽瞍亦北面而朝之。舜见瞽瞍，其容有蹙。孔子曰：'于斯时也，天下殆哉，岌岌乎。'不识此语诚然乎哉？"孟子曰："否！此非君子之言，齐东野人之语也。尧老而舜摄也。《尧典》曰：'二十有八载，放勋乃徂落，百姓如丧考妣。三年，四海遏密八音。'孔子曰：'天无二日，民无二王。'舜既为天子矣，又帅天下诸侯以为尧三年丧，是二天子矣。"咸丘蒙曰："舜之不臣尧，则吾既得闻命矣。《诗》云：'普天之下，莫非王土。率土之滨，莫非王臣。'而舜既为天子矣，敢问瞽瞍之非臣如何？"曰："是诗也，非是之谓也。劳于王事，而不得养父母也。曰：'此莫非王事，我独贤劳也。'故说诗者不以文害辞，不以辞害志。以意逆志，是为得之，如以辞而已矣，《云汉》之诗曰：'周余黎民，靡有孑遗。'信斯言也，是周无遗民也。孝子之至，莫大乎尊亲。尊亲之至，莫大乎以天下养。为天子父，尊之至也。以天下养，养之至也。诗曰：'永言孝思，孝思惟则。'此之谓也。《书》曰：'祗载见瞽瞍，夔夔斋栗，瞽瞍亦允若。'是为父

---

① 参见［美］维姆萨特、比尔兹利《意图谬见》，罗少丹译，赵毅衡编选《"新批评"文集》，中国社会科学出版社1988年版，第209页。

不得而子也。"①

　　显然，孟子这段话的本意，是为了澄清咸丘蒙所闻的"谣言"对上古帝王——舜的污蔑。咸丘蒙听说，像舜这样的盛德之士，其实是最违反道德礼法的，因为他太优秀了，所以"君不得而臣，父不得而子"。尧禅让于舜，舜就成了王，尧则成了舜的臣子，还要向舜朝拜，这就叫"君不得而臣"，舜这样就相当于僭越了王的次序；而舜成了王，舜的父亲瞽叟仍是这个国家的臣民，也就是舜的臣民，也要向舜朝拜，这就叫"父不得而子"，舜作为儿子接受父亲的朝拜，相当于僭越了父的次序，这岂不是乱了礼法吗？咸丘蒙为此感到困惑，所以向孟子请教。

　　孟子首先回答君臣之礼的疑问。孟子认为，说尧率领众人朝拜舜，是"齐东野人"的胡说，是毫无根据的。尧从未做过舜的臣子，只不过是尧年纪大了，让舜摄政罢了。尧死后，舜才成为天子，并率天下人为尧守丧三年。因此，说舜僭越王的次序完全是对舜的污蔑。

　　咸丘蒙又问：舜虽不以尧为臣子，但舜做天子时，他的父亲瞽叟还活着，而《诗经》中说"普天之下，莫非王土，率土之滨，莫非王臣"，按这个道理，瞽叟当然是舜的臣子，舜不就等于是僭越了父的次序吗？

　　孟子认为，咸丘蒙对《诗经》的理解是错误的。这句诗出自《诗经·小雅·北山》，是"大夫刺幽王"之作，批评周幽王"役使不均"，使得"己劳于从事，而不得养其父母焉"。"普天之下，莫非王土，率土之滨，莫非王臣"后面紧接着的，是"大夫不均，我从事独贤"。显然，作者的本意并不是强调天下人（包括王的父亲）都是王的臣子，而是说，既然天下人都是王的臣子，为什么把所有的事都推到我一个人身上？我从早忙到晚，甚至顾不上照顾自己的父母，甚至有病也要带病劳作，还总是担心没有做

———————

① 李学勤主编：《十三经注疏·孟子注疏》，北京大学出版社 1999 年版，第 252—254 页。

好；而有的人成天无所事事，饮酒作乐，却随便对我说长道短，这不是苦乐不均吗？这里并不涉及王的父亲是否也是王的臣子的问题。同时，孟子引《尚书·大禹谟》中记载，舜敬事严父，见到瞽叟就战战栗栗，既敬且惧，说明舜并没有把父亲当作自己的臣子。

根据以上分析，孟子提出了关于如何"说《诗》"的理论："说诗者不以文害辞，不以辞害志，以意逆志，是为得之。"这里的"说诗者"，也就是今日所谓"文学批评家"。孟子认为"说诗者"不能只看表面的文辞，而要以己之意逆求作诗者之志，才能得诗人之辞旨，达到对诗的正确理解。比如对"普天之下，莫非王土，率土之滨，莫非王臣"一句的理解，如果仅仅从字面上读诗，就会将其误解为"王的父亲也是王的臣子"；而如果不局限于个别的文字（不以文害辞，不以辞害志），在通读全文的基础上以己之意（人人都不希望统治者役使不均，自己劳于从事，而不得养父母），逆作者之志（刺周幽王役使不均），才能真正读懂诗的本意。

显然，在孟子看来，"说诗"的目的在于正确理解作诗者的原意。一般的读者由于听信了"野人之语"，或者局限于个别的词句，常常不能正确理解作者的原意。因此，需要阅读水平高于一般读者的批评家来进行阐释，从而将作者的原意正确地传达给一般读者。毋庸讳言，孟子的这一观点确实具有一定的道理，而且，"以意逆志"作为儒家人性论在修身治学方面的延伸，最终成为一种运用范围最广、运用时间最久的文学批评方法，在中国文学批评史上也确实产生了巨大的影响。因此，在国内学界，孟子的这一说法一直得到相当多的肯定。不少学者认为，"以意逆志"作为一种治学方法，体现了中国古人对于心灵的关注，以及中国传统文化中以修身为治学的最高境界、治学与修身的高度统一。特别是在与西方当代文学批评的比较研究中，相当数量的论者认为，这种以"仁义"为核心、以推己及人的方式融治学与修身于一体的批评，体现了内容与形式的统一，显然优于当代西方只重形式而忽视内容的包括"新批评"在内的形式主义批评。

然而，文学批评应当包括理解和评价两个方面，但在孟子这里，"理解"就是批评的最终目的，而"评价"，则是完全被忽视的。这是为什么？

这是因为，孟子运用"以意逆志"研究的对象，是作为儒家经典的《诗经》；既然是经典，其价值当然是毋庸置疑的，根本不需要研究者再加以评价。从上面这段引文可以看出，孟子判断一个文本价值的标准，就是看这段文字是"君子之言"还是"野人之语"。"君子之言"就一定是对的，"野人之语"就一定是错的；"君子之言"就一定是好的，"野人之语"就一定是坏的。文本的作者决定了文本的价值，只要确定了文本的作者是"君子"，文本的价值就不言而喻，批评者只需正确理解作者之志，并将其传达给其他读者即可。

今天看来，孟子这种因人定言、因人废言的做法显然是不可取的。更重要的是，孟子通过以上分析，最终是要维护"君君臣臣父父子子"的等级秩序，而这一秩序并不值得维护，咸丘蒙所提出的疑问，其实恰恰是封建制度必然面临的问题：统治者以血统身份而非才华占据统治地位，而统治本身是需要才干的，所以几乎所有的统治者都持"身份与才干统一论"：出身高贵的人必然才华出众，因此必然有资格统治臣民。但实际上，出身与才华二者未必是统一的。这样一来，几乎所有的统治者都会担心被统治者比自己更有才华，因为这会显示出统治者身份与才华的不匹配，结果必然导致统治者嫉贤妒能的心理，"功高盖主"历来是被统治者的大忌。"盛德之士"由于具备超过统治者的德行和才干，常常形成"君不得而臣，父不得而子"的局面，结果反被视为"无父无君"的叛逆。在中国封建社会及其后漫长的皇权专制社会①中，这个问题是无解的。

《孟子》中的这段话说明，在孟子生活的战国时代就有人发现了这个问

---

① 笔者认为，无论是根据中国传统语境中"封建"的本义，还是马克思关于封建社会的论述，中国历史上自东周至秦以前的社会才是"封建社会"，而由秦至清的社会则不应当被称作"封建社会"，只能被称作"专制社会"。参见冯天瑜《"封建"考论》，武汉大学出版社2006年版。

题，而孟子则试图寻找这一问题的答案，但他所找到的答案显然是无效的。尧禅位于舜的故事绝非仅仅是齐东野人之言，在孟子推崇的《尚书》中也有记载。《尧典》中明确地说，尧"将逊于位，让于虞舜"，孟子却将之解释为"尧老而舜摄"，显然牵强。而《尚书·大禹谟》中记载舜敬事严父的故事，则是在舜即位之前，不能说明舜即位之后的情况。

身为"亚圣"的孟子之所以会犯如此简单的错误，正是由于他迷信"君子"和经书，而放弃了作为批评者的价值评判职责。而价值评判，则是维姆萨特和比尔兹利的"意图谬见"论关注的核心问题。

国内学界通常认为，维姆萨特和比尔兹利所属的"新批评"，是一个文本中心主义的批评流派。所谓"文本中心主义"，就是主张只研究作品，反对研究作者。而维姆萨特和比尔兹利的"意图谬见"理论，又是"新批评"中最为人诟病的理论之一。该文自 1946 年发表于《西万内评论》（*Sewanee Review*）以来，一直受到来自各方的尖锐批评，被认为"使新批评派的文本中心主义批评发展到极端化"，"完全割断了作品与作者之间的联系"[1]，"预示着新批评派必将因其极端狭隘性而走向衰落"[2] 等。其实，这是对"新批评"以及"意图谬见"理论过于简单化的误解。

从"新批评"的先驱艾略特（Thomas Stearns Eliot, 1888—1965）开始，作者研究就不是被排斥而是被包容的。艾略特本人所写的最出色的批评文章，正是关于那些对他自己发生了影响的诗人和诗剧作家的论文。艾略特甚至也不反对传记式的批评。在《批评家和诗人约翰逊》一文中，艾略特对英国 18 世纪文学巨擘塞缪尔·约翰逊（Samuel Johnson, 1709—1784）予以崇高评价，认为他是英国文学中最伟大的三个诗评家之一。而约翰逊文学批评的代表作《诗人传》就是一部传记式的文学批评著作，艾

---

① 朱立元主编：《当代西方文艺理论》，华东师范大学出版社 2005 年版，第 117 页。
② 同上书，第 120 页。

略特称之为英语著作中"唯一一部不朽的评论英国诗人的论文集，其统一性和深广度其他任何英国批评家都无法企及"①。但与此同时艾略特又说："将兴趣由诗人身上转移到诗上是一件值得称赞的企图：因为这样一来，批评真正的诗，不论好坏，可以得到一个较为公正的评价。……这种感情的生命是在诗中，不是在诗人的历史中。艺术的感情是非个人的。诗人若不整个的把自己交付给他所从事的工作，就不能达到非个人的地步。"② 这是否自相矛盾呢？

艾略特对此的解释是："当十九世纪的批评在根本上还不属于学术研究——提供关于某一个作家的有根据的事实——的范畴时，它往往不具有那么纯的文学性。在柯尔律治那里，批评进入了哲学和美学理论；在阿诺德那里，它进入了伦理学和基础理论，文学成了性格形成的手段；在另外一些批评家——佩特就是其中的一例——那里，批评的主题成了进行另一种研究的借口。在我们今天，心理学和社会学对文学批评的影响是显而易见的。另一方面，社会学科所产生的影响扩大了批评家的领域，并且在一个文学重要性往往遭到贬低的世界肯定了文学和生活之间的联系。但从另一方面来看，这种丰富也是一种贫瘠，因为当人们根据别的学科来评判文学时，纯文学价值——即对优秀作品本身的鉴赏——消失了。"③

通过以上论述不难看出，艾略特强调文学批评应当针对诗歌而非诗人，并不是说凡是研究作品的就是文学批评，凡是研究作家的就不是文学批评。准确地说，艾略特划分文学批评与非文学批评的标准并不是"因素"，而是"价值"。换言之，在艾略特看来，凡是揭示文学作品"纯文学价值"的批

---

① ［英］T. S. 艾略特：《批评家和诗人约翰逊》，王恩衷译，王恩衷编译《艾略特诗学文集》，国际文化出版公司 1989 年版，第 236 页。

② ［英］T. S. 艾略特：《传统与个人才能》，卞之琳译，赵毅衡编选《"新批评"文集》，中国社会科学出版社 1988 年版，第 32—33 页。

③ ［英］T. S. 艾略特：《批评家和诗人约翰逊》，王恩衷译，王恩衷编译《艾略特诗学文集》，国际文化出版公司 1989 年版，第 236—237 页。

评就是文学批评，否则就不是。对作家的研究本身虽然不是文学批评，但如果这种研究有助于揭示作品的文学价值，这种研究就是文学批评的准备工作；而对作品的研究如果无助于揭示作品的文学价值，这种研究也不是文学批评。

艾略特之后，"新批评"的另一位先驱瑞恰慈认为，"什么是诸门艺术的价值"① 是艺术批评的核心问题。但价值并不直接存在于文学作品中，而是存在于读者阅读文学作品的经验之中。因此，文学批评的对象不是文学作品而是文学经验。但即使是面对同一部文学作品，不同读者的阅读经验也各不相同，这就使得对价值的评判失去了客观依据。为了解决这一问题，瑞恰慈提出了"完美的经验"② 这一术语。究竟什么样的经验才是完美的？瑞恰慈对此语焉不详。但仔细阅读瑞恰慈的分析便不难发现，在瑞恰慈看来，所谓"完美的经验"就是最接近作者经验的读者经验。他认为，文学作品就是作者的"化为诗篇的具体经验"③，读者阅读的目的就是了解作者的这种经验，从而使"诗人的经验为其所用"④。那么，读者如何才能接近、了解甚至复原作者的经验呢？瑞恰慈认为，作者的经验体现在作品中，只有通过对作品语言的细致入微的分析，才能复原作者的经验。这样，瑞恰慈的理论在心理学领域兜了一圈，最终又回到了文本分析。他被奉为"新批评"的先驱，其原因也正在于此。

瑞恰慈的学生燕卜荪对文学批评目的的思考同样围绕着价值展开。与瑞恰慈不同的是，燕卜荪认为，文学批评的目的不是复原作者的经验。首先，作者的经验实际上是很难了解到的，已故作者的经验无从知晓，活着的作者也很可能美化他的经验；其次，通过文学批评去复原作者的经验是

---

① ［英］瑞恰慈：《文学批评原理》，杨自伍译，百花洲文艺出版社 1992 年版，第 3 页。
② 同上书，第 205 页。
③ 同上书，第 68 页。
④ 同上书，第 159 页。

不可靠的，因为作品的内涵常常超出了作者本人的意图；最后，读者对诗的阅读，与其说是理解诗人的经验，不如说是对读者自己的生活体验的回忆或再度体验。当读者被一首诗打动时，"打动他的便是他自己过去的经验"①。因此，将复原作者的经验作为文学批评的目的，既不可能也无必要。

燕卜荪还进一步指出，文学批评的目的也不是对诗进行解释。因为严格地说，诗是不可解释的。"对任何不理解它的人来说，任何解释陈述都和原句同样难于理解；而对于一个理解它的人来说，任何陈述又失去意义，因为没必要加以解释。"② 那么，文学批评的目的是什么呢？燕卜荪认为，文学批评是为了给读者的阅读提供帮助，因此，文学批评的目的必须从读者的阅读目的中去寻找。读者阅读的目的不是了解作者，而是欣赏文学作品，得到美的享受。而读者"脑海中出现的任何图景，只要与作品多少相关，就令人鼓舞"③。因此，判断读者对作品的感受和经验是否恰当的标准不是作者的经验，而是作品本身。而且，读者对作品的经验和感受不是单一的，而常常是十分丰富复杂的。但只要这种反应在"情理之中"，就没有必要加以压抑。读者的阅读经验越丰富，产生的美感也就越强烈。

"新批评"的中坚力量——布鲁克斯同样把文学批评的目的确定为价值评判。布鲁克斯也承认作品表现了作者的个性，因而他也承认对作者的经历和心理的研究是有价值的。④ 但布鲁克斯强调的是，不能将这类研究同研究文学作品混淆起来。这类研究描述的是创作的过程，而不是作品本身的

---

① ［英］威廉·燕卜荪：《朦胧的七种类型·第二版序言》，周邦宪等译，中国美术学院出版社 1996 年版，第 11 页。

② ［英］威廉·燕卜荪：《朦胧的七种类型》，周邦宪等译，中国美术学院出版社 1996 年版，第 4 页。

③ 同上书，第 379 页。

④ 参见［美］克林思·布鲁克斯《形式主义批评家》，龚文庠译，赵毅衡编选《"新批评"文集》，中国社会科学出版社 1988 年版，第 488 页。

结构；这种研究对于粗劣的作品和优秀的作品都同样适用，对文学作品和非文学作品都同样适用，因而不能判断出文学作品的价值。这种研究最多只能算是为文学研究提供参考资料，而不能算是真正的文学研究。就文学研究而言，作者的意图只能是在作品中实现了的意图。如果作者的意图在作品中得到了实现，那么，研究作品就完全能够了解作者的意图；如果作者的意图在作品中没有得到实现，那么，这种意图就与作品无关，也就不是文学研究的对象。① 比如，海明威曾在《时代周刊》（Times）上声称，他的《过河入林》（Across the River and Into the Trees）是他最好的一部作品；然而，布鲁克斯指出，凡是读过这部作品的人，大都会认为它不过是平庸之作。这说明，海明威自认为的创作意图并未在这部作品中实现。而批评家一旦根据作者的意图来判断文学作品的优劣，必然会导致错误的结论。②

作为"新批评"后期的代表人物，维姆萨特和比尔兹利的观点更为辩证。在《意图谬见》一文中，维姆萨特和比尔兹利首先明确指出："就衡量一部文学作品成功与否来说，作者的构思或意图既不是一个适用的标准，也不是一个理想的标准。"③ 这说明，"意图谬见"这一术语是针对文学批评标准问题提出来的。他们并不否认文学作品与作家的联系，事实上，维姆萨特和比尔兹利认为，作者的构思或意图就是作品的意义产生的原因；他们甚至认为，对于作家的生平事迹、思想感情的研究，"其本身就是一个合理的、有吸引力的研究工作……当人们指出在文学研究的大雅之堂上，关于个人身世的研究同关于诗本身的研究有明显区别时，也不必就抱着贬抑

---

① 参见［美］克林思·布鲁克斯《形式主义批评家》，龚文庠译，赵毅衡编选《"新批评"文集》，中国社会科学出版社1988年版，第489页。

② 同上书，第490页。

③ ［美］维姆萨特、比尔兹利：《意图谬见》，罗少丹译，赵毅衡编选《"新批评"文集》，中国社会科学出版社1988年版，第209页。

的态度"①。由此可见，他们并不排斥对作家生平的研究，甚至认为这种研究也是文学研究，只是强调不能将这种研究与关于诗本身的研究混为一谈。他们所要强调的是，作家的构思或意图虽然是诗的成因，但却不是批评家批评的标准。如果从作者的意图中去推衍批评标准，必然会导致谬见。"文学批评中，凡棘手的问题，鲜有不是因批评家的研究在其中受到作者'意图'的限制而产生的。"② 这的确是经验之谈。

将作者的意图当成评价作品好坏的尺度，这一观点在西方文论中源远流长，至少可以追溯到中世纪的托马斯·阿奎那（Thomas Aquinas, 1225—1274）。托马斯·阿奎那认为，艺术判断与道德无关。判断一件艺术作品好坏，只能依据艺术家自己的目的。如果艺术家实现了自己的目的，这艺术品就是成功的；否则就是失败的。③ 直至 20 世纪，这一观点仍有不少支持者。这一观点驱使人们将注意力过多地放在作者本人的现实生活中，其作品的艺术价值反而被人忽略了，这正是在 19 世纪盛行的"传记式批评"的流弊。因此，在《意图谬见》的姊妹篇《感受谬见》（*Affective Fallacy*）中，维姆萨特和比尔兹利给"意图谬见"下了一个明确的定义："意图谬见在于将诗和诗的产生过程相混淆……其始是从写诗的心理原因中推衍批评标准，其终则是传记式批评和相对主义。"④

正如"新批评"的先驱艾略特所说："批评总要宣称它在考虑一个目的，这个目的，大体说来，似乎是对艺术品的解释和对鉴赏趣味的纠正。"⑤也就是说，文学批评包括解释和评价两个方面。如果仅从解释方面来说，

---

①　［美］维姆萨特、比尔兹利：《意图谬见》，罗少丹译，赵毅衡编选《"新批评"文集》，中国社会科学出版社 1988 年版，第 217 页。

②　同上书，第 209 页。

③　参见伍蠡甫、蒋孔阳编《西方文论选》上卷，上海译文出版社 1979 年版，第 153 页。

④　［美］维姆萨特、比尔兹利：《感受谬见》，黄宏熙译，赵毅衡编选《"新批评"文集》，中国社会科学出版社 1988 年版，第 228 页。

⑤　［英］艾略特：《批评的功能》，李赋宁译注《艾略特文学论文集》，百花洲文艺出版社 1994 年版，第 66 页。

"以意逆志"与"意图谬见"其实形成了很好的互补关系：维姆萨特和比尔兹利并不反对研究作者的意图，他们也承认作者的意图是作品的意义的成因；而孟子"以意逆志"中所谓的"志"，并非脱离文本，专门去考证作者的内心，而是从文本整体中悟出的其真意，反对纠缠于片言只语而产生错误理解。这种"志"其实正如布鲁克斯所说，指的是"在作品中实现了的意图"。在这里，孟子与"新批评"诸家甚至形成了某种呼应。二者的根本区别在于，孟子出于对经书的崇拜，放弃了价值评判的职责，而价值评判则是"新批评"诸家，特别是维姆萨特和比尔兹利关注的核心。

二　文学批评的依据：作者之心还是文本本身？

应当根据什么来进行文学批评？如前所述，孟子的"以意逆志"论认为，文学批评的目的就是理解作者的意图，而作者的意图在于作者之心，当然就应当依据作者之心来推究作者之志。而维姆萨特和比尔兹利的"意图谬见"论则认为，文学批评的目的是评价文本的价值，当然就应当以文本本身作为评价的依据。

（一）他人有心，予忖度之

先来看孟子的观点。孟子的"以意逆志"论是以孟子的"心"论为基础的。孟子认为，人皆有心，心心相通，故而读者能够以己之意逆求作者之志。具体地说，孟子对于"心"的论述主要包括以下四个方面。

1. 人皆有心。在孟子看来，"心"不仅是一个生理上的存在，更是一种道德精神的主体。这种道德精神人人皆有，而且是本来就存在于人的生命之中的。《孟子·告子上》指出：

> 恻隐之心，人皆有之。羞恶之心，人皆有之。恭敬之心，人皆有之。是非之心，人皆有之。恻隐之心，仁也。羞恶之心，义也。恭敬之心，礼也。是非之心，智也。仁、义、礼、智，非由外铄我也，我

固有之也，弗思耳矣。①

由此建立起来的人性论就是一种性善论。孟子反复强调这一点，他说："人皆有不忍人之心。"（《公孙丑上》）②"心之所同然者何也？谓理也，义也。圣人先得我心之所同然耳。故理、义之悦我心，犹刍豢之悦我口。"（《告子上》）③正因为人人皆有此心，圣人也不过是"先得我心之所同然"，故"人皆可以为尧舜"（《告子下》）④。但是，在现实生活中，除了善，还有恶；除了君子，还有小人。这又是从何而来的呢？

2. 失其本心。恶从何来？孟子认为，恶源于"失其本心"（《告子上》）。"本心"就是仁义礼智之心。君子与小人的差别，贤与不肖的差别，全在于是否能保住此心。孟子说："大人者，不失其赤子之心者也。"（《离娄下》）"赤子之心"也就是人的本心。又说："君子所以异于人者，以其存心也。君子以仁存心，以礼存心。仁者爱人，有礼者敬人。"（《离娄下》）"非独贤者有是心也，人皆有之，贤者能勿丧耳。"（《告子上》）"本心"就是"不学而能"的"良能"和"不学而知"的"良知"。这虽然是与生俱来的，但一般的人，往往为利所驱使，从而"放其良心"（《告子上》），使其本心遭到遮蔽。因此，要想消灭恶，就必须使人找到所"放"之"良心"。⑤

3. 求其放心。孟子说："仁，人心也。义，人路也。舍其路而弗由，放其心而不知求，哀哉！"（《告子上》）⑥那么，如何才能求得"放心"呢？孟子指出两点：一是从行为中求。这明显受到孔子的影响。孔子说："三人

---

① 李学勤主编：《十三经注疏·孟子注疏》，北京大学出版社1999年版，第300页。

② 同上书，第93页。

③ 同上书，第303页。

④ 同上书，第321页。

⑤ 本段引文分别出自李学勤主编《十三经注疏·孟子注疏》，北京大学出版社1999年版，第220、233、308—309、305页。

⑥ 同上书，第310页。

行，必有我师焉。择其善者而从之，其不善者而改之。"（《论语·述而》）①
子夏说："事父母，能竭其力；事君，能致其身；与朋友交，言而有信。虽
曰未学，吾必谓之学矣。"（《论语·学而》）② 孟子受此启发，认为"舜之
居深山之中，与木石居，与鹿豕游。其所以异于深山之野人者几希。及其
闻一善言，见一善行，若决江河，沛然莫之能御也"。（《尽心上》）③ 二是
从学问中求，"学问之道无他，求其放心而已矣"。（《告子上》）④ 这一点也
受到孔子的启发。孔子说，"不学诗，无以言"，"不学礼，无以立"。（《季
氏》）又说："小子何莫学夫《诗》?"（《阳货》）子夏也说："博学而笃志，
切问而近思，仁在其中矣。"（《子张》）又说："君子学以致其道。"（《子
张》）⑤ 孟子思想与此是一脉相承的。无论从行为中向别人学习，还是从书
本中向前人学习，学的目的都在于立志、求道，从而找回自己所放之心。

4. 推扩此心。孟子认为，仅仅找回自己的"放心"是不够的，还要将
之推广出去，让更多的人求回放心。他说：

> 无恻隐之心，非人也；无羞恶之心，非人也；无辞让之心，非人
> 也；无是非之心，非人也。恻隐之心，仁之端也；羞恶之心，义之端
> 也；辞让之心，礼之端也；是非之心，智之端也。……凡有四端于我
> 者，知皆扩而充之矣。若火之始然，泉之始达。苟能充之，足以保四
> 海；苟不充之，不足以事父母。（《公孙丑上》）⑥

在《梁惠王上》中，孟子又说：

---

① 李学勤主编：《十三经注疏·论语注疏》，北京大学出版社 1999 年版，第 92 页。
② 同上书，第 8 页。
③ 同上书，第 360 页。
④ 同上书，第 310—311 页。
⑤ 分别出自李学勤主编《十三经注疏·论语注疏》，北京大学出版社 1999 年版，第 230、237、256、257 页。
⑥ 李学勤主编：《十三经注疏·孟子注疏》，北京大学出版社 1999 年版，第 94 页。

《诗》云:"刑于寡妻,至于兄弟,以御于家邦。"言举斯心加诸彼而已。故推恩足以保四海,不推恩无以保妻子。古之人所以大过人者,无他焉,善推其所为而已矣。①

这种推扩的作用,如果用于政治,便是"仁政";如果用于治学,则是"以意逆志"。

综上,在孟子看来,诗书为圣贤所作,是圣贤之心的体现。圣贤之所以写诗著书,是为了推扩其仁义礼智之心,从而使失其本心的人能够求其放心。"舜,人也;我,亦人也。"(《离娄下》)人皆有心,心心相通,所以读者也可以体会诗书之中的圣贤之心,所谓"他人有心,予忖度之",(《梁惠王上》)② 这就是以己之意逆求作者之志,从而在圣贤之书的引导下,找回自己所放之心,并进而推广之,从而达到修身、齐家、治国、平天下的理想。因此,"以意逆志"的依据,就是与读者之心相通的作者之心。

(二) 内部证据优于外部证据

与孟子相反,维姆萨特和比尔兹利认为,绝不能将作者之心当作分析、解释作品的依据,否则必然会带来解释的混乱。在这个问题上,他们明显受到"新批评"的先驱艾略特的影响。艾略特认为,"批评家必须具有非常高度发达的事实感。这绝不是一个微不足道的或常见的才能。它也不是一种容易赢得大众称赞的才能。事实感是一件需要很长时间才能培养起来的东西。它的完美发展或许意味着文明的最高点"③。文学批评也必须以事实为基础。文学批评中的"解释","只有当它根本不是什么解释,而仅仅是

---

① 李学勤主编:《十三经注疏·孟子注疏》,北京大学出版社 1999 年版,第 21 页。
② 同上书,第 233、20 页。
③ [英]艾略特:《批评的功能》,李赋宁译注《艾略特文学论文集》,百花洲文艺出版社 1994 年版,第 74 页。

使读者得到一些在其他情况下所得不到的事实时，'解释'才是合理的。"①任何一本书，任何一篇文章，任何一条笔记，只要它们关于一件艺术品提供了哪怕是最平凡的事实，就能"胜过期刊或书籍中十分之九的最自命不凡的批评文章"②。

那么，文学批评必须依据的事实有哪些呢？艾略特将其分为两类：一类是"关于一部作品的较简单类型的事实"，如产生这部作品的条件，作品的背景，作品的起源等。另一类就是作品本身，这是文学批评应当面对的最为基本的事实。除此之外，任何的先入之见都不会产生对作品的正确解释，而只会导致对作品的误解。艾略特同时又强调，批评家应当是事实的主人，而不是事实的仆人。文学批评并不是为事实服务，批评家也不能为事实所奴役，而应当是利用事实，以达到对作品的深入分析和理解。艾略特举例说，并不是所有的事实都有批评的价值。例如，英国小说中提到长颈鹿的地方究竟有多少处，或莎士比亚洗衣费的账单，这种事实就没有研究的必要，也没有分析的价值。但艾略特又强调说，批评家在任何时候必须对宣称某一事实毫无研究价值持审慎态度，因为有些事实虽然现在看不出有什么研究价值，但将来也许会出现某位天才，发现这些事实的研究价值。虽然艾略特没有明确指出，但我们不难看出，艾略特对事实的选择，是以这些事实是否有助于揭示作品的审美价值为标准。因为在艾略特看来，揭示文学作品的价值，才是文学批评的最终目的。

受艾略特的影响和启发，维姆萨特和比尔兹利也认为，对于文学批评而言，作者之心只是外部的、私人方面的证据，文本本身才是内部的、公众化的证据。因此文本本身作为文学批评的依据，比作者之心显然更为可靠。他们举现代批评家柯芬（Charles M. Coffin）对邓恩的《别离辞：节哀》

---

① ［英］艾略特：《批评的功能》，李赋宁译注《艾略特文学论文集》，百花洲文艺出版社1994年版，第75页。

② 同上书，第76页。

（*A Valediction*：*Forbidding Mourning*）的分析为例，说明过分重视作者之心可能带来的分析上的错误。邓恩的全诗如下：

As virtuous men pass mildly away,

And whisper to their souls to go,

Whilst some of their sad friends do say,

"The breath goes now," and some say, "No,"

So let us melt, and make no noise,

No tear – floods nor sigh – tempests move;

'Twere profanation of our joys

To tell the laity our love.

Moving of the earth brings harms and fears,

Men reckon what it did and meant;

But trepidation of the spheres,

Though greater far, is innocent.

Dull sublunary lovers' love

—Whose soul is sense—cannot admit

Absence, because it doth remove

Those things which elemented it.

But we, by a love so much refined

That ourselves know not what it is,

Inter – assured of the mind,

Care less, eyes, lips, and hands to miss.

Our two souls therefore, which are one,

Though I must go, endure not yet

A breach, but an expansion,

Like gold to airy thinness beat.

If they be two, they are two so

As stiff twin compasses are two;

Thy soul, the fixed foot, makes no show

To move, but doth, if the other do.

And though it in the center sit,

Yet when the other far doth roam,

It leans, and hearkens after it,

And grows erect, as that comes home.

Such wilt thou be to me, who must,

Like the other foot, obliquely run;

Thy firmness makes my circle just,

And makes me end where I begun.

正如德高人逝世很安然,

对灵魂轻轻的说一声走,

悲恸的朋友们聚在旁边,

有的说断气了,有的说没有。

让我们化了，一声也不作，

泪浪也不翻，叹风也不兴；

那是亵渎我们的欢乐——

要是对俗人讲我们的爱情。

地动会带来灾害和惊恐，

人们估计它干什么，要怎样；

可是那些天体的震动，

虽然大得多，什么也不伤。

世俗的男女彼此的相好

（他们的灵魂是官能）就最忌

别离，因为那就会取消

组成爱恋的那一套东西。

我们被爱情提炼得纯净，

自己都不知道存什么念头

互相在心灵上得到了保证，

再不愁碰不到眼睛、嘴和手。

两个灵魂打成了一片，

虽说我得走，却并不变成

破裂，而只是向外伸延，

像金子打到薄薄的一层。

就还算两个吧，两个却这样

和一副两脚规情况相同；

你的灵魂是定脚，并不像

移动，另一脚一移，它也动。

虽然它一直是坐在中心，

可是另一个去天涯海角，

它就侧了身，倾听八垠；

那一个一回家，它马上挺腰。

你对我就会这样子，我一生

像另外那一脚，得侧身打转；

你坚定，我的圆圈才会准，

我才会终结在开始的地点。①

柯芬关注的是其中的第三小节：

Moving of the earth brings harms and fears,

Men reckon what it did and meant;

But trepidation of the spheres,

Though greater far, is innocent.

地动会带来灾害和惊恐，

人们估计它干什么，要怎样，

可是那些天体的震动，

虽然大得多，什么也不伤。

---

① 译文采用卞之琳译本，见王佐良主编《英国诗选》，上海译文出版社 1988 年版，第 94 页。

柯芬通过对邓恩生平及思想的研究，发现邓恩对于新天文学及其在理论界的反应深感兴趣，并熟知开普勒、伽利略等人的理论。由此出发，柯芬认为，在这段诗中，邓恩所写的是新旧天文学的对比。在新天文学中，"地动"是最为激进的学说；而在旧天文学中，"天体的震动"则是最为复杂的运动。诗人意在劝说自己的爱人在别离时要平静，其中"天体的震动"由于代表旧天文学而暗示了当时的压抑气氛，但又并没有引起处于运动中的大地这一形象中的"灾难和惊恐"。

　　维姆萨特和比尔兹利指出，如果仅仅从作者之心出发，我们多半会认为柯芬的这一分析是正确的。但如果从文本出发，就不难看出其中的错误。首先，新天文学的"地动"说引起的不是实际上的灾难和恐慌，它只是引起宗教界和哲学界的保守势力的灾难和恐慌，这与诗中所描写的颇具尘世意味的情人分离时的感情毫无相似之处，没有可比性；其次，这段诗的第二句中的"did"和"meant"都是过去式，这说明"地动"是一件已经过去了的事，而不是像新天文学中的"地动"一样是一种长期的持续不断的运动；最后，与新天文学中的"地动"相比，旧天文学中的"天体的震动"并不"大得多"。这就充分说明，把"地动"理解成新天文学的"地动说"是错误的。

　　那么，对这里的"地动"的正确理解是什么呢？维姆萨特和比尔兹利认为，这里的"地动"应该理解为地震（earthquake）。地震是很粗暴而且是尘世间的，正与情人分离时的感情相应，而且又恰好可以同第二段诗中所写的泪之洪水、叹息之风暴相联系。而且，地震也正好与"天体的震动"相对，因为二者都是一种摇动或震颤，并且那些天体的震动幅度确实比地震大得多。维姆萨特和比尔兹利最后指出，柯芬犯错误的根源在于重私人方面的根据而轻公众化的根据，重外部根据而轻内部根据。

　　综上，孟子认为，文学批评的依据就是作者之心；而维姆萨特和比尔兹利则认为，作者之心尽管也可以作为一个依据，但它是一个相对次要的依据，更为重要的依据是文本本身。显然，在对文学批评的依据的认识上，维姆萨特和比尔兹利的观点更为辩证。这是因为，他们采取了比孟子更加主动的批评姿态。在孟子看来，作者和读者的关系是老师和学生的关系，读者以能够正确理解作者的意图为阅读的最终目的，因此，以作者之心为依据，根据心心相通的原则，以己之意逆推出作者之意，就成为阅读者的应有姿态。但在维姆萨特和比尔兹利看来，读者才是文本价值的判断者，理应根据客观的文本本身对之做出正确的裁判；而"作者之心"作为被裁判的对象，当然只具有辅助的作用，而不能居于主导地位。

三 文学批评的方法：知人论世还是细读文本？

应当如何进行文学批评？孟子的"以意逆志"论认为，读者应当依据作者之心来推究作者之志，而要做到这一点，就必须"知人论世"。而维姆萨特和比尔兹利的"意图谬见"论则认为，文学批评的目的是评价文本的价值，应当以文本本身作为评价的依据；相应地，文学批评的方法就应当是细读文本。

"知人论世"出自《孟子·万章下》：

> 孟子谓万章曰："一乡之善士，斯友一乡之善士。一国之善士，斯友一国之善士。天下之善士，斯友天下之善士。以友天下之善士为未足，又尚论古之人。颂其诗，读其书，不知其人可乎？是以论其世也，是尚友也。"①

从这段话中不难看出，孟子此说所指向的，是修身成人的"尚友"主题。严格地说，在孟子生活的时代，并没有今天意义上的"文学批评"。被今人称作"中国古代文学批评"的那些文字，在当时被认为是"修身"和"治

---

① 李学勤主编：《十三经注疏·孟子注疏》，北京大学出版社 1999 年版，第 291 页。

学"之论。孔门以修身为治学的最高境界，这就是孔子所谓"为己之学"①。从修身的目的出发，儒家重视知人，重视交友，在"近朱者赤"的环境中涵养自己的仁德之心。既然人皆有心，贤者勿丧，那么，交往的贤者、善士越多，就越不容易失其本心；即使偶尔失却本心，也会在贤者、善士的帮助下求回放心。如果结交一乡、一国乃至天下的善士仍嫌不足，自然就会上溯到古人，通过诗书与古人神交，从而完成人性向善、求乎仁义的诗道责任。

自明代始，学者逐步剥离"知人论世""尚友"的原始目的，发挥其在求真方面的价值，从而使之成为与孟子"以意逆志"并行的"说诗"方法。清初，学者又因"以意逆志"可能存在的"臆测"局限，主张将"知人论世"作为"以意逆志"的前提和方法，二者遂成为文学批评层面的理论术语。至此，"知人论世"从体现经学道德追求的价值评价体系，历史性地转化为文学批评的方法。

由于孟子所说的"颂其诗，读其书，不知其人可乎？是以论其世也"只是一种随感式的评论，缺乏严密的内在逻辑性，因而这段话存在着多种解读的可能。从时间先后来说，读者可能是先"颂其诗，读其书"，然后才"知其人，论其世"；也可能是先"知其人，论其世"，然后才"颂其诗，读其书"；也可能二者交替反复进行。因此，孟子这段话的主旨可能是说，只有先"知其人，论其世"，然后再"颂其诗，读其书"，才能正确理解诗书的内涵；也可能是说，"颂其诗，读其书"，必须最终达到"知其人，论其世"的目的，才算是真正读懂了其诗其书；还可能是说，在"颂其诗，读其书"的过程中，必须穿插以"知其人，论其世"的辅助，使二者相得益彰。

显然，上述第三种意义是最契合文学批评实践的，因而是最理想的。

---

① 语出《论语·宪问》："子曰：古之学者为己，今之学者为人。""为己之学"即为了提高自己的道德修养而学。

这是一个双向互动的过程：读者由于"颂其诗，读其书"而"知其人，论其世"，而通过"知其人，论其世"，又可以更好地"颂其诗，读其书"；或者反过来，读者由于"知其人，论其世"而"颂其诗，读其书"，而通过"颂其诗，读其书"又可以更好地"知其人，论其世"，总之，是一个永无休止的良性循环。

然而在中国古代文学批评的研究中，人们更为娴熟地采用的却是"知人论世"的前两种意义。其一是只有先"知其人，论其世"，才能正确地"颂其诗，读其书"。这正是当下的中国文学批评界对"知人论世"最为通行的解释：文学作品与作家本人的生活思想以及时代背景有着极为密切的联系，因而只有"知其人，论其世"，即了解作者的生活思想和时代背景，才能客观正确地把握文学作品的思想内容。这种说法当然有一定的道理，但将其推到极端必然产生一种错误，即将时代背景和作者生平僵化地代入对作品的理解中，结果反而导致对作品的错误理解。前述维姆萨特和比尔兹利所分析的柯芬的失误已经说明了这一点。事实上，对于绝大多数读者来说，文学阅读的正常顺序都是先"颂其诗，读其书"，然后由于被其诗、其书打动，才进一步对其人其世产生了研究兴趣。如果先对其人其世有了成见，反而会影响对其诗、其书的阅读。将杜甫的《茅屋为秋风所破歌》中的"卷我屋上三重茅"说成是反映了"地主阶级的生活"，因为只有地主阶级的茅屋才能有"三重茅"，贫下中农只能有"一重茅"，就是读者将自己对杜甫的成见代入其作品的结果；将鲁迅的《药》《阿Q正传》等作品的主题归结为"批判了辛亥革命的不彻底性"，就是读者将自己对辛亥革命的成见代入对鲁迅作品的阅读的结果。

其二是"颂其诗，读其书"，必须最终达到"知其人，论其世"的目的，才算是真正读懂了其诗其书。这种研究虽然也可能取得有效的研究成果，但它实际上已经不是文学批评，而只是以文学作品为材料进行的社会学、历史学、心理学的批评。正如"新批评"之父兰塞姆早就指出的那样，通过文学作品来研究作者生平和历史背景，这根本就不是文学研究，而是历史研究。① 更何况，其末流还可能完全忽视文学的想象性和虚构性特征，在作品和作者以及相关的历史事件之间人为地建立起简单、直接的对应关系，结果导致对文本和历史的双重错误理解。将《红楼梦》说成是曹雪芹的"自叙传"，将其中描写的家庭生活和爱情故事都说成是对清朝政治事件的影射，既误读了《红楼梦》，也误读了清朝的历史。

可见，将"知人论世"由一种修身治学之法发展成为一种文学批评方法，既有可能实现"其诗其书"和"其人其世"良性循环，在良性互动中达到对两方面的深刻理解，也有可能过分偏重于"其人其世"而导致忽略"其诗其书"并产生恶性循环，结果是僵化的传记式批评和庸俗社会学错误。不幸的是，在中国的文学批评界，经常出现的是后一种情况。这正是维姆萨特和比尔兹利所批判的"意图谬见"。正是为了对其进行反拨，维姆萨特和比尔兹利一直坚持以文本为中心，把目光集中在文本的"语象"（verbal icon）上，通过分析文本来探究意义，作出评价，这正是分歧颇多的"新批评"诸家最重要的共同点：文本细读。

"新批评"究竟是怎样进行细读的呢？对于这一问题，"新批评"理论家们只是提供了实践的范本而没有进行理论的总结。但由于"新批评"在20世纪的广泛影响，许多西方学者对此都曾有过不同的概括。

美国学者莱奇（Vincent B. Leitch，1944— ）曾把"新批评"的"细读法"详细地总结为十六个步骤：（1）选择一简短的文本，通常为一首玄学派诗歌或现代诗歌；（2）排除"发生学"的批评方式；（3）避免"接受批评"的研究方法；（4）把文本看作自治的、与历史无关的空间存在的客体（spatial object）；（5）设想文本是既错综复杂（intricate and complex）又高

---

① 参见［美］约翰·克娄·兰塞姆《批评公司》，史亮编《新批评》，四川文艺出版社1989年版，第16—18页。

效统一（efficient and unified）的；（6）多次重复地进行细致研读；（7）把每一文本视为内在相互对抗力量的戏剧性展示（a drama of conflicting forces）；（8）注意力持续集中在文本上，集中在文本的语义和修辞的多层次相互关系上；（9）强调（坚持）文学语言本质上的比喻性的力量，及由此而生的奇异的力量；（10）力戒意义阐释或综述大意，否则，应指明这种解释不等同于诗歌的意义；（11）关注和谐的文本成分，探寻全面平衡的或统一的结构；（12）对不和谐处和矛盾冲突的方面不予重视；（13）把悖论、朦胧、反讽用作克服（消除）分歧和确保统一的结构；（14）把（内在的）意义仅作为结构的因素之一；（15）阅读中注意文本中的认知的（cognitive）、经验的（experiential）成分；（16）努力争做"理想读者"（the ideal reader），创造出唯一真正的阅读（theone, true reading），真正的阅读包含重复多次的阅读过程。①

　　莱奇的总结很有代表性，因此，对于其中存在的一些对细读的误解，有必要进一步加以分析。首先，细读是否只适合分析简短的文本，甚至只适合分析玄学派或现代诗歌？对于后一个问题，"新批评"已经用自己的批评实践做出了回答。燕卜荪的《朦胧的七种类型》就是"新批评"细读的代表作之一，其中燕卜荪仔细分析了 39 位诗人、5 位剧作家、5 位散文作家的 200 多段作品。这些人几乎全是古典诗人，尤以文艺复兴时代为多。布鲁克斯的《精制的瓮》是细读的最典型范例，其中分析的文本既有约翰·邓恩的《圣谥》这样的玄学派诗歌，威廉·巴特勒·叶芝的《在学童中间》这样的现代诗歌，也有威廉·莎士比亚、约翰·弥尔顿、威廉·华兹华斯、约翰·济慈的作品。他们的精彩分析充分证明，细读具有广泛的适用范围。当然，对于不同的批评对象，细读的侧重点不同。对于古典诗歌，细读的

---

① 参见 Vincent B. Leitch, *American Literary Criticism from the 30s to the 80s.* New York: Columbia University Press, 1988.

着眼点在于为读者挖掘不易察觉的细微意义，以加深读者对诗歌的理解；对于现代诗歌，细读则侧重于帮助读者在意象之间搭桥，从而使晦涩难懂的现代诗变得容易理解。至于"新批评"的细读多选择简短的文本，主要是为了适应教学的需要。"新批评"的细读首先是作为一种教学方法产生广泛影响的，而简短的文本显然比长篇的文本更符合课堂教学的要求。认为细读只适合于简短的文本，这种观点植根于文学批评中的一种习惯：对于简短的文本，人们通常习惯于进行细致的阅读和分析；对于长篇的文本，则习惯于对之进行总结和概括。但布鲁克斯早已指出，这种总结和概括所得到的只是脚手架，要真正登堂入室，还必须对长篇的文本进行细读。"新批评"虽然没有对整个的长篇文本进行过分析，但却分析过不少长篇文本的片段。既然片断可以细读，整个文本当然也可以细读。任何一部优秀的文学作品不论长短，都应该经得起细读，经得起反复品味和咀嚼。这并不意味着应当排斥对长篇文本的概括性分析，事实上，这种概括性分析是细读分析的前提，正如搭脚手架是盖房子的前提一样。

其次，细读与"发生学""接受批评"等批评方式究竟是什么关系？细读是否一定要把文本看作与历史无关的？对于这一问题，克林斯·布鲁克斯做了十分精彩的回答："我决不是说某一部作品的写作过程，作者生平的各种细节，欣赏趣味的历史发展，以及文学的程式和思潮的演变都明显地不值得研究探讨"；"读者的反应当然值得研究。今天许多走在前面的批评家已在沿着这条道路前进。但是让一部作品的意义和价值取决于任何个别的读者，只会把文学研究变成读者心理学和对欣赏趣味历史变化的研究。另一方面，要硬说没有一点有力的证据证明一名读者的反应比另一名读者更正确些，实在是绝望者的强辩"①。也就是说，"新批评"并不反对研究作

---

① ［美］克林思·布鲁克斯：《新批评》，周敦仁译，赵毅衡编选《"新批评"文集》，中国社会科学出版社1988年版，第546页。

者和读者，他们只是反对由此将文学研究引向相对主义。对于"新批评"与传统文学研究的关系，克林斯·布鲁克斯指出："新批评指出了正统研究法的某些局限性，极力主张采用批评的方法。……但是，提出侧重于批评并不是要取消语言学、文字批评、文学史或思想史方面的训练。不能得出这样的结论。然而，出于种种原因，许多人却迫不及待地得出了这个结论。""只要从新批评家的角度稍稍考虑一下批评问题的性质，就足以看出，这种批评在许多情况下都大大需要语言史、思想史和文学史的帮助。……在所有的批评家中，他最需要运用别人进行缜密细致的研究而得到的成果。实际上，治学严谨的学者正是以这样的批评作为自己的目的，换言之，上述批评也正需要、并依赖于这些学者们出类拔萃的劳动。由此可见，只要不产生误解，新批评在原则上是一种与正统研究最少冲突的批评。……我要强调，批评与正统研究在原则上并非格格不入，而是相辅相成，我觉得，它们完全能够在一种神灵附体的怪物——完美的批评家身上理想地融为一体。"① 事实上，大多数"新批评"理论家都受过严格的语言史、思想史和文学史的训练："沃伦发表的处女作就是一本传记，他的第一部小说是历史小说。"② 而布鲁克斯在牛津大学的论文就是校辑十八世纪的书信，他出版的第一本书是论美国南方各州语音源自英国德文郡、多塞特和苏塞克斯等地的方言。这些训练成为他们对文学作品进行细读的重要基础。

在清理了以上误解后，莱奇的概括总结确实也有可取之处，特别是他在第5、6、7、8、9、13等条中对细读的概括较为准确。但他的概括仍显累赘。相比之下，美国学者威尔弗雷德·古尔灵将"细读"划分为三步的做法，显得更加简明。

---

① ［美］克林思·布鲁克斯：《新批评与传统学术研究》，盛宁译，赵毅衡编选《"新批评"文集》，中国社会科学出版社1988年版，第472—473页。

② ［美］克林思·布鲁克斯：《新批评》，周敦仁译，赵毅衡编选《"新批评"文集》，中国社会科学出版社1988年版，第540页。

古尔灵将细读法概括为词义分析、结构分析和语境分析三步。① 首先，细读必须对文本中的词，对这些词的所有直接意义和内涵意义有相当的敏感。了解词的多重意义，甚至了解词典里所追溯的词源意义，能为了解作品内容提供重要的线索。除了词典以外，读者还必须注意那些与神话、历史或文学有关的典故，特别是在像艾略特的《荒原》（*The Waste Land*）这样的作品中，不理解相关典故也就很难理解某些词语的含义。其次，在掌握了作品中个别词语的意思之后，还要找出结构和模式，即词与词之间的相互关系，包括指代关系（代词指代名词，一个声音指代一个讲话人，同位语指代人名、地名，时间指代过程等）、语法关系（句型及其修饰语，并列词或并列短语，主语和动词的一致等）、语气关系（选词，讲话方式，对题材和读者的态度等）、系统关系（相关的隐喻，象征，神话，形象，典故等）。通过这种分析，建立起文本的"隐喻的结构"（logic of metaphor），即文本的内在逻辑，从而辨认出作品的整体形式。最后，语境分析也必不可少。"新批评"的语境理论源自瑞恰慈。瑞恰慈的语境理论与传统理论的主要区别在于，在传统的语境理论中，语境仅仅意味着围绕着某个词、某句话、某篇文章、某部作品的语言环境或社会环境；而在瑞恰慈的理论中，语境是语言产生意义的原因和前提。他所谓的"语境"之所以不同于"上下文"，就在于"上下文"也是文本的一部分，而"语境"则是在"文本"之外的、与"文本"相对的概念，是没有在文本中出现但却决定着文本的意义的那些事件，是文本的意义产生的原因。因此，分析文本离不开语境。古尔灵以布朗宁（Robert Browning，1812—1889）的诗《我的前公爵夫人》（*My Last Dunchess*）为例来说明这一点。这首诗通篇都是以公爵的口吻描绘公爵夫人的音容笑貌，但如果我们知道公爵夫人其实是死于公爵之手（这

---

　　① 参见 ［美］威尔弗雷德·L. 古尔灵等《文学批评方法手册》，姚锦清等译，春风文艺出版社 1988 年版。

一事件并未出现在诗中，只是作为这首诗的语境存在），公爵的虚伪、贪婪、狡诈就会跃然纸上。

古尔灵将"新批评"的"细读法"称为一种形式主义分析，但他又强调指出，"新批评"对我们通常所说的"外在形式"仅仅表示出一般的兴趣。"事实上，只有当外在形式和作品的整体形式相联系时……形式主义批评家才对外在形式感兴趣。"而且，"只有当作品中的全部内容都根据作品的整体形式得到解释之后，形式主义分析过程才能宣告结束"①。这一概括较符合"新批评"的实际。事实上，强调从文学作品的细节出发，逐步深入作品的结构，最终达到对作品意义的全面揭示和作品价值的正确评价，这才是"新批评"的"细读"。

但古尔灵对细读法的概括也有明显的缺陷。首先，他将"新批评"的细读理解为必须从语言出发，这是不准确的。事实上，"新批评"对诗歌的细读多从语言出发，而对小说和戏剧的细读则不拘一格，既可以从词语出发，也可以选择人物、场景、情节等作为细读的出发点。其次，古尔灵忽略了"新批评"的"细读"除了细致、深入之外，还有一个重要的题中应有之义，那就是反复阅读。瑞恰慈在剑桥大学做教学实验时，要求他的学生对案稿"不是读了一遍就动笔"，而是请他们花相当多的时间和精力阅读数次。"假如他一次读了几遍，但只是引起并维持了对这首诗的一种反应或是没有引起任何反应，所得的印象只是面前纸上的一堆字，那么这一次几遍就只算作是'读了一次'。"在瑞恰慈的课堂上，"几乎没有人对任一首诗的研究少于四次"②。可见，细读在瑞恰慈那里，就已经具有了对文本进行多次回溯性阅读的意义，这一做法也被"新批评"的后继者们所继承。优

① ［美］威尔弗雷德·L. 古尔灵等：《文学批评方法手册》，姚锦清等译，春风文艺出版社1988 年版，第106 页。

② ［英］I. A. 瑞恰慈：《〈实用批评〉序言》，罗少丹译，赵毅衡编选《"新批评"文集》，中国社会科学出版社1988 年版，第364—365 页。

秀的文学作品，总是值得并禁得起反复阅读的，并且只能经过反复阅读才能被真正理解。"新批评"的细读在这一点上也符合文学欣赏和文学批评的实际。

自从美国当代文艺学家艾布拉姆斯在《镜与灯——浪漫主义文论及批评传统》一书中提出"每一件艺术品总要涉及四个要点，几乎所有力求周密的理论总会在大体上对这四个要素加以区辨，使人一目了然"① 以来，文学批评应当（或可以）涉及作品、世界、作者、读者四个要素的观点逐渐深入人心。作者研究当然是文学批评的一个重要组成部分，但只有以文本为中心，以作者研究为辅助，才能实现二者的良性循环。只有以评价文本的文学价值为目的，以文本内容为依据，以文本细读为方法，辅之以作者研究，才能在"颂其诗，读其书"的同时，"知其人，论其世"，而不会导致"意图谬见"。

---

① ［美］艾布拉姆斯：《镜与灯——浪漫主义文论及批评传统》，郦稚牛等译，北京大学出版社1989年版，第5页。

第五章 中西风格论比较

"风格"是文学理论的重要范畴，也是一个众说纷纭、歧义纷繁的范畴。"风格"指的到底是文学作品的共性还是个性？"风格"是主观的还是客观的？"风格"有没有好坏优劣之分？这些都是文学理论界一直争执不休的问题。造成这些争论的一个重要原因是，如同文学理论中的其他范畴一样，"风格"（style）同样是一个舶来的术语。它进入中国语境时，与中国传统文化中的相关理论产生了错综复杂的关系，从而也使得中国的风格论变得迷离恍惚。因此，在中西比较的视野中重新审视风格理论，是使其变得清晰明确的必由之路。

那么，在中国古代文论中，与"风格"（style）相对应的范畴是什么呢？有学者认为，既然西方的"style"被翻译成汉语的"风格"，那么与其相对应的范畴就是"风格"。于是他们致力于从古书中找出"风格"一词，并将其与西方的风格理论进行比较研究。他们引用《文心雕龙·议对》中"亦各有美，风格存焉"① 和《夸饰》中"虽诗书雅言，风格训世，事必宜广，文亦过焉"② 的说法，认为这就是中国诗学中的风格理论。③ 这种过分

① （南朝梁）刘勰：《文心雕龙注释》，周振甫注，人民文学出版社 1981 年版，第 266 页。
② 同上书，第 404 页。
③ 祖譔、舒直等学者持此论，参见曹顺庆《中西比较诗学》，中国人民大学出版社 2010 年版，第 148 页。

拘执于字眼的比较方法，结果是既过宽又过窄。一方面，《夸饰》中的"风格训世"属于"误书"，"格"字应做"俗"，从上下文来看，"风俗训世"（即教化世俗，训导世人）才讲得通。另一方面，将中国的风格理论仅仅局限于《议对》篇中的"亦各有美，风格存焉"一句话进行分析，不免显得过于狭窄。事实上，"style"一词传入中国，本就有"风格"与"文体"两种不同的译法，这显示出学界已经意识到，在汉语语境中与"style"对应的范畴不止一个。正如刘若愚先生所说："在中文的批评著作中，同一个词，即使由同一作者所用，也经常表示不同的概念；而不同的词，可能事实上表示同一概念。"① 在汉语语境中，除"风格"外，"文""气""体"等许多不同的范畴，都与"style"具有相应的内涵，因而具有可比性。据此，强化研究中的问题意识，从问题出发，对中西风格论的相关范畴进行"集束式"的比较研究，要优于那种僵化的"一对一，两张皮"的范畴比较。

一　风格：共性与个性

"风格"到底是指文学作品的共性还是个性？长期以来，国内学界对这个问题的回答一直存在着比较明显的矛盾：一方面，在定义"风格"、总论"风格"时，通常认为"风格"指的是个性、独创性。另一方面，在具体论述"风格"时，又总要对"风格"进行分类，而一旦分类，强调的必然是共性。这种矛盾可以说是目前国内风格论中普遍存在的现象。比如，童庆炳先生主编的《文学理论教程》是教育部推荐的"面向21世纪课程教材"，也是当下中国影响最大的文学理论教材，其中对风格的定义是："所谓文学风格，是指作家的创作个性在文学作品的有机整体中通过言语组织所显示出来的、能引起读者持久审美享受的艺术独创性。"② 这里显然强调的是个

---

① ［美］刘若愚：《中国文学理论》，杜国清译，江苏教育出版社2005年版，第7页。
② 童庆炳主编：《文学理论教程》，高等教育出版社2015年版，第304页。

性。但在具体论述"风格"时，对风格所作的分类，无论是姚鼐的"阳刚与阴柔"的"二分法"，还是刘勰的"典雅、远奥、精约、显附、繁缛、壮丽、新奇、轻靡"的"八分法"，抑或是时代风格、民族风格、地域风格、流派风格等，又无不是某一类作品的共性。又如，20世纪80年代国内较早从中西比较的视野来研究风格的曹顺庆先生在《风格与"体"——中西文论比较研究》一文开头就指出："艺术发展的生命在于独创性，作家永恒的艺术生命就在于独具的风格。古今中外，在文坛上闪耀着光芒的，唯有那些独具风格的艺术家：且看嵇康之峻烈，阮籍之旷达，陶渊明之平淡，谢灵运之清新，李白之飘逸，杜甫之沉郁，乃至'郊寒岛瘦'，'神韵''性灵'，无不以其独具的风格，雄视千古，流韵万代。中国如此，西方亦然：但丁的深沉，莎士比亚的弘博，莫里哀的幽默，雪莱的奔放，巴尔扎克的尖刻，契诃夫的简洁，乃至现代派的'意象''荒诞'，也无不以其独具的风格，留下那永恒的魅力，无穷的韵味。"① 显然，这是将"风格"等同于"个性"的。但在具体论述时，该文引用德国文学理论家威克纳格的观点，将"风格"分为"主观风格"和"客观风格"，并认为"主观风格"对应中国古代文论中的"气"，指的是作家的创作个性；而"客观风格"对应中国古代文论中的"体"，指的是体裁风格、民族风格、地域风格、流派风格、时代风格等，这显然又是指某一类作品的共性。而该文论述的重点恰恰是"体"，即共性的方面。这种矛盾普遍存在于目前国内风格论中，因此值得关注和研究。

一个有趣的现象是，国内大多数学者在将"风格"定义为个性时，都会不约而同地提到18世纪法国博物学家布封（George – Louis Leclerc de Buffon, 1707—1788）在《论风格》（*Discours Sur Le Style*，英译 *Discourse on Style*）一文中提出的"风格即人"（"Le style c'est l'homme"，英译"The

---

① 曹顺庆：《风格与"体"——中西文论比较研究》，《文艺理论研究》1988年第1期。

style is the man himself"）的观点。这一命题还常常与中国传统的"文如其人"相提并论，二者被认为体现了共同的理论旨趣。其实，这是对中西风格论的双重误读。

《论风格》是布封在1753年入选法兰西学院这一法国最高的学术机构时所做的演讲。此时46岁的布封，早已因《自然史》第一卷（1749）的出版，成为名扬法国乃至整个欧洲的博物学家。在这篇演讲中，布封有关"风格即人"论述的原文是："只有写得好的作品才是能够传世的：作品里面所包含的知识之多，事实之奇，乃至发现之新颖，都不能成为不朽的确实保证；如果包含这些知识、事实与发现的作品只谈论些琐屑对象，如果他们写得无风致，无天才，毫不高雅，那么，它们就会是湮没无闻的，因为，知识、事实与发现都很容易脱离作品而转入别人手里，它们经更巧妙的手笔一写，甚至于会比原作还要出色些哩。这些东西都是身外物，风格却就是本人。因此，风格既不能脱离作品，又不能转借，也不能变换；如果它是高超的，典雅的，壮丽的，则作者在任何时代都将被赞美；因为，只有真理是持久的，甚至是永恒的。我们知道，一个优美的风格之所以优美，完全由于它所呈现出来的那些无量数的真理。它所包含的全部精神美，它所赖以组成的全部情节，都是真理，对于人类智慧来说，这些真理比起那些可以构成题材内容的真理，是同样有用，而且也许是更为宝贵。"①

这段话在国内学界被反复征引，许多学者谈及"风格"时都将布封这段话奉为圭臬，但由于中国学界对西方文论长期以来形成的断章取义、为我所用的引用习惯，大多数学者忽视了这篇文章出现的历史文化语境，只是望文生义地对之进行肤浅的字面理解，并进而造成了以讹传讹的误读。

要正确理解布封这段文字的含义，必须将其还原到它所产生的历史文

---

① ［法］布封：《论风格》，范希衡译，伍蠡甫、胡经之主编《西方文艺理论名著选编》（上），北京大学出版社1985年版，第223页。

化语境当中，其中有两点特别值得关注。

一是当时的"文学"观念。正如特雷·伊格尔顿（Terry Eagelton, 1943— ）所指出的，"其实，我们自己的文学定义是与我们如今所谓的'浪漫主义时代'一道开始发展的。'文学'（literature）一词的现代意义直到 19 世纪才真正出现"①。在布封所生活的 18 世纪，"文学"指的并非今天通常所理解的"创造性"（creative）或"想象性"（imaginative）的作品，而是"优雅文章"（polite letters），文笔优雅的哲学和科学著作在当时被称作"文学"，而俚俗的民歌民谣则因不够"优雅"而被拒于"文学"的大门之外。这一界定体现了刚刚夺取政权的资产阶级希望借助温文尔雅的举止和共同的文化标准重新巩固动摇的社会秩序的需要。直到布封去世以后的 19 世纪，随着浪漫主义思潮的兴起，"文学"一词才开始逐渐演化出今天的含义。② 在布封生活的 18 世纪，文学与科学并无如今日般泾渭分明的区别。布封当时所入选的法兰西学院，既不是一个单纯的文学机构，也不是一个单纯的科学机构，而是一个包括学术院（L'Académie française）、铭文与美文学院（L'Académie des inscriptions et belles - lettres）、科学院（L'Académie des sciences）、美术院（L'Académie des beaux - arts）、人文学院（L'Académie des sciences morales et politiques）在内的综合性学术机构，其职责就是根据多学科的原则，完善艺术与科学。在这所学院里，诗人、哲学家、历史学家、批评家、数学家、物理学家、天文学家、自然学家、经济学家、法学家、雕塑家、画家、音乐家能够互称同僚。这样我们就不难理解，本是一个自然科学家的布封，为何会讨论"文学理论"问题：因为按照当时"文学"观念，像布封的《自然史》这样文笔优雅的自然科学著作，

---

① ［英］特雷·伊格尔顿：《二十世纪西方文学理论》，伍晓明译，北京大学出版社 2007 年版，第 16—17 页。

② 据伊格尔顿考证，在西方，今天意义上的"文学"（literature）观念最早出现于斯达尔夫人（Germaine de Staël, 1766—1817）的《论文学》（1800）一书中。中译本由徐继曾译，人民文学出版社 1986 年版。

其实也属于"文学"；而布封的《论风格》，所论的也并非今天意义上的文学作品的风格，而是一切文笔优雅的文章所应具备的风格。

二是法国的理性主义传统。文艺复兴以来，为了反抗中世纪的宗教蒙昧主义，科学主义和人文主义作为两面旗帜得到高扬。其中科学主义的传统发展到18世纪的启蒙运动时期，形成了理性主义与经验主义两大传统。二者在"以科学反对迷信"的主导倾向上是一致的，但在具体做法上又有不同：经验主义认为科学来源于现实世界中的经验，强调感性认识是一切知识的唯一来源，主张以归纳法对现实经验进行总结，从而发现具有普遍性的规律。理性主义与之相反，认为人的感性经验经常带有欺骗性，而天赋的、与生俱来的理性才是知识与真理的保障。在研究方法上，理性主义认为归纳法是不可靠的，因为归纳通常都是不完全归纳，总有遗漏的个例，其所概括出的"普遍规律"常常遭遇"反例"而被证明不具有普遍性。与归纳法相比，演绎法是更为可靠的研究方法，因为它从永恒的绝对真理出发，经过合乎逻辑的推理，从而得出无可置疑的正确结论。从现代科学的角度来看，演绎法和归纳法作为科学研究的方法，各有其合理性和片面性，应当将二者取长补短，结合使用。但在布封生活的18世纪，研究者通常各执一端，扬此抑彼。大体来说，经验主义主要盛行于英国，而法国等欧洲大陆的国家则盛行理性主义。布封就是理性主义的倡导者和实践者。

了解了以上背景，才能正确理解布封这段话的含义。布封这里所说的"写得好的作品"，指的不仅是今天意义上的文学作品，而是包括哲学、科学著作在内的一切优雅文章；而且，由于布封本人是一个博物学家，他所关注的"作品"可能更多的是科学著作。在这段文字中，布封认为"写得好的作品"不但应当包含"知识、事实和发现"，而且应当呈现"无量数的真理"，这显然更像是对科学论著的要求。在一般人看来，评价一部科学论著的好坏，关键看其中包含的"知识之多，事实之奇，乃至发现之新颖"；但在布封看来，这只是经验主义的科学观，是不足取的。对于科学来说，经验事实只不过是身外物；比经验事实更重要的是人的天赋理性。经验事实只能提供"琐屑对象"，即琐碎的、片面的材料，据此只能得出肤浅的、没有根基的，甚至错误的结论。这样写出的作品，当然只会"湮没无闻"。要想写出好的作品，必须运用上天赐予的理性（即"天才"），对经验事实进行分析和判断，才能超越仅仅作为题材内容的真理，达到持久的、永恒的、无量数的真理，从而完成高超的、典雅的、壮丽的作品。

因此，布封在这篇演讲中所关注的，绝非文学作品的"语言特色"或作家的"创作个性"，而是以科学论著为核心的一切优雅文章应当具备的风范。这种风范就是理性主义精神指引下形成的演绎法的基本原则：概念的清楚明晰，逻辑的严密统一。这一观点贯穿在《论风格》的全文之中。布封说："文章风格，它仅仅是作者放在他的思想里的层次和调度。如果作者把他的思想严密地贯穿起来，如果他把思想排列得紧凑，他的风格就变得坚实、遒劲而简练；如果他让他的思想慢吞吞地互相承继着，只利用一些词句把它们连接起来，则不论词句是如何漂亮，风格却是冗散的，松懈的，拖沓的。"① 显然，前者带有理性主义和演绎法的特征，后者则是布封对经验主义和归纳法的批评。布封提倡坚实、遒劲而简练的风格，显示了他作为一个理性主义者的立场。

由此可以看出，布封所说的"风格却就是本人"（也译"风格即人"，或"风格就是人本身"），绝不是在强调作家风格的独特性和不可替代性，而是在区分好的风格是什么，不好的风格是什么。这一点在《论风格》开头区别"雄辩"与"口才"时更为明确地体现出来。布封认为，有两种截然不同的风格：一种是口才式的，另一种是雄辩式的。口才式的风格专靠"腔调""表情手势"和"词句"来"耸人视听"，采取这种风格的人则

---

① ［法］布封：《论风格》，范希衡译，伍蠡甫、胡经之主编：《西方文艺理论名著选编》（上），北京大学出版社1985年版，第217页。

"喜欢运用纤巧的思想，追求那些轻飘的、无拘束的、不固定的概念"，他们"有的是字眼儿，却毫无思想"①。雄辩式的风格与之相反，它不是针对人的感官，而是针对人的心灵、人的智慧说话，不以词句，而是以思想见长；采取雄辩式风格的人不但必须具备学识修养，而且必须能够使他的思想"上升到最一般的概念"②，即真理，因为只有真理才是持久的、永恒的。

　　简言之，布封所谓"风格即人"的实际内涵是：不同水平的人会写出风貌不同的文章。浮夸的人只会卖弄口才，饱学之士才能真正做到雄辩。由此必然得出的结论是，要想写出好的文章，作者就必须不断提高个人的学识修养。这种提高不仅仅是知识的累加，更重要的是要在理性之光的照耀下，使自己的思想最大限度地上升到一般的、普遍的、永恒的真理。因此，布封这里所说的"风格"其实更接近现代汉语中的"文风"这一概念。③ 他通过批判当时文坛盛行的浮夸之风，高扬理性主义旗帜，提倡以概念明晰、逻辑严密坚实、遒劲而简练的文风取而代之。这显然不是在强调作家创作的个性，不是在宽容地表示，每个人都可以有自己独特的风格；而是恰恰相反，强调的是共性，是对所有的优雅文章的共同要求。这种对于普遍性、一般性的推崇，正是理性主义的内在特征。

　　与此相比，中国传统的以"文如其人"为核心的风格论，则表现出完全不同的理论旨趣：对个性的重视和推崇。需要说明的是，在汉语语境中，今天意义上的"文学"，完全是西学东渐的产物。随着19世纪末20世纪初西学东渐的潮流，英文中的"literature"一词传入日本，日本学者以汉字"文学"翻译英文中的"literature"一词，而一些留日的中国学者则从日本

---

①　[法]布封：《论风格》，范希衡译，伍蠡甫、胡经之主编《西方文艺理论名著选编》（上），北京大学出版社1985年版，第221页。

②　同上书，第223页。

③　王伯熙在《文风简论》（中国社会科学出版社1979年版）中认为，"文风"指的是"社会文坛上一些具有普遍性、倾向性的文章现象"，"风格"则是指"作家所固有的独具的写作技巧和表现手法特点的总和"（该书第5—7页）。

引入这个词。黄遵宪（1848—1905）在《日本国志·学术志》（成于1887年，刊于1895年）、康有为（1858—1927）在《日本书目志·文学门》（成于1897年，刊于1898年）中，率先使用了这一旧貌翻新的词汇。稍后，梁启超（1873—1929）、狄葆贤（1873—1941）、黄人（1866—1913）、刘师培（1884—1919）等人也相继使用了这一概念，并用它来指中国古代的诗文作品。至此，中国才开始有了今天意义上的"文学"观念。因此，中国古代文论中的"文"，指的也并非今天意义上的"文学"，而是一切文章的总称。这一点与布封所谓"作品"的含义接近。

"文如其人"的说法，最早出自宋代苏轼（1037—1101）的《答张文潜书》。苏轼在文中谈到自己的弟弟苏辙（1039—1112）时说："子由之文实胜仆，而世俗不知，乃以为不如。其为人，深不愿人知；其文如其为人，故汪洋淡泊，有一唱三叹之声，而其秀杰之气，终不可没。"[①] 这句话从字面上看，只是苏轼对苏辙为人为文的肯定；但"文如其人"作为中国古代文论的一个基本命题，有着悠久的历史传统，至少可以追溯到西汉扬雄（公元前53—公元18）的"心声心画说"："言，心声也；书，心画也；声画形，君子小人见矣。声画者，君子小人之所以动情乎。"[②] 表面上看，扬雄的说法与布封有相通之处，都是认为不同水平的人写出的作品水平不同。但二者的理论旨趣明显相异：布封的理论重在共性，其目的在于通过批判错误的文风，提高文坛的写作水平，把文风统一到雄辩之风上来；而扬雄的理论则重在个性，其"君子小人"之分并不是为了把小人培养成君子，而只是在强调二者的不同。

这种对个性的重视到了汉末的曹丕（187—226）那里，发展为著名的

---

① （宋）苏轼：《答张文潜书》，郭绍虞主编《中国历代文论选》（第二册），上海古籍出版社2001年版，第309—310页。
② （汉）扬雄：《法言·问神》，郭绍虞主编《中国历代文论选》（第一册），上海古籍出版社2001年版，第97页。

"文气说"："文以气为主，气之清浊有体，不可力强而致。"① 曹丕这里所说的"气"，指的是作家的气质。而"气之清浊有体"，则是指不同气质的作家写出的文章具有不同的风格，"清是俊爽超迈的阳刚之气，浊是凝重沉郁的阴柔之气"②。曹丕认为，作家各自不同的气质个性，形成各自不同的文章风格，并无高下之分，所谓"王粲长于辞赋，徐干时有齐气，然粲之匹也"③，说的就是二人风格不同，但水平相当。下文中的"应瑒和而不壮，刘桢壮而不密。孔融体气高妙，有过人者，然不能持论，理不胜辞，以至乎杂以嘲戏"④ 也是这个意思。这就与布封的风格论有了明显的差异。布封认为风格有高下，试图以理性主义统一当时文坛的文风；曹丕则认为不同的风格各有所长，难得兼擅，提倡风格的多样化，反对抬高一种风格而贬低另一种风格的"文人相轻"的做法。而且，曹丕认为，风格植根于作家自身的气质之中，既不能勉强加以改变，所谓"不可力强而致"，也不能通过学习和教育来实现风格的统一，所谓"虽在父兄，不能以移子弟"⑤。和扬雄一样，曹丕的风格论也是强调个性的。

曹丕之后，刘勰《文心雕龙》的《体性》篇是更为完备的风格专论。刘勰的风格论与曹丕有两点明显的不同。

一是关于风格的来源，曹丕仅仅谈到"文以气为主"，即作家的气质是作品风格的源头；而刘勰则谈到了"才、气、学、习"四个方面，显然比曹丕讲得全面。刘勰认为："才有庸俊，气有刚柔，学有浅深，习有雅郑，并情性所铄，陶染所凝，是以笔区云谲，文苑波诡者矣。"⑥ 这里"才"即

① （魏）曹丕：《典论·论文》，郭绍虞主编《中国历代文论选》（第一册），上海古籍出版社2001年版，第158页。

② 同上书，第163页。

③ 同上书，第158页。

④ 同上。

⑤ 同上书，第158—159页。

⑥ （南朝梁）刘勰：《文心雕龙注释》，周振甫注，人民文学出版社1981年版，第308页。

才情，"气"即气质，"学"即学识，"习"即习染，四者结合在一起，形成了作家的风格。而作家才情有的平庸，有的杰出；气质有的刚强，有的柔婉；学识有的浅薄，有的深广；习染有的雅正，有的浮靡，这就形成了不同作家的不同风格，文坛上的风格才如此变化多样。曹丕认为，"气"是先天的，"虽在父兄，不能以移子弟"，因而由"气"而产生的风格也就是不可改变的。而刘勰认为，风格的来源是多方面的，"才""气"是先天的性情，"学""习"是后天的陶染，因而风格既有其相对的稳定性，所谓"辞理庸俊，莫能翻其才；风趣刚柔，宁或改其气；事义浅深，未闻乖其学；体式雅郑，鲜有反其习"①；又是可以通过学习加以改变的，所谓"习亦凝真，功沿渐靡"②是也。显然，刘勰的观点更为辩证。

二是关于风格的分类。从"文气说"出发，曹丕只列举了几种风格，如"王粲长于辞赋，徐干时有齐气"，"应玚和而不壮，刘桢壮而不密"等，并未进行严格的分类。因为"类"就是共性，而作家的气质完全是个性化的，人人不同，无法归类，由个性化的气质而产生的不同风格当然也就无法分类。但另一方面，曹丕对于不同文体的特征进行了明确的分类，所谓"奏议宜雅，书论宜理，铭诔尚实，诗赋欲丽"③。这被认为是文体风格研究的先声。有趣的是，在当代文学理论中，创作个性与文体风格都被视为风格论的组成部分，但在曹丕的《典论·论文》中，二者并无关联，完全是两个问题。"气"作为作家的个性气质，形成的是作家个人的写作风格，这是因人而异，无法分类的；可以分类的是不同的文体风格，但这是由不同体裁自身的特点决定的，又与作家本人的个性气质无关。与曹丕不同，刘勰认为作家个人的写作风格也是可以分类的，他将其分成"八体"，即典

---

① （南朝梁）刘勰：《文心雕龙注释》，周振甫注，人民文学出版社1981年版，第308页。
② 同上书，第309页。
③ （魏）曹丕：《典论·论文》，郭绍虞主编《中国历代文论选》（第一册），上海古籍出版社2001年版，第158页。

雅、远奥、精约、显附、繁缛、壮丽、新奇、轻靡。这"八体"是就作品的内容和文辞结合起来看的，像典雅，内容是"方轨儒门"，文辞是"熔式经诰"；远奥，内容是"经理玄宗"，文辞是"馥采典文"；精约，内容"剖析毫厘"，文辞"核字省句"；显附，内容"切理厌心"，文辞"辞直义畅"；繁缛，内容"炜烨枝派"，文辞"博喻酿采"；壮丽，内容"高论宏裁"，文辞"卓烁异采"；新奇，内容"危侧趣诡"，文辞"摈古竞今"；轻靡，内容"缥缈附俗"，文辞"浮文弱植"。[①] 这样讲风格，显示出刘勰已经意识到共性与个性的辩证关系。从哲学的角度来看，共性与个性是可以相互转化的。个性相对于更低层次而言可以成为共性，而共性相对于更高层次而言则可以成为个性。具体到文学风格来说，如时代风格，既是这一时代的作家的共性，也是这一时代相对于其他时代的个性；民族风格、地域风格、流派风格莫不如此。最能体现个性的是作家个人的风格，但这既是这个作家与其他作家相比而显示出的个性，也是这个作家的一系列作品中共同体现出来的共性。因此，风格虽然是作家创作个性的体现，但仍可以进行分类研究。

总之，东西方的风格论都同时涉及共性和个性两个方面，但以布封"风格即人"为代表的西方风格论更侧重于共性，试图寻找最具普遍性、一般性因而也是最为正确、最具真理性的风格；而以"文如其人"为基本宗旨的中国风格论则更强调个性，反对厚此薄彼，提倡风格的多样化。

二　风格：主观与客观

"风格"是主观的还是客观的？长期以来，布封的"风格即人"被视为风格主观论的代表性观点，这是对布封风格论的明显歪曲。如前所述，在《论风格》的开篇，布封就区分了"口才"与"雄辩"：有口才的人"感觉

---

① 参见（南朝梁）刘勰《文心雕龙注释》，周振甫注，人民文学出版社1981年版，第308页。

得快，感受得也快，并能把所感所受的东西有力地表达出来；他们以纯粹机械的印象把自己的兴奋与感受传递给别的人们"；而这只需要"一个激烈而动人的腔调，一些频繁的表情手势，一些爽利而响亮的词句，如此而已"。而雄辩之士则不然，他需要具备学识修养，才能既做到"言之有物"，"有思想，有意义"，又能"把这些物，这些思想和意义陈述出来，辨别出来，序列起来"。① 显然，布封所谓的"风格却就是本人"中的"本人"，并非作家先天的个性气质，而是后天通过学习所获得的学识修养。学识修养固然也是作家的主观条件，但它是通过后天学习从外界环境中获得，而外界环境则具有一定的客观性。更重要的是，布封所论的主旨并非在于辨析作家的主观条件与作品风格之间的关系，而在于引导读者及当时的文坛寻求最好最正确的风格。作为一个理性主义者，布封对于绝对真理和人类的认识能力始终保持着无限的信心。理性主义认为，如果存在着唯一的绝对真理，并且人类的理性能够认识它，那么，认识这种绝对真理的正确方式也必然是唯一的。相应地，对于某个具体事物的认识也是如此：最正确的认识只能有一个，而这种最正确的认识也必然有一个最好的表达方式。在此种理性主义的背景下，作家的任务，就是把这种最正确的认识（上升到最高就是绝对真理）的最好的表达方式找出来。加之布封认为，对于真理的寻找来说，理性比经验更重要，那么，"风格却就是本人"就应当读解为：对于一篇优雅文章来说，最重要的不是文章中所包含的经验事实，而是对经验事实的理性处理方式。而最正确的处理方式就是，运用明晰的概念和严密的逻辑对经验事实进行整理和归纳，从而得出符合客观实际的结论。这才是最"正确的风格"，也是作者"本人"最重要的修养。因此，布封在这里更加强调的恰恰是风格的客观性而非主观性。

---

① ［法］布封：《论风格》，范希衡译，伍蠡甫、胡经之主编《西方文艺理论名著选编》（上），北京大学出版社1985年版，第217页。

在布封之后，西方的理论家大多倾向于将"风格"解释为主观与客观的统一。比如，德国文豪歌德就认为，作家写作有三种不同的方式：第一种偏重于客观，由此产生的是"对自然的单纯模仿"，这种写法要求"以最准确的笔触，忠实而勤奋地去摹写自然的形体和色彩"①，因而比较受局限，但如果作家从容安详，凝神专注，并对自然有深入的挖掘，就可以写出优秀的作品，甚至产生奇迹般的效果。第二种偏重于主观，由此产生的是"作风"，它是作家以自己的主观性去接近自然，"按照自己内心设想的模样"② 去表现自然。如果作家能够体会、理解并表现自然，就能够成功，否则就背弃了艺术的基础，他的作风会变得浅薄而空疏。第三种则力图将主客观统一起来，由此产生的是"风格"。运用这种方式可以将前两者的优点结合起来，并扬弃二者的缺点，因而是最好的写作方式。

不难看出，歌德在这里所说的"主观"和"客观"与布封不同。布封所谓的"主观"指的是作家学识修养，"客观"则指的是客观真理以及外在的社会文化环境。真理是客观的，作家需要通过从外在的社会环境中学习获得经验主义的事实和理性主义的方法（这就是作家的学识修养），从而接近并达到客观真理。因此，在布封的理论中，主观是服从于客观的。而歌德所谓的"主观"指的是作家的主观能动性，"客观"则是指外在于作家的客观世界，任何创作都是作家运用主观能动性理解并表现客观世界的过程，这一过程可以侧重于主观，也可以侧重于客观，但最佳状态是主客观完美地结合。

歌德之后，西方风格论对于"主观"和"客观"的理解又发生了新变。德国文艺理论家威廉·威克纳格（Wilhelm Wackernagel，1806—1869）在《诗学·修辞学·风格论》一文中，将"风格"划分为"主观的方面"和

---

① ［德］歌德：《自然的单纯模仿·作风·风格》，王元化编译《文学风格论》，上海译文出版社 1982 年版，第 1 页。

② 同上书，第 2 页。

"客观的方面"。他以德国哲学家赫德（现通译"赫尔德"，Johann Gottfried Herder，1744—1803）的地理学学术报告为例来说明这一点："就客观方面来看，整个报告是具有地理学学术报告的风格的。这篇报告在一定程度上跟所有那些在同样听众面前已作的或将作的其他报告有着某种类似的东西。使赫德的报告跟所有其他报告区别开来的是风格的主观方面，正因为他有他的独特的思想和训练，生活在一个特定的时代，从而，他用他独具一格的方式把思想化为语言，这就是说，他用他的方式去表现并修饰自己的观念，去安排、拆散并连缀自己的字汇。"① 显然，这里的"客观方面"指的是文体风格，"主观方面"指的则是作家的个人风格。

威克纳格进一步指出，风格的主观方面和客观方面"这两方面必然联在一起，它们不能够也不应该被割裂开来"②。"假如谁能读到一篇仅仅具有风格的客观方面的文章（不幸这类文章是太多了），那么就会造成象缺乏个性所造成的那种不能令人满意的印象。"③ "主观方面是个人的面貌，无论一位诗人或一位历史家具有怎样强烈的同族相似，总是跟他同时期的其他诗人或其他历史家有所区别。因而，文法的和审美的批评首先应该紧紧抓住这一点去评价个别的作者或去比较并区别几个作者。"④ "在这种情况下，什么是风格的主观性就成为评论个别作家和作品的目标了。不过，一般的风格理论自然不能十分深入到这个问题中去。它的任务只是在于找出并阐明普遍的规律，这类规律不是仅仅支配一个作家、一个民族或一个时代的语言表现，而是支配了一切时代中的所有作家和所有民族的语言表现。这些普遍规律并不因个别表现者的不同人格而转移，而是被在任何情况下都具有相同价值的某种东西所决定，被表现的内容和意图所决定；他们是和

① ［德］威克纳格：《诗学·修辞学·风格论》，王元化编译《文学风格论》，上海译文出版社 1982 年版，第 19 页。
② 同上。
③ 同上。
④ 同上书，第 22 页。

行为的动机联在一起的，而这种行为的动机则是每个人跟别人一样共有的。"①

作为兰恩·库珀编译的《文学的风格论》（*Theories of Style*）的英文本的绪论，威克纳格的风格理论是对西方 19 世纪之前的风格理论的较为清晰和全面的总体概括。这篇文章经由王元化先生翻译成中文后，对中国文学理论界产生了相当大的影响；可以说，当代中国的文学风格论，就是威克纳格这一理论的中文版，再添加一些中国文学作品作为例证。然而，正因为威克纳格试图全面地概括以往的风格理论，结果反而使得他的风格论呈现出庞杂和自相矛盾的状态。

比如，既然"什么是风格的主观性"是"评论个别作家和作品的目标"，"文法的和审美的批评应当紧紧抓住这一点"，那么，"一般的风格理论"为什么"不能十分深入到这个问题中去"呢？而且，从下文看，作者不仅是不深入，而且几乎根本不再涉及这个问题。威克纳格这篇论风格的长文，虽然提到了风格的主观方面，但真正展开的论述，全部是围绕着风格的客观方面的。他对此给出的理由是，理论的任务是找出并阐明普遍规律，而风格的主观方面是作家的个性，是个别的，因而不是风格理论应当关注的对象。风格理论应当研究风格的共性，也就是风格的客观方面。但这样一来，就必然造成理论与评论的脱节。评论关注的是风格的个性，风格的主观方面；理论关注的却是风格的共性，风格的客观方面。那么，理论如何指导评论？脱离了理论指导的评论岂不成了印象式的读后感？

正是针对这一矛盾，英国学者库珀在收录威克纳格此文的同时，又以注释的形式对其理论进行了批评。库珀认为，威克纳格仅仅将文体风格当

---

① ［德］威克纳格：《诗学·修辞学·风格论》，王元化编译《文学风格论》，上海译文出版社 1982 年版，第 23 页。

作风格的客观方面，而把其他方面都划归风格的主观方面，这种划分方法是错误的。库珀采取了另一种划分方式。他认为，风格的客观因素包括三个方面：甲：空间，包括作者所属的种族、国家、方言、家族等。一般人会倾向于将这些因素看成作者本人的特点，看成风格的主观因素，但库珀认为，这些其实都是独立于作者之外的客观条件，作者被置于这样的空间中，并在特定空间的影响下形成了自己的写作风格。乙：时间，主要是指作者所处的时代。这也是不依作者的主观意志而转移的客观条件，因而也是风格的客观因素。丙：体裁。这也是威克纳格所认为的风格的客观方面，但与威克纳格将其完全与个人风格割裂开来不同，库珀认为，"个人风格在客观上随着作者意图创作的不同文学种类或样式的作品而转移"①。库珀认为："威克纳格过分强调了上述第三个条件，似乎认为只有这个条件才是外在的，而且似乎把其他一切，包括种族、时代等等都归之为赫德自己的人格。"②

应该说，库珀的批评是一针见血的，抓住了威克纳格理论的要害。但库珀用以取而代之的风格理论模型也存在明显的问题：库珀将种族、国家、方言、家族、时代、体裁等都划归风格的客观方面，那么，风格的主观方面，即作家的个人风格，又是什么呢？库珀认为："个人风格是当我们从作家身上剥去所有那些并不属于他本人的东西，所有那些为他和别人所共有的东西之后，所获得的剩余或内核。他的语言的习惯语法，他那个时代语言中的属于特定阶段的习惯语法，以及他采取的文学形式'在客观上'所固有的风格性质。"③ 这个定义在国内学界引用颇广，一些文学理论教材上

① ［英］库珀为［德］威克纳格《诗学·修辞学·风格论》所作的注释，见王元化编译《文学风格论》，上海译文出版社1982年版，第28页。
② 同上。
③ 同上。

也这样讲解①，似乎已经成为对个人风格的权威解释。但如细究其中的逻辑就会发现，这一观点显然是不成立的。

正如恩格斯在 1890 年《致保·恩斯特》的信中所说："如果把她（妇女）身上一切历史形成的东西如皮肤和头发一起去掉，'在我们面前呈现的原来的妇女'还剩什么？干脆地说，就是雌的类人猿。"② 同样，如果我们从一个作家身上剥去所有他与别人共同的东西，那还剩下什么呢？那就什么也剩不下了。就以库珀所举的例子来说，他所谓的个人风格，即作家的"语言的习惯语法，他那个时代语言中的属于特定阶段的习惯语法，以及他采取的文学形式'在客观上'所固有的风格性质"，其实仍是作家与别人所共有的，就是他前面所说过的客观因素中的乙（时间，主要是作者所处的时代）和丙（体裁，即文学形式）。正如金刚石的个性不是剥去它和石墨共同的东西以后的剩余（金刚石和石墨都是由碳元素组成的，如果剥去了碳元素，那就什么都没有了，既没有金刚石，也没有石墨），而是碳元素的独特结构形式。同样，一个作家的个性也不是剥离他与其他作家的共性后的剩余，而是由这些共性在一个独特的个体身上的独特组合所构成的新质。共性存在于个性之中，这是辩证法的基本原理。

库珀与威克纳格的观点虽有不同，但二者的论证方式却有着明显的一致性：他们都认为，风格的客观方面体现的是风格的共性，而主观方面体现的是风格的个性，因而他们对于风格的客观方面与主观方面的论述，从另一个角度看，也就是对风格的共性与个性的论述。风格的共性存在于个性之中，风格的主观方面与客观方面当然也是融为一体的。遗憾的是，库

---

① 见童庆炳主编《文学理论教程》，高等教育出版社 1998 年修订版，第 247 页；2004 年修订二版，第 289 页；2008 年第四版，第 283 页；2015 年第五版，第 307 页。陶东风主编《文学理论基本问题》（第 3 版），北京大学出版社 2012 年版，第 187—188 页。"马克思主义理论研究和建设工程重点教材"《文学理论》，高等教育出版社、人民出版社 2009 年版，第 274 页。需要说明的是，这些教材均将这段话误认为是布封所说，以讹传讹多年，对学生产生极大误导。

② 《马克思恩格斯论艺术》第一卷，中国社会科学出版社 1982 年版，第 138 页。

珀与威克纳格一直在将这两方面进行割裂，将风格的客观方面（如文体风格、时代风格、民族风格、地域风格等）与风格的主观方面（如个人风格）当成互不相关而且互相对立的两个方面。在这个问题上，中国传统的风格论显得更加全面和辩证。

文体风格是中国风格论一个重要的组成部分。中国的文体分类，大约发端于汉代。两汉出现了辞赋、乐府、颂、赞、箴、铭、诔、论说、书序、奏议等多种文体，正是在这个基础上，曹丕将文体分为四科八类，并简要概括了各种文体的风格特征："奏议宜雅，书论宜理，铭诔尚实，诗赋欲丽。"① 与曹丕强调"夫文本同而末异"② 不同，陆机强调的是"体有万殊，物无一量"③，文学体裁与风格是多姿多彩、千姿百态的："诗缘情而绮靡，赋体物而浏亮。碑披文以相质，诔缠绵而凄怆。铭博约而温润，箴顿挫而清壮。颂优游以彬蔚，论精微而朗畅。奏平彻以闲雅，说炜晔而谲诳。"④ 在曹丕与陆机的基础上，刘勰在《文心雕龙》中对文体风格进行了更为细致深入的分析。

作为一部"体大而虑周"的文学理论著作，《文心雕龙》五十篇中有二十篇是专门论述各种不同的文体风格的，刘勰称之为"论文叙笔"。其中，"论文"十篇是讲有韵文的，包括对诗、乐府、赋、颂赞、祝盟、铭箴、诔碑、哀吊、杂文、谐隐等十类不同体裁的分析，其中后四类——诔碑、哀吊、杂文、谐隐其实是有韵文和无韵文的结合；"叙笔"十篇讲的是无韵文，包括史传、诸子、论说、诏策、檄移、封禅、章表、奏启、议对、书记等十种文体。与前人相比，刘勰的文体论涉及体裁更为广泛、对每种体

---

① （魏）曹丕：《典论·论文》，郭绍虞主编《中国历代文论选》（第一册），上海古籍出版社2001年版，第158页。

② 同上。

③ （晋）陆机：《文赋》，郭绍虞主编《中国历代文论选》（第一册），上海古籍出版社2001年版，第171页。

④ 同上。

裁的分析也更为深入。特别是他梳理了各种体裁的流变，可以看作是一部全方位的分体文学史。而对于每种文体，在纵向梳理其发展脉络、评价其功过得失的基础上，又对其文体风格做了相当简明的概述。其中有些概括或有瑕疵，如概括乐府的文体风格"诗为乐心，声为乐体：乐体在声，瞽师务调其器；乐心在诗，君子宜正其文"①，显然过分地崇雅斥郑，崇尚中和之音，排斥艳歌怨志；但总体来说，刘勰对不同文体风格的概括还是简明扼要、恰如其分的。如概括诗的文体风格"四言正体，则雅润为本，五言流调，则清丽居宗"；赋的文体风格"丽词雅义，符采相胜""写物图貌，蔚似雕画"；颂的文体风格"颂惟典懿，辞必清铄"；赞的文体风格"结言于四字之句，盘桓于数韵之辞，约举以尽情，昭灼以送文"；祝的文体风格"修辞立诚，在于无愧"；盟的文体风格"序危机，讲忠孝，共存亡，戮心力，祈幽灵以取鉴，指九天以为正，感激以立诚，切至以敷辞"；铭箴的文体风格"箴全御过，故文资确切；铭兼褒赞，故体贵经润：其取事也必核以辨，其摘文也必简而深"；都相当精准。② 这些文体有些并不属于今天意义上的"文学"，而是当时的文章体式，这也验证了中国"文学"的观念实际形成于 20 世纪初的结论。

　　除分论各种文体风格外，刘勰还在《定势》篇中对文体风格进行了总论。他认为："夫情致异区，文变殊术，莫不因情立体，即体成势也。"③ 作家的情趣各各不同，创作手法也各有变化，但没有不是依据情思来确定体制，就着体制来形成一种文势的。"是以模经为式者，自入典雅之懿；效骚命篇者，必归艳逸之华；综意浅切者，类乏酝藉；断辞辨约者，率乖繁缛：譬激水不漪，槁木无阴，自然之势也。"④ 所以，作家在创作之时，必须考

①　（南朝梁）刘勰：《文心雕龙注释》，周振甫注，人民文学出版社 1981 年版，第 65 页。
②　同上书，第 50、65、81、96、106、107、117 页。
③　同上书，第 339 页。
④　（南朝梁）刘勰：《文心雕龙注释》，周振甫注，人民文学出版社 1981 年版，第 339 页。

虑到各种文体不同的风格特征："是以括囊杂体，功在铨别，宫商朱紫，随势各配。章表奏议，则准的乎典雅；赋颂歌诗，则羽仪乎清丽；符檄书移，则楷式于明断；史论序注，则师范于核要；箴铭碑诔，则体制于弘深；连珠七辞，则从事于巧艳：此循体而成势，随变而立功者也。"①

与西方学者将文体风格仅仅当作风格的共性、客观性不同，在刘勰的《文心雕龙》中，文体风格既有其外在的、客观的、共性的一面，也与作家内在的主观个性有着密切的联系。这是因为文体风格并不是外在于写作实践的神秘的客观规定性，而是在长期的写作实践中形成的。文体风格不是一成不变的，而是随着写作实践的发展变化而发展变化的。作家在写作实践中，必然将自己的个性融入写作，所谓"诗有恒裁，思无定位"②；而每一个作家充满个性的写作，构成了文体风格演变的历史，形成了这一文体在当朝的风格，所谓"铺观列代，而情变之数可监；撮举同异，而纲领之要可明矣"③。这样看来，文体风格应当是主观与客观、共性与个性的统一。刘勰在文体风格的研究中一直坚持历史的方法，是他在这一方面的研究中取得杰出成就的重要原因。

按照库珀的理论，除文体风格外，时代风格也是客观风格的重要组成部分。中国古代风格论对时代风格也十分重视，《礼记·乐记》中说："治世之音，安以乐，其政和；乱世之音，怨以怒，其政乖；亡国之音，哀以思，其民困。"④刘勰在《文心雕龙·时序》中，对此进行了比较细致深入的探讨。他认为，"歌谣文理，与世推移"⑤，"文变染乎世情，兴废系乎时序"⑥。但在刘勰这里，时代风格也不是纯粹客观的共性，也有作家主观的

---

① （南朝梁）刘勰：《文心雕龙注释》，周振甫注，人民文学出版社1981年版，第339—340页。
② 同上书，第50页。
③ 同上。
④ 李学勤主编：《十三经注疏·礼记正义》，北京大学出版社1999年版，第1077页。
⑤ （南朝梁）刘勰：《文心雕龙注释》，周振甫注，人民文学出版社1981年版，第476页。
⑥ 同上书，第479页。

个性蕴含其中。比如，春秋战国时期，政治上群雄争霸，文化上百家争鸣，这样的"世情"决定了此时的文章"笼罩雅颂"，"炜烨之奇意，出乎纵横之诡俗也"①，这是时代的共性。但同处于春秋战国时期，各国的情况又不尽相同："韩魏力政，燕赵任权，五蠹六虱，严于秦令；唯齐楚两国，颇有文学。"② 这又是同中有异，共性中有个性了。就同是"颇有文学"的齐楚两国而言，"邹子以谈天飞誉，驺奭以雕龙驰响；屈平联藻于日月，宋玉交彩于风云"③，也是各有特色，这显然是作家主观的个性在起作用。在相同的时代背景下，同样受"纵横之诡俗"的影响，不同的作者既有"炜烨"的共同特征，又有各自不同的特色，这充分说明：时代风格也是主客观交汇的产物。一方面，客观的时代政治、文化环境，只有渗透到作家主观的思想头脑中，才能通过作家的写作实践，化身为文章风格的客观方面；另一方面，作家主观的创作个性的形成，也离不开客观的时代环境的孕育和滋养。二者相互作用，才形成了时代风格。库珀仅仅将其归结为客观，威克纳格仅仅将其归结为主观，都是片面的。

　　总之，风格是主观与客观的统一，文体风格、时代风格是如此，民族风格、地域风格也是如此，这里不再赘述。作家的个人风格通常被视为作家主观的创作个性的表现，其实，这种风格也是主观与客观相互渗透的结果。周振甫先生指出："气质特点能受人的世界观和性格的制约，也能在外界影响下通过实践活动而改变。个性是个人的气质、性格、兴趣、能力等方面心理特征的统一体。个性特征是在人的素质的基础上，在一定的社会生活和教育影响下，通过其本身的实践活动形成和发展起来的。天才是高度发展的才能。它表现在独创而出色地完成一定的实践任务上。天才也不是天生的，是在素质的基础上以及教育和培养的影响下，通过长期的勤奋

---

① （南朝梁）刘勰：《文心雕龙注释》，周振甫注，人民文学出版社 1981 年版，第 476 页。
② 同上。
③ 同上。

劳动，逐渐形成和发展起来的。"① 诚哉斯言！

三　风格：描述性与评价性

风格是一个描述性的范畴还是一个评价性的范畴？其实，描述性与评价性并存，是人文学科概念的共同特点。在布封的《论风格》中，"风格"（style）就是这样一个兼具描述性和评价性的范畴。"风格却就是本人"的表述，显然是把"风格"作为一个描述性的概念，意为不同的作者会写出不同风格的作品。但从布封此文的旨趣来说，提出"风格即人"的观点，恰恰是为了提醒作者，文章的好坏关键不在于提供了多少经验性的知识，而在于作者本人的理性所赋予作品的风格。风格基于理性，而理性是属于全人类的普遍的真理，因此，它并没有"虽在父兄，不能以移子弟"的神秘，而是可以通过学习，在写作过程中逐步实现的。在布封看来，拟定一个完整的写作计划，是实现好的风格的基础。严格遵循这一计划前进，就能获得种种好的风格。而且，每将这计划深入推进一步，便随之获得更高层次的一级风格。它们依次是：谨严的风格—确切而简练、匀整而明快、活泼而井然的风格—典雅的风格—庄重甚至尊严的风格—壮丽的风格。在这些不同风格组成的序列中，"壮丽"的地位是最高的："壮丽之美只有在伟大的题材里才能有。诗、历史和哲学都有同样的对象，并且是一个极伟大的对象，那就是人与自然。……历史家只有在给最伟大的人物画像的时候，在叙述最伟大的行为、最伟大的运动、最伟大的革命的时候，笔调才变得壮丽；而在其他的一切场合，他的笔调只要尊严、庄重就够了。哲学家每逢讲自然规律，泛论万物的时候，述说空间、物质、运动与时间的时候，讲心灵、人类精神、情感、热情的时候，他的笔调是可以变得壮丽的。在其他场合，他的笔调但求能典雅、高超就够了。但是演说家与诗人，只

---

① （南朝梁）刘勰：《文心雕龙注释》，周振甫注，人民文学出版社 1981 年版，第314—315 页。

要题材是伟大的，笔调就应该经常是壮丽的，因为他们是大师，他们能结合着题材的伟大性，恣意地加上许多色彩，许多波澜，许多幻象；并且也因为他们既然要经常渲染对象，放大对象，他们也就应该处处使用天才的全部力量，展开天才的全部幅度。"① 由此可见，布封并不认为风格必如人那样是"这一个"，也不认为一个人只能获得与个性相应的某一种风格，而是认为风格与一个人在表达思想时所做的努力相关，一个人只要付出某种程度的努力，就可获得相应的某一级风格。也就是说，风格是人表达思想时所达到的层级。这又显然是一个评价性的范畴了。

到了歌德那里，"风格"就成为一个纯粹的评价性范畴了。歌德认为，作者如果只有客观性而缺少主观性，就会形成对自然的"单纯模仿"。这类模仿虽然"并不排除臻于高度的完满"，但只适合于"那些资质有限而宁静忠实的人"，对于一个有才情的人来说，"仅仅一笔一画地去描摹自然的点点滴滴会使他厌烦"②。反之，如果作家只有主观性而缺乏客观性，就会形成"作风"。这类作家擅长"用灵巧而精力充沛的气质去攫取现象"，如果作家过分看重主观而完全排斥客观，则容易流于浅薄空疏。而"风格"则兼备二者之长，既"奠基于最深刻的知识原则上面"，又"奠基在事物的本性上面"，是主客观的完美统一。所以歌德说："风格，这是艺术所能企及的最高境界，艺术可以向人类最崇高的努力相抗衡的境界。"③

在威克纳格笔下，"风格"再一次兼具评价性和描述性。他认为："独特的风格诚是不平凡作家的标志。那些较低一流的作家无法企及此境，他

---

① ［法］布封：《论风格》，范希衡译，伍蠡甫、胡经之主编《西方文艺理论名著选编》（上），北京大学出版社1985年版，第223—224页。

② ［德］歌德：《自然的单纯模仿·作风·风格》，王元化编译《文学风格论》，上海译文出版社1982年版，第2页。

③ 同上书，第3页。

们的内在个性太细琐平凡，不能具有这种优势或使其在显现中占据重要的位置。"① 显然，此处的"风格"是一个评价性的范畴，它只属于那些"不平凡作家"，而"一般作家很少能够在主观性和客观性之间显示一种正确的自然的和艺术的关系。绝大多数人濒于缺乏个性的苍白之境。而另一些人，或出于虚浮，或基于自己无法抑制的欢乐，又趋于相反的极端，从而使主观性占了绝对优势"②。这里可以明显看出对歌德理论的继承，即将"风格"视为主客观统一的结果，并把这种统一看作较高的写作水平的体现。但威克纳格有时又把"风格"仅仅视为一个描述性的范畴，比如他说史诗的风格偏于客观，抒情诗的风格偏于主观，这显然是描述而非评价。而诸如"约翰·封·缪勒③的风格，尽管热烈奔放，但总觉生硬粗糙，随时引起人们的厌烦之感，因为它不是直接被内容所决定的，它正属于一种矫饰作风"④ 之类的表述，似乎又在提醒人们，并非只有"不平凡作家"才具有风格，"矫饰作风"也是一种风格。之所以会出现这种自相矛盾的表述，是因为威克纳格将"风格"划分为主观方面和客观方面，但对于二者之间的关系认识不清。一方面，他认为风格的主观方面和客观方面"是二而一的同一事物……在一篇健全而酝酿周密的文章中，任何一方面都不可能独立存在"⑤；另一方面他又认为二者的完美结合是很难做到的，偏重于其中一方面，甚至仅仅具备其中一方面，也可以称之为"风格"。

在中国古代风格论中，曹丕认为不同的风格各有所长，并无高下之分，所以他提倡风格的多样化，反对厚此薄彼。"文以气为主"，"气"分清浊，

---

① ［德］威克纳格：《诗学·修辞学·风格论》，王元化编译《文学风格论》，上海译文出版社 1982 年版，第 21 页。

② 同上书，第 20 页。

③ 约翰·封·缪勒（1752—1809），瑞士历史学家，著有《瑞士联邦史》等。

④ ［德］威克纳格：《诗学·修辞学·风格论》，王元化编译《文学风格论》，上海译文出版社 1982 年版，第 21 页。

⑤ 同上书，第 19 页。

但不分高下；"夫文本同而末异"，"奏议宜雅，书论宜理，铭诔尚实，诗赋欲丽"，此四科不同，但也不分高下。而且，"文非一体，鲜能备善"，所以"各以所长，相轻所短"的"文人相轻，自古而然"① 的积弊是曹丕所批判的。显然，在曹丕这里，无论"气"（主观风格）还是"体"（客观风格），都是描述性的范畴。

在这个问题上，刘勰的观点相对比较复杂。在刘勰笔下，"气"具有多重复杂的含义："就作家的正义感说，相当于正气；就作家血气说，相当于气质；就作家的体质说，相当于体气；就作家的才力讲，相当于才气；就作家的气势或气概讲，相当于气势；就作家的情志说，相当于志气或意气；就作家的语气说，相当于辞气。"② 作为"气质"的"气"是描述性的，所谓"各师成心，其异如面"③："贾生俊发，故文洁而体清；长卿傲诞，故理侈而辞溢；子云沈寂，故志隐而味深；子政简易，故趣昭而事博；孟坚雅懿，故裁密而思靡；平子淹通，故虑周而藻密；仲宣躁竞，故颖出而才果；公干气褊，故言壮而情骇；嗣宗俶傥，故响逸而调远；叔夜俊侠，故兴高而采烈；安仁轻敏，故锋发而韵流；士衡矜重，故情繁而辞隐"④ 等，都是在描述不同作家作品的风格，强调风格的多样化，其中并无高低优劣之分。

除"气质"以外，"气"的其他含义都具有一定的评价性。先说"正气"。它本于孟子的"养气"说。《孟子·公孙丑上》："我善养吾浩然之气。"这里的"浩然之气"就是正气。"其为气也，至大至刚，以直养而无害，则塞于天地之间。其为气也，配义与道。无是，馁也。是集义所生者，

---

① （魏）曹丕：《典论·论文》，郭绍虞主编《中国历代文论选》（第一册），上海古籍出版社2001年版，第158页。

② 周振甫：《〈文心雕龙〉译注》，江苏教育出版社2005年版，第709页。

③ （南朝梁）刘勰：《文心雕龙注释》，周振甫注，人民文学出版社1981年版，第308页。

④ 同上书，第308—309页。

非义袭而取之也。行有不慊于心，则馁矣。"① 显然，孟子在这里所讲的是一种道德修养。刘勰从孟子那里继承了这种观点来论文，他说："若夫臧洪歃辞，气截云蜺。"② 东汉末年，臧洪会集诸侯讨伐董卓，他歃血致辞，表达了一种正气，刘勰认为这种正气可以截断云霓。显然，这里的"气"是一个评价性的范畴。

再说"体气"。这一点也本于孟子的"养气说"，刘勰在《文心雕龙》中还写了《养气》专篇来论述这个问题。不过，与孟子的"养浩然之气"重在道德修养不同，刘勰的"养气"重在保养体气和精神，保养的目的则是要达到文思通畅。陆机在《文赋》中指出："若夫应感之会，通塞之纪，来不可遏，去不可止。""故时抚空怀而自惋，吾未识夫开塞之所由也。"③ 刘勰试图解决这个疑问。在《神思》篇中，刘勰就谈到文思的通塞问题："神居胸臆，而志气统其关键；物沿耳目，而辞令管其枢机。枢机方通，则物无隐貌；关键将塞，则神有遁心。"④ 这里的"志气"，就是意志和体气。刘勰认为，这是神思的关键，如果受到阻塞，就不能写出好的文章。又说："是以意授于思，言授于意，密则无际，疏则千里；或理在方寸，而求之域表，或义在咫尺，而思隔山河：是以秉心养术，无务苦虑，含章司契，不必劳情也。"⑤ 这是从反面说文思的开塞不在于苦思冥想，纪昀谓"游心虚静，则腠理自解，兴象自生，所谓自然之文也"⑥。《养气》是承接着《神思》来说的，进一步探讨文思开塞的问题："夫耳目鼻口，生之役也；心虑言辞，神之用也。率志委和，则理融而情畅；钻砺过分，则神疲而气衰：

---

① 李学勤主编：《十三经注疏·孟子注疏》，北京大学出版社 1999 年版，第 75 页。
② （南朝梁）刘勰：《文心雕龙注释》，周振甫注，人民文学出版社 1981 年版，第 106 页。
③ （晋）陆机：《文赋》，郭绍虞主编《中国历代文论选》（第一册），上海古籍出版社 2001 年版，第 174—175 页。
④ （南朝梁）刘勰：《文心雕龙注释》，周振甫注，人民文学出版社 1981 年版，第 295 页。
⑤ 同上书，第 295—296 页。
⑥ 同上书，第 297 页。

此性情之数也。"① 心意和顺，就理路明白，心情舒畅；钻研过分，则精神疲惫，气力衰竭。"是以吐纳文艺，务在节宣，清和其心，调畅其气，烦而即舍，勿使壅滞；意得则舒怀以命笔，理伏则投笔以卷怀。"② 写文章关键在于对体气的调节和疏导。体气舒畅才能写出妙文，体气壅滞则不妨暂时搁笔。显然，这里的"气"有舒畅与壅滞之分，是一个评价性的范畴。

《文心雕龙》中"气"的其他含义，如才气、气势、志气、辞气等，也都有好坏优劣之分，带有一定的评价性。总之，在刘勰笔下，"气"是一个兼具描述性与评价性的范畴。除"气"以外，"体"作为《文心雕龙》中另一个风格论的范畴，也是兼具描述性和评价性的。

如前所述，在《体性》篇中，刘勰根据作家才、气、学、习的不同，将文章分成"八体"，即典雅、远奥、精约、显附、繁缛、壮丽、新奇、轻靡。刘勰对自己所划分的"八体"并不是没有褒贬的，他对于新奇、轻靡两体就明确表示出了不满，这与他对齐梁年间浮靡文风的批判是一致的。但周振甫先生认为："刘勰对八体是有褒贬的。但作为相反的四组说，不应该分褒贬。这是矛盾。这个矛盾的形成，由于他在不该分褒贬的四组中分出褒贬来。跟正相对的是奇，跟壮健相对的应该是柔婉，都不必贬斥。"③ 周振甫先生进一步建议，将刘勰所分的八体四组"雅与奇反，奥与显殊，繁与约舛，壮与轻乖"改为"奇正、隐显、繁简、刚柔"，"那么相反的四组的风格都可以肯定，这个矛盾就可解决了"④。周先生的分析颇有道理，刘勰在这里确实表现出了自相矛盾。"八体"的划分究竟是描述性的还是评价性的？如果是描述性的，则"八体"是对八种不同风格的描绘，不应分褒贬；如果是评价性的，则八体分为四组，每组均应一正一反，一褒一贬。

① （南朝梁）刘勰：《文心雕龙注释》，周振甫注，人民文学出版社1981年版，第455页。
② 同上书，第456页。
③ 同上书，第316—317页。
④ 同上书，第317页。

但刘勰将风格分为两两相对的四组，却独独不满于"新奇"和"轻靡"两体，将描述性的分类与评价性的分类混为一体，显得分类标准有些杂糅，这确实是一个明显的缺陷。

但从另一个角度来看，如前所述，描述性与评价性并存，是人文学科概念的共同特点。以我们熟悉的一些概念为例可以很清楚地看到这一点。比如"文化"这一概念，可以用来描述各个时代、各个民族、各个地域、各种形式的文化现象，此时，它是一个描述性的概念。但当我们说一个人"有文化"的时候，显然是对一个人的肯定性评价；说一个人"没文化"，又是对一个人的否定性评价。对于人文学科的概念来说，其描述性含义与评价性含义常常难解难分地纠缠在一起，从而形成意义的悖论。比如说一个人"没文化"，可以是指一个人没有受过教育，不识字；也可以指一个人没有修养，粗野。以"不识字"为标准，原始部落的人可以算是"没文化"的人，但原始文化也是一种文化，而且，能研究这种文化的人，往往是"有文化"的人中最有文化的人，如文化人类学的专家、学者等。

这种矛盾和悖论普遍存在于人文学科的概念和范畴中。"文化"如此，"人格"如此，"风格"也是如此。这是由人文学科自身的性质决定的。作为与自然科学、社会科学并列的一门学科，人文学科有着与科学完全不同的研究旨趣。科学研究是外向度的，关注人以外的世界；人文学科则是内向度的，关注人自身。科学研究寻求普遍的规律，人文学科关注个体的价值。科学以说明为基本方法，人文学科以解释为基本方法。科学作为外向度的对于普遍规律的说明，当然是描述性的，虽然科学对于人类也有着毋庸置疑的价值，但这种价值并不内在于科学研究的过程之中，而是在科学研究成果的应用中才能体现。人文学科作为内向度的对于个体价值的解释，必然是评价性的，然而这种评价又必须以对客观事实的描述为基础，这就形成了人文学科范畴描述性与评价性并存的基本状况。

总之，从风格的共性与个性、主观性与客观性、描述性与评价性三个方面出发，对西方的"style"与中国古代文论中的"文""气""体"等范畴进行集束式的比较，可以得出如下结论：无论中国还是西方，"风格"都是共性与个性、主观性与客观性、描述性与评价性的统一。只不过，西方的风格论更偏重于共性、客观性和评价性，而中国的风格论更偏重于个性、主观性和描述性。通过这种比较，不但可以更好地理解东西方风格论的异同，而且有助于更加深入地思考共性与个性、主观性与客观性、描述性与评价性之间的关系，从而对于作为人文学科一个组成部分的文学理论有更加切近的认知。

参考文献

英文类

James Benson & W. Greaves eds. , *Systemic Perspectives of Discourse* , Norwood: Ablex Publishing Corp. , 1985.

Henri Bergson, *Matter and Memory* , London: George Allen & Unwin Ltd, New York: The Macmillan Company, 1929.

Cleanth Brooks, et al. , Eds. *An Approach to Literature* , 5th ed. Englewood Cliffs, N. J: Prentice – Hall, (1936) 1975.

Cleanth Brooks & Robert Penn Warren, eds. , *Understanding Poetry* , Englewood Cliffs, N. J: Prentice – Hall, Inc. , 1938, 3rd ed. 1960.

Cleanth Brooks & Robert Penn Warren, eds. , *Understanding Fiction* , Englewood Cliffs, N. J: Prentice – Hall, (1943) c1979.

Cleanth Brooks & Robert B. Heilman, *Understanding Dram* , New York: Henry Holt and Company, 1945.

Cleanth Brooks, *The Well – Wrought Urn: Studies in the Structure of Poetry* , New York: Harcourt, Brace and Company, 1947.

Daniel Chandler, *Semiotics: the Basics*. London: Routledge, 2002.

Daniel Chandler, *Semiotics for Beginners*. Taylor & Francis e – Library, 2004.

Claudio Guillén, *The Challenge of Comparative Literature*, trans, Cola Franzen. Harvard University Press, 1993.

William Empson, *Seven Types of Ambiguity*. London: Chatto & Windus, 1930; rev. Ed. 1947.

William Empson, *Some Versions of Pastoral*. London: Chatto & Windus, 1935.

William Empson, *The Structure of Complex Words*. Totowa, New Jersey: Rowman and Littlefield, 1951.

B. Hatim, *Communication across Cultures: Translation Theory and Contrastive Text Linguistics*. Shanghai: Shanghai Foreign Language Education Press, 2001.

I. A. Richards, *Principles of Literary Criticism*. London: Routledge and Kegan Paul, (1924), 1983.

I. A. Richards, *Science and Poetry*. London: K. Paul, Trench, Trubner & Co. Ltd. , 1926.

I. A. Richards, *Practical Criticism: A Study of Literary Judgment*. London and Henley: Routledge & Kegan Paul, (1929), 1964.

I. A. Richards, *The Philosophy of Rhetoric*. New York: Octagon Books, (1936), 1975.

Rene Wellek, *Concepts of Criticism*. New Haven and London: Yale University Press, 1963.

Rene Wellek, *Discriminations: Further Concepts of Criticism*. New Haven, Conn: Yale University Press, 1970.

Wellek Rene & Austin Warren, *Theory of Literature*. 3rd ed. London: Penguin Books, 1963.

William K. Wimsatt, Jr. & Monroe C. Beardsley, *The Verbal Icon: Studies in the Meaning of Poetry.* New York：Noonday Press，（1954），1964.

William K. Wimsatt，Jr. & Cleanth Brooks，*Literary Criticism*：*A Short History.* 2 vols. Chicago：The University of Chicago Press，1957.

Mark Royden Winchell，*Cleanth Brooks and the Rise of Modern Criticism.* The University Press of Virginia，1996.

中文类

马克思恩格斯著作

《马克思恩格斯选集》第 1—4 卷，人民出版社 1995 年版。

《马克思恩格斯论艺术》第 1 卷，中国社会科学出版社 1982 年版。

西方古籍中译本

〔古希腊〕荷马：《荷马史诗·伊利亚特》，罗念生、王焕生译，人民文学出版社 1994 年版。

〔古希腊〕亚里士多德：《物理学》，张竹明译，商务印书馆 1982 年版。

〔古希腊〕亚里士多德：《诗学》，陈中梅译，商务印书馆 1996 年版。

〔古罗马〕奥古斯丁：《忏悔录》，周士良译，商务印书馆 1963 年版。

西方现当代学者著作中译本

〔波〕瓦迪斯瓦夫·塔塔尔凯维奇：《西方六大美学观念史》，刘文潭译，上海译文出版社 2006 年版。

〔德〕爱克曼辑录：《歌德谈话录》，朱光潜译，人民文学出版社 1978 年版。

〔德〕海德格尔：《诗·语言·思》，彭富春译，文化艺术出版社 1991 年版。

〔德〕莱辛：《拉奥孔》，朱光潜译，人民文学出版社 1979 年版。

〔法〕茨维坦·托多洛夫编选：《俄苏形式主义文论选》，蔡鸿滨译，中国社会科学出版社1989年版。

〔法〕杜夫海纳主编：《美学文艺学方法论》，朱立元、程介未编译，中国文联出版公司1991年版。

〔法〕梵第根：《比较文学论》，戴望舒译，商务印书馆1937年版。

〔法〕让－弗朗索瓦·利奥塔尔：《后现代状态》，车槿山译，生活·读书·新知三联书店1997年版。

〔法〕热拉尔·热奈特：《叙事话语　新叙事话语》，王文融译，中国社会科学出版社1990年版。

〔法〕朱莉娅·克里斯蒂娃：《符号学：符义分析探索集》，史忠义等译，复旦大学出版社2015年版，第51页。

〔荷〕米克·巴尔：《叙述学：叙事理论导论》，谭君强译，中国社会科学出版社2003年版。

〔美〕艾布拉姆斯：《镜与灯——浪漫主义文论及批评传统》，郦稚牛等译，北京大学出版社1989年版。

〔美〕艾布拉姆斯：《欧美文学术语词典》，朱金鹏等译，北京大学出版社1990年版。

〔美〕彼得·柯文尼、罗杰·海菲尔德：《时间之箭》，江涛、向守平译，湖南科学技术出版社2007年版。

〔美〕厄尔·迈纳：《比较诗学——文学理论的跨文化研究札记》，王宇根、宋伟杰等译，中央编译出版社1998年版。

〔美〕刘若愚：《中国文学理论》，杜国清译，江苏教育出版社2005年版。

〔美〕克林斯·布鲁克斯、罗伯特·潘·华伦编：《小说鉴赏》，主万等译，中国青年出版社1986年版。

〔美〕浦安迪：《中国叙事学》，北京大学出版社1996年版。

〔美〕乔纳森·卡勒:《文学理论入门》,李平译,译林出版社 2008 年版。

〔美〕托马斯·库恩:《科学革命的结构》,金吾伦、胡新和译,北京大学出版社 2003 年版。

〔美〕希利斯·米勒:《重申解构主义》,中国社会科学出版社 1998 年版。

〔美〕威尔弗雷德·L. 古尔灵等:《文学批评方法手册》,姚锦清等译,春风文艺出版社 1988 年版。

〔美〕韦勒克、沃伦:《文学理论》,刘象愚等译,生活·读书·新知三联书店 1984 年版。

〔美〕韦勒克:《近代文学批评史》(第 1 卷),杨岂深、杨自伍译,上海译文出版社 1987 年版。

〔美〕韦勒克:《批评的概念》,张金言译,中国美术学院出版社 1999 年版。

〔苏〕巴赫金:《陀思妥耶夫斯基诗学问题》,白春仁、顾亚铃译,生活·读书·新知三联书店 1988 年版。

〔以〕里蒙-凯南:《叙事虚构作品》,姚锦清等译,生活·读书·新知三联书店 1989 年版。

〔意〕克罗齐:《美学原理·美学纲要》,朱光潜译,外国文学出版社 1983 年版。

〔意〕克罗齐:《美学或艺术和语言哲学》,黄文捷译,中国社会科学出版社 1992 年版。

〔意〕维柯:《新科学》,朱光潜译,人民文学出版社 1986 年版。

〔英〕霍布斯:《利维坦》,黎思复、黎廷弼译,商务印书馆 1985 年版。

〔英〕哈代:《德伯家的苔丝》,张谷若译,人民文学出版社 1984 年版。

〔英〕科林伍德:《艺术原理》,王至元等译,中国社会科学出版社

1985 年版。

[英] 克莱夫·贝尔：《艺术》，周金环、马钟元译，中国文联出版公司1984 年版。

[英] 瑞恰慈：《文学批评原理》，杨自伍译，百花洲文艺出版社 1992年版。

[英] 莎士比亚：《脱爱勒斯与克莱西达》，梁实秋译，中国广播电视出版社 2001 年版。

[英] 特雷·伊格尔顿：《二十世纪西方文学理论》，伍晓明译，北京大学出版社 2007 年版。

[英] 特伦斯·霍克斯：《论隐喻》，高丙申译，昆仑出版社 1992 年版。

[英] 威廉·燕卜荪：《朦胧的七种类型》，周邦宪等译，中国美术学院出版社 1996 年版。

中国古籍

《诸子集成》，中华书局 1954 年版。

（汉）刘向：《古列女传》，《四部丛刊初编》，上海书店 1989 年版。

（南朝梁）刘勰：《文心雕龙注释》，周振甫注，人民文学出版社 1981年版。

（宋）魏庆之：《诗人玉屑》，王仲闻点校，中华书局 2007 年版。

（宋）严羽：《沧浪诗话校释》，郭绍虞校释，人民文学出版社 1961年版。

（宋）慧然、蕴闻、道先等编：《大慧普觉禅师普说》，《大正新修大藏经》（卷一四），（台北）中华佛教文化馆 1957 年影印版。

（宋）朱熹：《诗集传》，《四书五经（宋元人注）》，中国书店 1985 年版。

（明）罗贯中：《三国演义》，毛纶、毛宗岗评点，中华书局 2009 年版。

（明）施耐庵、罗贯中：《水浒传》，金圣叹、李卓吾点评，中华书局

2009 年版。

（清）何文焕辑：《历代诗话》，中华书局 2004 年版。

（清）金圣叹：《金圣叹评点西厢记》，上海古籍出版社 2008 年版。

（清）叶燮：《原诗》，霍松林校注，人民文学出版社 1979 年版。

（清）邹一桂：《小山画谱》，中华书局 1985 年版。

（清）苏舆：《春秋繁露义证》，中华书局 1992 年版。

中国近现当代学者编选的中国古籍资料

陈曦钟、侯忠义、鲁玉川辑校：《水浒传会评本》，北京大学出版社
1981 年版。

丁福保：《历代诗话续编》，中华书局 1983 年版。

郭绍虞主编：《中国历代文论选》（一卷本），上海古籍出版社 1979
年版。

郭绍虞主编：《中国历代文论选》（四卷本），上海古籍出版社 2001
年版。

贺新辉、朱捷：《〈西厢记〉鉴赏辞典》，中国妇女出版社 1990 年版。

黄霖、韩同文选注：《中国历代小说论著选》，江西人民出版社 1984
年版。

李修生、李真渝、侯光复：《元杂剧论集》，百花文艺出版社 1985 年版。

李学勤主编：《十三经注疏》，北京大学出版社 1999 年版。

周振甫：《〈文心雕龙〉译注》，江苏教育出版社 2005 年版。

中国学者编译的西方学者文集及研究资料

《比较文学研究资料》，北京师范大学出版社 1986 年版。

干永昌等主编：《比较文学研究译文集》，上海译文出版社 1985 年版。

怀宇编选：《罗兰·巴特随笔选》，百花文艺出版社 1995 年版。

李赋宁译注：《艾略特文学论文集》，百花洲文艺出版社 1994 年版。

史亮编：《新批评》，四川文艺出版社 1989 年版。

王恩衷编译：《艾略特诗学文集》，国际文化出版公司 1989 年版。

王忠琪等译：《法国作家论文学》，生活·读书·新知三联书店 1984 年版。

王佐良主编：《英国诗选》，上海译文出版社 1988 年版。

王元化编译：《文学风格论》，上海译文出版社 1982 年版。

伍蠡甫、蒋孔阳编：《西方文论选》，上海译文出版社 1979 年版。

伍蠡甫主编：《现代西方文论选》，上海译文出版社 1983 年版。

伍蠡甫、胡经之主编：《西方文艺理论名著选编》，北京大学出版社 1985 年版。

赵毅衡编选：《"新批评"文集》，中国社会科学出版社 1988 年版。

赵毅衡：《符号学文学论文集》，哈尔滨工业大学出版社 2004 年版。

中国近现代学者著作及文集

黄遵宪：《日本国志》，上海古籍出版社 2001 年版。

康有为：《康有为全集》（3），上海古籍出版社 1992 年版。

胡适：《胡适文存》，上海书店 1989 年影印。

胡适：《中国章回小说考证》，上海书店 1979 年复印。

鲁迅：《鲁迅全集》，人民文学出版社 1981 年版。

郑振铎：《插图本中国文学史》，上海人民出版社 2006 年版。

郑振铎：《中国俗文学史》，商务印书馆 2010 年版。

朱自清：《诗言志辨》，开明书店民国三十六年（1947）版。

港台学者著作及文集

叶维廉:《中国诗学》,生活·读书·新知三联书店1992年版。

黄维樑、曹顺庆编:《中国比较文学学科理论的垦拓》,北京大学出版社1998年版。

温儒敏、李细尧编:《寻求跨中西文化的共同文学规律——叶维廉比较文学论文选》,北京大学出版社1987年版。

中国大陆学者著作及文集

曹顺庆:《中西比较诗学》,中国人民大学出版社2010年版。

陈洪:《金圣叹传论》,天津人民出版社1996年版。

陈望道:《修辞学发凡》,上海世纪出版集团2005年版。

冯天瑜:《"封建"考论》,武汉大学出版社2006年版。

辜堪生主编:《马克思主义哲学原理》,西南财经大学出版社2008年版。

胡亚敏:《叙事学》,华中师范大学出版社2004年版。

黄克剑:《名家琦辞疏解》,中华书局2010年版。

黄药眠、童庆炳主编:《中西比较诗学体系》,人民文学出版社1991年版。

季广茂:《隐喻视野中的诗性传统》,高等教育出版社1998年版。

李卫华:《价值评判与文本细读——"新批评"之文学批评理论研究》,中国社会科学出版社2006年版。

李卫华:《20世纪西方文论选讲——以"语言学转向"为视域》,河北人民出版社2007年版。

林岗:《明清小说评点》,北京大学出版社2012年版。

刘俐俐编著:《外国经典短篇小说文本分析》,北京大学出版社2004年版。

刘俐俐编著：《中国现代经典短篇小说文本分析》，北京大学出版社 2006 年版。

陆文蔚：《修辞基础知识》，江苏教育出版社 1984 年版。

马新国主编：《西方文论史》，高等教育出版社 2002 年版。

孟宪鸿主编：《简明哲学辞典》，湖北辞书出版社 1987 年版。

钱锺书：《管锥编》，中华书局 1979 年版。

钱锺书：《旧文四篇》，上海古籍出版社 1979 年版。

钱锺书：《宋诗选注》，生活·读书·新知三联书店 2002 年版。

饶芃子等：《中西比较文艺学》，广东人民出版社 2009 年版。

饶芃子主编：《比较文艺学论集》，学林出版社 2002 年版。

陈惇等主编：《比较文学》，高等教育出版社 1997 年版。

谭君强：《叙事学导论：从经典叙事学到后经典叙事学》，高等教育出版社 2008 年版。

陶东风主编：《文学理论基本问题》，北京大学出版社 2012 年版。

童庆炳主编：《文学理论教程》，高等教育出版社 1998 年、2004 年、2008 年、2015 年版。

王伯熙：《文风简论》，中国社会科学出版社 1979 年版。

王凯符等：《八股文概论》，中国和平出版社 1991 年版。

陈厚诚、王宁：《西方当代文学批评在中国》，百花文艺出版社 2000 年版。

吴学先：《燕卜荪早期诗学与新批评》，高等教育出版社 2002 年版。

杨乃乔：《悖立与整合——东方儒道诗学与西方诗学的本体论、语言论比较》，文化艺术出版社 1998 年版。

杨义：《中国叙事学》，人民出版社 1997 年版。

叶纪彬：《中西典型理论述评》，华东师范大学出版社 1993 年版。

尹建民主编：《比较文学术语汇释》，北京师范大学出版社 2011 年版。

余虹：《中国文论与西方诗学》，生活·读书·新知三联书店 1999 年版。

余源培等编著：《哲学辞典》，上海辞书出版社 2009 年版。

张法：《中西美学与文化精神》，北京大学出版社 1994 年版。

张隆溪：《道与逻各斯：东西方文学阐释学》，冯川译，四川人民出版社 1998 年版。

赵毅衡：《新批评——一种独特的形式主义文论》，中国社会科学出版社 1986 年版。

周宪：《美学是什么》，北京大学出版社 2002 年版。

朱立元主编：《当代西方文艺理论》，华东师范大学出版社 2005 年版。

期刊文献

［德］威克纳格：《诗学·修辞学·风格论》，王元化译，《文艺理论研究》1981 年第 2 期。

［法］艾金伯勒：《比较不是理由——比较文学的危机》，罗芃译，《国外文学》1984 年第 2 期。

［法］朱莉娅·克里斯蒂娃：《词语、对话和小说》，李万祥译，《文化与诗学》2011 年第 2 期；张颖译（标题译为《词语、对话与小说》），《符号与传媒》2011 年第 2 期；祝克懿、宋姝锦译，《当代修辞学》2012 年第 4 期。

［美］沃尔顿·利茨：《“新批评派”的衰落》，董衡巽译，《外国文艺》1981 年第 5 期。

［美］克·布鲁克斯：《诡论语言》，赵毅衡译，《文艺理论研究》1982 年第 1 期。

曹顺庆：《风格与“体”——中西文论比较研究》，《文艺理论研究》1988 年第 1 期。

曹顺庆、谭佳：《重建中国文论的又一有效途径：西方文论的中国化》，《外国文学研究》2004 年第 5 期。

曹顺庆、曾诣：《比较诗学如何开创新格局》，《西南民族大学学报》（人文社科版）2016 年第 8 期。

陈思和：《文本细读在当代的意义及其方法》，《河北学刊》2004 年第 2 期。

陈思和：《文本细读的几个前提》，《南方文坛》2016 年第 2 期。

陈少松：《释"神理"——明清小说批评中常用美学范畴研究之一》，《文艺理论研究》1998 年第 3 期。

陈珏：《唐诗传统章法与新批评》，《四川教育学院学报》1987 年第 4 期。

程磊：《论严羽兴趣、诗识与妙悟诗论的得与失》，《武陵学刊》2013 年第 2 期。

邓国军：《以禅喻诗，莫此亲切——严羽"以禅喻诗"说论争的回顾与再探索》，《上海交通大学学报》（哲学社会科学版）2002 年第 2 期。

邓新华：《"以意逆志论"——中国传统文学释义方式的现代审视》，《北京大学学报》（哲学社会科学版）2002 年第 4 期。

邓心强：《也论"兴趣"与"熟参"——严羽对传统诗学的传承与推进研究（之一）》，《湖南工程学院学报》（社会科学版）2009 年第 1 期。

范玉刚：《不落言筌与审美自觉——苏格拉底之于美学思想史的意义》，《浙江社会科学》2002 年第 6 期。

方新蓉：《"以意逆志"与英美新批评》，《东北师范大学学报》（哲学社会科学版）2010 年第 1 期。

付骁：《"细读"溯源》，《重庆第二师范学院学报》2014 年第 2 期。

郭英德：《论"知人论世"古典范式的现代转型》，《中国文化研究》1998 年第 3 期。

何二元：《布封认为"风格就是人"吗?》，《文艺评论》1987 年第 4 期。

何二元：《广义风格随想》，《文艺评论》1988 年第 6 期。

何二元：《布封"论风格"误读辨正》，《抚州师专学报》1993 年第 4 期。

何二元：《风格·境界·主旋律——从布封到马克思》，《抚州师专学报》1994 年第 4 期。

贺玉高：《在理性主义语境中对布封〈论风格〉的再解读》，《文艺理论研究》2009 年第 1 期。

胡遂：《说"遮诠"——禅宗与诗话理论探讨之五》，《中国文学研究》1994 年第 2 期。

黄钢：《严羽与诗味》，《乌鲁木齐职业大学学报》（汉文版）1996 年第 3 期。

黄克剑：《审美自觉与审美形式——从西方审美意识的嬗演论作为一种价值取向的美》，《哲学研究》2000 年第 1 期。

季羡林等：《比较：必要、可能和限度》，《读书》1991 年第 2 期。

蒋培君：《细读与涵泳之比较》，《红河学院学报》2009 年第 3 期。

李美霞、唐琪瑶：《符号　隐喻　文化》，《外语教学》1999 年第 1 期。

李荣明：《文学中的悖论语言》，《中山大学学报》（社会科学版）2003 年第 4 期。

李士金：《朱熹分析修辞实践意义探析——"冷看"与"熟读"》，《修辞学习》2006 年第 1 期。

李卫华：《试析〈喧哗与骚动〉的多角度叙述方式》，《名作欣赏》2001 年第 1 期。

李卫华：《"细读"：当代意义及方法》，《江海学刊》2011 年第 3 期。

李卫华：《"不落言筌"——"朦胧"、"张力"、"反讽"、"悖论"的本体论意趣》，《文艺评论》2011 年第 1 期。

李卫华：《形式：作为"肌质"与"神理"——兰色姆与金圣叹的文学形式观之比较》，《福建论坛》（人文社会科学版）2012 年第 2 期。

李卫华：《叙述的频率与时间的三维》，《文艺理论研究》2013 年第 3 期。

李卫华：《"文文相生"："内互文性"与"外互文性"——一个比较诗学研究》，《思想与文化》第二十辑，华东师范大学出版社 2017 年版。

梁徐宁：《论庄子的语言观》，《社会科学辑刊》2000 年第 4 期。

刘俐俐：《经典文学作品文本分析的性质、地位、路径和意义》，《甘肃社会科学》2008 年第 3 期。

刘俐俐：《关于文学"如何"的文学理论》，《文学评论》2008 年第 4 期。

罗钢：《当"讽喻"遭遇"比兴"——一个西方诗学观念的中国之旅》，《北京师范大学学报》（社会科学版）2013 年第 3 期。

钱翰：《从作品到文本——对"文本"概念的梳理》，《甘肃社会科学》2010 年第 1 期。

张隆溪：《钱锺书谈比较文学与"文学比较"》，《读书》1981 年第 10 期。

秦海鹰：《互文性理论的缘起与流变》，《外国文学评论》2004 年第 3 期。

秦海鹰：《克里斯特瓦的互文性概念的基本含义及具体应用》，《法国研究》2006 年第 4 期。

任先大：《"兴趣"与"张力"——试比较严羽诗学理论与英美新批评（之四）》，《云梦学刊》2001 年第 4 期。

任先大：《试比较宋代诗学的"熟读"与英美新批评的"细读"》，《甘肃社会科学》2002 年第 3 期。

任先大：《严羽"熟参"与英美新批评"细读"比较研究》，《湖南科技学院学报》2006 年第 1 期。

尚永亮、王蕾：《论"以意逆志"说之内涵、价值及其对接受主体的遮蔽》，《文艺研究》2004 年第 6 期。

时晓丽：《语言是生命对道的体验——论庄子的语言观》，《民族艺术研究》2006 年第 3 期。

束景南、赵瑞广：《说江西诗病：严羽"妙悟入神"的活法美学体系——重新认识严羽的禅宗美学思想》，《浙江社会科学》2012 年第 2 期。

孙绍振：《美国新批评"细读"批判》，《中国比较文学》2011 年第 2 期。

孙伟：《论诗与禅之集点——熟参》，《剑南文学（经典教苑)》2011 年第 7 期。

谭真明：《论古代小说犯中见避的叙事策略——以〈水浒传〉中三起女人命案为例》，《河南社会科学》2011 年第 5 期。

田源：《略论"风骨"与"风格"——现代阐释学在中西比较诗学中的运用》，《文学界》（理论版）2011 年第 1 期。

童庆炳：《严羽诗论诸说》，《北京师范大学学报》（社会科学版）1997 年第 2 期。

童庆炳：《苏轼文论解读》，《北京师范大学学报》（社会科学版）2014 年第 6 期。

涂元济：《论"特犯不犯"》，《福建师范大学学报》（哲学社会科学版）1993 年第 3 期。

王海龙：《严羽"妙悟"说的双重意蕴》，《文艺评论》2017 年第 2 期。

王金山：《也谈对布封〈论风格〉中"风格即人"的误读》，《作家》2013 年第 11 期。

王向远：《比较文学学术系谱中的三个阶段与三种形态》，《广东社会科学》2010 年第 5 期。

王佑江：《文学风格的内部结构与外部考察》，《文学评论》1993 年第 5 期。

王苑：《严羽妙悟说的诗禅学缘探微》，《重庆师范大学学报》（哲学社会科学版）2016 年第 3 期。

吴伏生：《隐喻、寓言与中西比较文学》，《文学评论》2016 年第 2 期。

吴子凌：《对话：金圣叹的评点与英美新批评》，《浙江社会科学》2001 年第 2 期。

熊飞宇、刘燕：《布封〈论风格〉与〈文心雕龙·体性〉风格论之比较》，《四川文理学院学报》2008 年第 3 期。

徐丹丹：《中西比较文论研究之论风格》，《阅读与鉴赏》2011 年第 4 期。

叶嘉莹：《中西文论视域中的"赋、比、兴"》，《河北学刊》2004 年第 3 期。

殷国明：《"通而不同"：跨文化语境中的理论追寻与创新》，《文艺理论研究》2010 年第 6 期。

曾衍桃：《国外反讽研究综观》，《西安外国语学院学报》2004 年第 6 期。

张德林：《创作个性与艺术风格断想》，《文学评论》1984 年第 5 期。

张灯：《刘勰的"风格论"与布封的〈论风格〉》，《文学遗产》2007 年第 2 期。

张惠：《从载体论到本体论的语言自觉——"新批评"对中国文学批评的影响》，《苏州大学学报》（哲学社会科学版）2015 年第 1 期。

张良丛、张锋玲：《作品、文本与超文本——简论西方文本理论的流变》，《文艺评论》2010 年第 3 期。

张吕：《熟参·妙悟·兴趣——〈沧浪诗话〉对诗歌美学的独特贡献》，

《丝路学刊》1995 年第 1 期。

张婷婷：《严沧浪"妙悟"说别解》，《解放军艺术学院学报》2002 年第 2 期。

赵依：《论严羽〈沧浪诗话〉和"妙悟"说》，《中华文化论坛》2013 年第 2 期。

赵毅衡：《是该设立比较文学学科的时候了》，《读书》1980 年第 12 期。

赵毅衡：《〈管锥编〉中的比较文学平行研究》，《读书》1981 年第 2 期。

赵毅衡：《说复义——中西诗学比较举隅》，《学习与思考》1981 年第 2 期。

赵毅衡：《关于中国古典诗歌对美国新诗运动影响的几点刍议》，《文艺理论研究》1983 年第 4 期。

赵毅衡：《"叙事"还是"叙述"？——一个不能再权宜下去的术语混乱》，《外国文学评论》2009 年第 2 期。

赵毅衡：《我们需要补一个"语言转折"吗？——形式文论在中国六十年》，《西南民族大学学报》（人文社会科学版）2009 年第 9 期。

赵毅衡：《世界批评理论的可能——以广义叙述学的时间讨论为例》，《当代外语研究》2010 年第 7 期。

赵毅衡：《反讽：表意形式的演化与新生》，《文艺研究》2011 年第 1 期。

支宇：《文本语义结构的朦胧之美——论新批评的"文学性"概念》，《文艺理论研究》2004 年第 5 期。

周甲辰：《"熟读说"的文本接受观探讨》，《语文学刊》2006 年第 18 期。

朱立元、刘雯：《张力与平衡——新批评诗学理论与玄学派诗歌》，《人文杂志》2005 年第 2 期。

朱志荣：《论江西诗派对严羽〈沧浪诗话〉的影响》，《文艺理论研究》2007 年第 5 期。

后　记

本书为作者 2009 年独立承担的河北省社科基金项目"中西文学文本理论范畴比较研究"（项目批准号：HB09BWX010）以及 2010 年独立承担的国家社科基金项目"中西文学文本理论范畴比较研究"（项目批准号：10CZW002，结项证书号：20171329）的结项成果。

在这两项课题的申请和完成过程中，曾得到河北师范大学及文学院的领导和同事的关心，在此特致谢忱！

本书的出版得到河北师范大学文学院出版基金的资助，感谢学院领导对学术研究的支持！

本书的部分内容曾先后发表于《文艺理论研究》《江海学刊》《福建论坛》《河北学刊》《文艺评论》《理论学刊》等核心期刊，在此向这些刊物的编辑表示诚挚的谢意！

感谢一向以出版高品位学术著作为己任的中国社会科学出版社，感谢本书的责任编辑所付出的辛勤劳动。

感谢家人和朋友多年的支持，感谢所有帮助过我的人们。